Géraldine Sommier-Maigrot

Quand dure l'absence

Roman

Nouvelle édition

Édition : BoD – Books on Demand, 12/14 rond-point
des Champs-Élysées, 75008 Paris
Impression : BoD - Books on Demand, Norderstedt,
Allemagne
ISBN: 9782322402014
Dépôt légal : Novembre 2021

QUAND DURE L'ABSENCE

A ma grand-mère Jeanne
A son mari trop tôt emporté

Leurs souvenirs ont donné
naissance à ce récit de la vie
d'une famille pendant la
seconde guerre mondiale,
six années tissées de peur et
d'absence mais qui portent
cependant l'illusion qu'au-
delà de l'égoïsme et de la
cruauté la plus sauvage,
l'espèce humaine parfois
rayonne de belles amitiés et
de moments quotidiens aux
douces saveurs.

Prologue

— Monsieur ! Monsieur ! Votre enfant vient de naître. Il est en excellente santé. Votre femme aussi. Venez les voir.

Raoul Granier se leva d'un bond. C'était un grand homme brun, au front immense comme une cuirasse, dont le bombé lisse enfonçait davantage les yeux noirs, si petits et perçants. Il suivit l'infirmière à travers les couloirs aseptisés lourds d'odeurs éthérées qui imprégnaient les murs gris jusqu'au plafond et les façonnaient si fort que les couleurs visuelles s'estompaient au profit de l'odorat désormais unique vainqueur. Tous les sens en alerte ne sentaient plus que les relents âcres de la maladie, elle planait partout, dans les carreaux du sol, dans les papiers pastels des tapisseries, elle s'incrustait dans les blouses blanches des soignants, elle sautait à la gorge comme une vieille connaissance détestée dont on n'arrive pas à se débarrasser, jamais, on en étouffe jusqu'à l'écœurement.

Assailli de toutes parts, Raoul avançait sans oser respirer. Il repensait à ces derniers mois pendant lesquels sa jeune femme, devenue de plus en plus imposante, avait souffert de maux de ventre subis et de mauvaise circulation, elle se réveillait avec les bras et les mains tout engourdis, malmenée par son gros bébé qui gigotait et l'empêchait de dormir la nuit. Assurément le prénommé Claude faisait des siennes. Le docteur l'avait examinée et lui avait dit que tout allait bien, qu'elle devait prendre un bain toutes les semaines et un bain de siège tous les deux jours. Et il lui avait donné un certificat pour son congé. Depuis elle s'était plongée dans la confection du trousseau du petit Claude, tricotant allègrement brassières, combinaisons et couvertures, récupérant chemises, langes de coton ou de laine, draps, bavoirs.

Le nouveau papa sourit, attendri au souvenir des ourlets brodés avec soin de volants, de l'oreiller bourré de crin, ce crin si dru qu'il avait fallu faire venir du département voisin car c'était ce qu'il y avait de mieux, des mètres de coutil à découper. Peu à peu il s'excitait au fur et à mesure que se rapprochait la chambre où reposait sa jeune épouse enfin libérée. C'était là, la porte à droite marquée d'une image souriante représentant un angelot délicieusement joufflu. Pour entrer dans la pièce, il dut baisser ses cent quatre-vingt-dix centimètres tout en longueur.

— Luce, comment te sens-tu ? s'écria-t-il en dardant un regard ardent sur le joli visage blond de l'accouchée à peine abîmé par la sueur et la douleur de l'enfantement, resplendissant d'une joie intense qui faisait briller ses yeux.

Un sourire lumineux se dessina sur les joues

fleuries de la jeune femme tandis qu'elle tendait vers son mari la poupée qu'elle tenait dans ses bras.

— Raoul, regarde. Voilà notre fille.

— Notre fille ? Mais je croyais que…

— Que ce serait un garçon ? Eh oui ! C'est ce qu'on s'était mis en tête dans notre ignorance arrogante de futurs parents. La nature en a décidé autrement.

— Comme elle est belle !

Qu'importait après tout que ce ne soit pas un garçon, l'émotion serrait la gorge avec autant de violence. Avec sa frimousse ronde, son crâne tout rose et ses petites mains fragiles, c'était leur enfant, un morceau de leur chair à eux deux, une part d'elle, un élan de lui, leur amour réuni. L'heureux père se sentit déborder de fierté.

— Comment va-t-on l'appeler ? demanda-t-il. On voulait lui donner le prénom de mon grand-oncle, Claude, mais est-ce que ça conviendrait pour une fille ?

— J'y ai déjà songé. Pourquoi ne pas transformer Claude en Claudine ? Ainsi on resterait proche de ce qu'on avait choisi sans savoir.

Raoul applaudit.

— Claudine, c'est ça, Claudine Granier, née le 7 mars 1939 à Selles/Cher.

Chapitre 1

Dans la rue qui longeait le Cher au nord de la ville s'emboîtaient des maisons étroites chapeautées de couleurs. Raoul et Luce s'arrêtèrent devant une porte en bois jaune joliment ouvragée, noyée dans les murs gris qui l'encadraient.

— Voilà notre nouvelle maison, annonça Raoul.

Il sortit une clef de la poche de sa veste, la tourna dans la serrure puis, une fois la porte ouverte, laissa passer sa femme dans la première pièce. La poussette où Claudine dormait, tout de bleu vêtue, fut poussée près de l'unique fenêtre.

— Là, c'est la cuisine, juste à côté du garage où tu pourras remiser ta Simca. Dans la pièce d'à côté on installera la salle à manger et derrière, notre chambre.

Luce fit défiler son regard sur le fourneau à bois, l'évier d'émail blanc, le carrelage couleur de brique. Par la fenêtre le soleil d'été éclaboussait les carreaux, furieux de devoir rester confiné à l'extérieur alors que le ciel d'une blancheur de lait captait avec une ferveur trouble son cœur de braise pour s'en iriser jusqu'à plus soif.

Luce tourna le battant de bois et tendit son visage aux rayons brûlants de ce mois d'août. La pièce donnait sur le fleuve et sur le pont arqué qui l'enjambait. A cet endroit le lit du Cher se parait de bancs de sable blond, remodelant ses grèves et ses îlots boisés, mêlant le feuillage argenté des saules à celui plus coloré des peupliers. Luce pencha sa tête vers la gauche et aperçut la longue rangée de maisons qui bordaient le Cher, avec leurs toits tour à tour bruns, rouges ou bleu ardoise. Au fond se dressait le château de pierres et de briques, gracieusement ceinturé de verdure, symbole harmonieux de Selles/Cher, cette petite ville située à la croisée du Berry, de la Touraine et de la Sologne.

— Voilà notre maison sur les quais, s'exclama Raoul avec l'enthousiasme tendre d'un jeune marié.

Il entoura les épaules de sa femme d'un geste gonflé de tendresse et la serra contre lui. Dans sa poussette, Claudine dormait toujours, en plein accord avec son nouveau logis.

— Les propriétaires habitent à l'étage. Dès demain nous emménagerons, si cela te convient.

— Bien sûr que la maison me plaît. J'aime beaucoup la vue.

— Mais alors pourquoi as-tu l'air si triste ? explosa Raoul. Pourquoi cette mélancolie résignée que je devine dans tes yeux ?

— J'ai si peur, Raoul. Je veux dire, je redoute tellement de me retrouver seule ici. Depuis le pacte germano-soviétique, l'idée de paix semble avoir reculé.

— Oui, je sais, ma chérie. Le risque de guerre

semble de plus en plus présent. Mais rien n'est fait encore. Et nous devons vivre, penser à nous, à notre enfant, à notre bonheur.

— Mais la guerre ? Personne n'y croit, ou ne veut y croire. Tout le monde se barricade dans sa petite vie en criant son optimisme. Est-ce qu'ils n'ont pas peur ?

Le 1er septembre, la population atterrée apprenait l'entrée des troupes allemandes en Pologne, le 2 septembre, la mobilisation générale commençait.

« Hitler a voulu la guerre. La France et l'Angleterre ont multiplié leurs efforts pour sauver la paix… Nous luttons pour défendre notre terre, nos foyers et nos libertés... »

Luce se précipita sur le poste de radio nouvellement installé sur la toile cirée de la table de la cuisine et tourna rageusement le bouton. Elle ne voulait plus entendre la voix oppressante de Daladier parler d'honneur et de liberté, d'efforts pour une paix désormais impossible. Qu'elle se taise cette radio qui annonçait la guerre, qu'ils aillent se faire tuer eux-mêmes sur le front, tous ces politiciens qui n'avaient pas pu empêcher ça.

— Ne pleure pas, Luce, supplia Raoul en prenant la jeune femme dans ses bras. Ne m'enlève pas mon courage. Dieu sait que je ne pars pas de gaieté de cœur mais c'est notre devoir à tous d'aller nous battre, l'honneur de la France est en jeu, tu comprends. Elle doit honorer ses obligations à l'égard de la Pologne.

— Mais quand même la Pologne, c'est si loin. En quoi cela te concerne-t-il, toi ?

— Tais-toi. Tu ne sais pas ce que tu dis. Nous nous sommes engagés vis à vis des Polonais, nous ne pouvons plus reculer comme à Munich, ce serait trop lâche. Et puis ce n'est pas seulement l'Est, la Pologne ou la Tchécoslovaquie qu'Hitler menace, mais l'Europe entière, la France aussi, l'Angleterre. Il veut tout annexer à l'Allemagne. Nous devons l'en empêcher.

— Mon chéri, j'ai si peur.

— Je sais. Mais pense à l'immense réserve en hommes que nous possédons grâce à nos empires coloniaux. Cela fera notre force. Et puis n'oublie pas la fragilité économique du Reich qui doit importer massivement du pétrole et du minerai de fer. Gage que les Alliés vont jouer là-dessus pour l'étouffer. Je reviendrai vite, tu sais.

Raoul insistait d'autant plus sur la supériorité alliée des forces en présence qu'il ne se laissait pas prendre au mensonge de la fragilité économique de l'Allemagne imposée à l'opinion par les journaux. Il se doutait bien qu'un pays avide d'expansion ne se lançait dans le combat que cuirassé jusqu'à l'arrogance. L'Allemagne ne possédait-elle pas un armement plus moderne composé de nombreuses divisions blindées, les fameux panzerdivisionen, soutenues par des appareils de chasse et des bombardiers légers ?

Il fallait bien rassurer Luce cependant. A quoi bon l'inquiéter davantage ?

— C'est aujourd'hui que je regrette d'avoir

accepté ce poste d'institutrice ici, à Selles, si loin de chez mes parents, gémit la jeune femme. Si tu savais comme j'aimerais être plus près d'eux. Ils pourraient venir me voir quand je resterai seule avec notre pépée chérie. Enfin heureusement que je l'ai cette petite Claudine, avec elle je serai obligée de rire un peu. Et ce ne sera pas moi la plus malheureuse quand tu seras je ne sais où. Tu seras plus malheureux encore.

— Luce !

— Je vais m'ennuyer c'est sûr. Il faut être courageuse mais vraiment, dans des cas pareils, nous ne savons plus comment nous vivons.

Raoul devait rejoindre son régiment à Chatellerault. Pendant qu'il préparait ses affaires dans la chambre à coucher, Luce se terra à la tête du grand lit en acajou qu'ils avaient acheté quelques jours auparavant. Elle ne voyait pas les gestes de son mari qui se déplaçait entre l'armoire et son sac de voyage, seuls tremblaient devant ses yeux les meubles neufs encore luisants de cire, comme étouffés par les larmes qu'elle n'arrivait pas à retenir. Installés depuis à peine une semaine, ils n'avaient pas encore trouvé leur place, ils se posaient là, mal à l'aise, maladroits, pas encore habitués à ce nouveau décor. Comme elle. Elle se sentait perdue devant la belle armoire dont la masse l'écrasait. Et le lit donc ! Si grand, si moelleux. Elle n'en connaissait pas bien encore la douceur.

A la pensée qu'elle allait s'y retrouver seule, elle sursauta comme si on venait de la poignarder

14

brutalement au ventre. Elle se noierait dans les draps immenses, au milieu de ces murs épais dont elle ne se rappelait déjà plus la couleur. Elle serait seule. Seule dans une maison inconnue. Sa sœur Edith habitait Blois, ses parents, d'anciens boulangers, s'étaient retirés à Vendôme où ils avaient ouvert une petite épicerie, ses beaux-parents vivaient à Sainte-Lizaigne. Elle restait à Selles, à côté de l'école qui avait accueilli sa candidature ainsi que celle de Raoul. Ils étaient deux instituteurs, bientôt il n'y aurait plus qu'une femme solitaire et apeurée.

Luce frissonna jusqu'au fond de l'âme. Comment en était-on arrivé là ? Pourquoi tous ces braves devaient-ils partir vers une frontière hypothétique à défendre au péril de leur vie ? Raoul, ses collègues de l'école de garçons, tous les amis. Gaston, le jeune frère de Luce était mobilisé lui aussi alors que ce n'était qu'un grand enfant rieur aux yeux candides et qu'on allait faire jouer à la guerre pour de vrai. Du fond de ses entrailles, Luce sentit bouillonner un cri sauvage de révolte et d'incompréhension, comme un hurlement d'animal blessé qui se heurte à sa propre impuissance à modifier le destin et se meurt au seuil des lèvres, trop intense pour sortir, trop désespéré, trop lourd. Trop inutile.

Raoul était prêt. Le train qui l'emporterait n'allait pas tarder à entrer en gare. Il devait partir. Il balança son baluchon sur son dos et le cala confortablement entre ses épaules avant de tourner ses yeux tristes qui se voulaient courageux vers sa jeune femme. Une voix curieusement éraillée se fit alors entendre à travers la porte d'entrée.

15

— Monsieur et Madame Granier, je suis votre voisin, le père Courbet. Laissez-moi entrer, j'aimerais vous dire deux mots.

Luce alla ouvrir et se trouva face à un vieillard boiteux au regard étrangement las dont on lui avait parlé comme d'un homme bourru et renfermé peu enclin aux émotions. Ce jour-là pourtant, il paraissait accablé et torturait nerveusement une casquette à carreaux entre ses doigts.

— Bonjour, madame. J'habite la maison d'à côté. Je sais qu'on ne se connaît pas encore puisque vous venez d'emménager, mais à cause de la guerre, j'ai pensé que je pourrais accompagner votre mari à la gare.

Des larmes perlèrent dans ses yeux délavés et c'est d'une voix brisée qu'il poursuivit :

— Je suis un vieux, moi, j'ai fait la guerre de 14-18. Alors ça m'ennuie, oui, ça me peine profondément de voir un si jeune gars partir pour cette saloperie. Quel âge avez-vous donc ?

— J'ai vingt-six ans, répondit Raoul. Ma femme en a vingt-quatre.

— Et vous avez une petite môme. Je le sais parce que je l'entends parfois crier la nuit, mais ça ne me gêne pas, rassurez-vous. J'aime les enfants, c'est l'avenir, pas vrai ? Tandis que la guerre...

— Ma femme allait m'accompagner à la gare, dit Raoul. Si vous voulez venir avec nous...

— Vous savez, madame, répondit le père Courbet en se tournant vers Luce, je ne veux pas me mêler de ce qui ne me regarde pas, mais vous feriez mieux de rester ici. Ca ne sera pas facile de voir tous ces braves gars monter dans le train, car on ne sait pas s'ils reviendront. Moi, je suis vieux, j'en ai vu d'autres. Tandis qu'une jeune femme comme vous, avec une petite ! Faites vos adieux ici, ce sera beaucoup mieux, je vous assure, et tellement plus intime. Comment voulez-vous vous dire convenablement au revoir au milieu d'une foule de gens pleurant et criant dans tous les sens ? C'est impossible.

Luce laissa le père Courbet emmener Raoul. Son corps déchiré lui faisait si mal qu'elle n'arrivait plus à réagir. Elle était comme figée, frappée par une sorte d'hypnose. Sa perception des événements s'en trouvait anéantie.

Quand la porte claqua sur les deux hommes, le vieux entraînant le jeune, elle s'écroula sur une chaise et les yeux dans le vide, ne bougea plus jusqu'au retour du père Courbet. Elle réussit enfin à émerger de son apathie.

— Raoul est parti ?

— Mais non, le train a du retard. Je me suis dépêché de revenir chez vous chercher une cuillère. Parce que, vous savez, on lui donnera à manger mais ce n'est pas sûr que la cuillère accompagne le repas.

Luce s'empressa de lui donner l'objet réclamé avec une émotion douloureuse teintée de reconnaissance.

— Cette fois, j'y vais, s'écria-t-elle farouchement. Il ne sera pas dit que je perdrais l'occasion de voir Raoul une dernière fois. Cela fait trop mal.

Le père Courbet la regarda intensément puis hocha la tête. Après tout elle n'avait peut-être pas tort de vouloir prolonger les derniers instants passés avec son mari. Elle ne le reverrait sans doute pas avant longtemps. Si elle le revoyait jamais.

A la gare, le quai débordait de sacs et de victuailles abandonnés par terre par les soldats le temps d'embrasser une dernière fois les membres de leur famille. Luce manqua s'affaler en butant contre un paquet de toile contenant des pâtés et des fromages en abondance. Partout autour d'elle les gens faisaient semblant d'encourager les militaires mais les voix et les yeux étaient pleins de larmes.

Elle aperçut Raoul sur le marchepied du deuxième wagon, il discutait avec des camarades instituteurs qui comme lui partaient rejoindre leur régiment. Il paraissait forcer sa joie de les retrouver tandis qu'eux faisaient de leur mieux pour sourire à leur épouse ou à leurs parents. Tous les cœurs peinaient dans l'effort, ils pleuraient à l'intérieur, partagés entre la fierté d'aller se battre et la peur d'y rester.

Raoul en levant les yeux vit Luce, elle lui faisait face, affichant un sourire crispé qui, s'il dissimulait son chagrin, n'en était que plus poignant. Raoul y lut tout son amour pour lui, mais surtout il devina l'effort pénible qu'elle s'imposait pour ne pas pleurer en public alors qu'elle défaillait d'angoisse. Ils mirent dans leur baiser toute leur âme, toute leur passion l'un pour l'autre, tout leur espoir. Quand leurs lèvres se décollèrent, ils eurent l'impression que leur vie s'arrêtait là, sur ce quai sinistre, à la fin de leur étreinte.

Luce tendit à Raoul la cuillère que le père Courbet était revenu chercher, leurs mains se joignirent un bref instant, les faisant frissonner jusqu'au plus profond de leur être. Voilà, c'était fini. Raoul s'engouffra dans le monstre d'acier et disparut au milieu des têtes et des paquets branlants. La locomotive déchira l'air de son cri barbare et emporta vers l'inconnu ses wagons bourrés de soldats qui n'avaient jamais combattu.

Longtemps Luce resta sur le quai, les yeux fixés vers la fumée noire qui lui prenait sa force au fur et à mesure qu'elle s'éloignait. Elle tituba et manqua tomber sur les rails. Un employé se précipita pour la soutenir et la guida vers la sortie. Elle aspira une grande bouffée d'air frais pour se donner du courage et remercia son guide.

Comme un automate, elle remonta la route jusqu'au pont de pierres couleur de miel qu'elle traversa lentement en s'arrêtant plusieurs fois pour contempler l'eau soyeuse qui courait gaiement et l'appelait pour jouer avec elle. Elle serait si bien au fond, sans pensées, sans peurs, sans cauchemars. Ce serait si doux de se laisser aller. Et si douloureux aussi de glisser dans l'eau froide. Elle frissonna.

En levant les yeux, elle aperçut sa demeure qui lui souriait de l'autre côté du fleuve. Elle se dirigea vers elle, aspirée par la porte jaune qu'elle ouvrirait tout à l'heure avant de se blottir entre les murs de la cuisine. Ce serait l'asile.

Elle tourna la poignée et pénétra dans la pièce encore chaude de soleil. Elle roula sur une chaise et laissa éclater ses larmes sans voir le père Courbet sortir en hochant tristement la tête. Elle pleura amèrement jusqu'à ce que les cris de Claudine qu'elle avait abandonnée à son voisin pour se rendre à la gare et qui avait faim la réveillent de son désespoir.

Chapitre 2

Luce suivit le flot galopant de ses petites élèves de primaire hors de la salle de classe puis pressa le pas en direction du fleuve. L'après-midi touchait à sa fin, le ciel nacré comme un bouquet de violettes éclaboussait les toits des maisons, il se vidait de son trop plein de bleu avant de s'embraser telle une meule de paille qui perd le souffle sous l'assaut des flammes du soleil couchant. La jeune femme longea la place du champ de foire puis tourna à gauche vers les quais. La masse rougeoyante du château profilait jusqu'au Cher ses façades crémeuses et ses toitures crénelées, elles se reflétaient dans l'eau brune qui emportait dans ses flots souples aux délicates senteurs de vase et de terre la mosaïque de pierres blondes, multipliant à l'infini les jolies tourelles élancées et les cheminées couleur de coquelicot.

Luce accéléra le pas, la tête encore bourdonnante des éclats de voix de ses jeunes élèves, trop nombreuses en ces premiers jours de guerre, trop bavardes dans l'impétuosité innocente de leurs six ans. Il était si difficile de les tenir quand elles

21

voulaient tout savoir de ce qui se passait autour d'elles. Luce avait du mal à leur expliquer. Elle soupira longuement. Demain elle commencerait son cours de calcul où elle excellait. Bon Dieu ! Elle était institutrice, pas journaliste chargée d'imaginer et de rapporter le pourquoi de la guerre. C'était si flou.

Elle pressa encore l'allure, impatiente de rentrer chez elle auprès de Claudine. Elle avait confiance dans la femme qui gardait sa fille pendant qu'elle travaillait à l'école mais se languissait de l'embrasser et de jouer avec elle.

Après un dernier regard sur la rivière argentée qui ourlait ses eaux au gré d'une brise légère soufflée par les premières rosaces de l'horizon enflammé, elle poussa la porte de sa demeure.

— Bonjour, madame Guilers. Quelles bêtises Claudine a-t-elle inventées aujourd'hui ?

— En compagnie, elle ne grogne pas mais elle ne veut plus rester toute seule, elle tire la langue à tout le monde, elle fait des grimaces, se tire l'oreille.

— Je ne sais pas ce que je vais devenir avec un gibier pareil, soupira Luce.

— Mais non, elle est bien mignonne, votre petite. Et les vôtres ? Comment ça se passe à l'école de filles ?

— Ca déborde, j'ai plus de cinquante gamines dans ma classe. On a dû ramener des bancs pour qu'elles puissent toutes s'asseoir.

— Dame, avec la mobilisation, on manque d'hommes. Oh ! j'oubliais, il y a une lettre pour vous.

— Une lettre de Raoul ? Donnez-la moi. Vite !

Luce tendit la main vers la feuille verdâtre que lui

tendait madame Guilers et s'en saisit avec une avidité farouche. Elle la déplia si rapidement que le papier craqua sous ses doigts impatients, déjà ses yeux commençaient la lecture, enregistraient avec émotion le surnom lourd de tendresse que Raoul aimait tellement lui donner, puis sautaient aux lignes suivantes à l'écriture sèche mais élégante, aux lettres bien formées, toujours, rondes, scolaires.

Chatellerault, 6 septembre
77è RI, 3è Cie

Mon cher Mimi,
Mon voyage s'est effectué dans de bonnes conditions bien que lent et dans des trains bondés de réfugiés et de mobilisés.

Actuellement je suis affecté au 77ème régiment d'infanterie qui cantonne dans une ferme à 4 kilomètres de Chatellerault. Vêtus de neuf nous couchons dans une grange où nous sommes bien.

J'ai retrouvé beaucoup de camarades. D'autres me sont signalés dans la région. Le moral est excellent. Actuellement nous ne sommes pas des soldats à plaindre.

J'espère que la maison ne te paraît pas trop grande malgré mon départ. Notre chère petite Claudine doit d'ailleurs occuper tous tes instants et te réconforter par ses rires et sa bonne humeur. Embrasse-la bien pour son papa qui est heureux de l'avoir derrière lui.

Mes amitiés à tous les amis.
Je t'embrasse, simplement impatient de retrouver

dans le futur notre bonheur passé.
Raoul

— Moi aussi je t'embrasse, murmura Luce en baisant la lettre.

Prise de frénésie, à son tour elle s'empara d'une feuille de papier et griffonna plusieurs phrases tendres qui la transportèrent par-delà les champs et les bois dorés de la Sologne à la rencontre du visage tant aimé qui dansait dans ses yeux comme une lueur chaleureuse. Elle s'imaginait marchant main dans sa main, les regards complices, le ventre tendu vers le corps long et dur de cet homme qu'on lui avait enlevé si brutalement. En l'écartant de sa vie, on lui avait coupé le présent et le futur, de lui elle ne possédait plus que des fragments de passé, aussi courts et dérisoires que les débris de terre qui, noyés à la surface d'une rivière, tentent désespérément de s'accrocher au rivage mais courent toujours, emportés par le flot inébranlable, le regard fixé aux plages blondes impossibles à atteindre.

Madame Guilers, à la fois femme de ménage et nourrice de Claudine, observa Luce avec une tendresse inquiète de mère puis sortit doucement sans lui dire au revoir. A quoi bon sortir la jeune femme de son rêve ? Elle la retrouverait le lendemain.

Tandis que le front français s'installait sur ses lignes et préparait ses défenses, la Pologne subissait la progression foudroyante et irrésistible des troupes

24

allemandes qui expérimentaient avec succès un nouveau type de guerre, la guerre-éclair. Le couple formé par les chars et les avions autorisait des attaques soudaines et brutales qui rendaient impossible la concentration des troupes polonaises, paralysées par la destruction des voies ferrées. L'aviation polonaise fut mise hors de combat en quarante-huit heures. Le 17 septembre, alléguant avec cynisme la dislocation interne de l'Etat polonais, le Kremlin assenait le dernier coup de poignard dans le dos en donnant l'ordre d'intervention à l'Armée Rouge. Il ne restait plus aux deux vainqueurs qu'à décider le partage mutuel de la Pologne.

En France, la psychose des attaques aériennes écrasait les esprits. Les habitants de Selles/Cher, les mères en particulier, sonnés par les images de villes en ruine filmées pendant la guerre d'Espagne, terrifiés par les récits des anciens combattants qui racontaient les méfaits terribles des gaz et des bombardements, écoutaient maintenant avec horreur les nouvelles de Pologne où des milliers de bombes s'abattaient indistinctement sur les civils et les militaires.

Dans sa classe Luce avait reçu un manuel de défense passive intitulé « Alerte aux avions ». Elle se devait d'enseigner à ses élèves du cours préparatoire quelques notions sommaires sur la manière de se protéger des raids aériens. *« Reconnaître les signaux d'alerte émis par les sirènes : deux coups montants et descendants, c'est l'alerte, mais les avions sont encore loin. La vraie alerte est annoncée par de nombreux coups montants et descendants. Un long hurlement continu : c'est la fin de l'alerte »*. Les fillettes de six ans écoutaient gravement leur institutrice mais bien sûr, elles étaient déjà au courant.

Peu à peu pourtant la psychose se tassa. D'ailleurs il paraissait tellement loin ce front, si bien protégé par les formidables forteresses de la ligne Maginot que la première émotion une fois endiguée, les civils retournèrent tranquillement à leurs occupations. Le gouvernement faisait comme eux et se réfugiait dans l'attentisme, se contentant de placarder sur les murs des villes de nombreuses affiches qui criaient leur optimisme naïf: *« Nous vaincrons parce que nous sommes les plus forts ! »*

Chaque matin, excepté le jeudi et le dimanche, Luce partait à l'école et laissait Claudine aux bons soins de madame Guilers qui s'en occupait comme de sa propre fille. Veuve depuis plusieurs années, Claudette Guilers avait eu un petit garçon qui avait succombé en bas âge, aussi retrouvait-elle avec Claudine les tendresses maternelles qu'elle n'avait pas eu le temps d'assouvir. Claudine d'ailleurs l'adorait et Luce s'en allait travailler le cœur moins lourd pour rentrer en courant le soir après les cours prendre dans ses bras son enfant chérie sur laquelle elle reportait tout l'amour qu'elle ne pouvait donner à Raoul. Il lui semblait ainsi que Claudine souffrirait moins de l'absence de son père, alors que c'était elle, sa mère, qui s'efforçait de l'exorciser en se concentrant sur la vie de sa fille.

Les jours s'écoulèrent sur la maison des quais, un

rien monotones entre le travail d'institutrice à l'école des filles la semaine, les soirs passés à s'occuper de Claudine qui ne demandait qu'à grandir et l'échange du courrier avec Raoul. Chaque week-end, Luce voyait sa sœur aînée, Edith, qui habitait Blois. Edith arrivait en train le samedi soir et repartait le lundi matin. De trois ans plus âgée que Luce, toujours célibataire, employée de la mairie, elle jouait à la citadine, très élégante dans des robes bien coupées et chapeautée avec goût. Le dimanche les deux sœurs promenaient Claudine sur les bords du Cher et bavardaient, bavardaient pour combler le vide de la semaine où Luce ne voyait personne.

— Quand je pense que les gens ne croyaient pas à la guerre, tout ça parce que, saignés à blanc par celle de 14-18, ils étaient persuadés que ce serait la « der des der ». En dépit de la montée du fascisme italien et du nazisme allemand, le gouvernement n'a pas su réagir autrement que par des discours prudents. La paix à tout prix ? Voilà où on en est maintenant. Ton mari, notre frère, tous nos hommes sont quelque part sur le front mais il ne se passe rien, tempêtait Edith.

— C'est la fin de l'automne, ce n'est pas bon d'attaquer dans le froid et la pluie, répliquait Luce.

— Si tu crois que ça va gêner les généraux ! Ils sont bien à l'abri, eux. Moi je pense qu'en fait personne n'est prêt.

— Et Hitler ?

— Ah, Hitler, c'est l'inconnu.

Un dimanche de novembre, encore doux pour la saison, de cette douceur paisible aux couleurs moelleuses de vieille bière et de miel, quand le soleil se joue des premiers frimas, la promenade le long du Cher se fit plus languissante, plus intime aussi, comme si l'atmosphère dorée, saturée de rayons tamisés, d'odeurs de pommes et de terre cherchait à pénétrer dans les consciences pour les attendrir, créait le dialogue, les rapprochements, les confidences.

Une fois au bord de l'eau, Luce hésita un peu, pas longtemps car son cœur débordait, son mal être voulait crier sa solitude. L'air était si bon, le soleil si complice, l'eau elle-même, transparente comme du verre soufflé quand la braise le satine, lui ouvrait la bouche.

— Dis, Edith, ça te plairait de lire des lettres de Raoul ? Son régiment a rejoint le front et il parle de la situation présente.

— Mais il les a écrites pour toi et en pensant à toi. Je n'y ai aucune part.

— Je le sais bien mais c'est si dur de les garder pour moi toute seule. Claudine est trop petite pour que je les lui lise alors que j'ai besoin que les mots qu'il m'écrit vivent au-delà de moi. Et puis toi, tu le connais bien, on est sœurs, ce n'est pas comme si je faisais lire ces lettres à un inconnu. Tu comprends, si tu les lis, j'aurai l'impression qu'il est revenu là, près de nous, puisqu'on sera deux à prendre connaissance de ses mots et à parler de lui. Tiens, j'ai là les trois dernières lettres que j'ai reçues.

— Tu les emmènes partout avec toi ? s'étonna Edith.

— J'avais tellement envie de te les montrer.

— Passe-les moi alors. Je suppose que tu souhaites que je les lise tout haut ?

— S'il te plaît. Et moi, je vais fermer les yeux pour que Raoul m'apparaisse.

Luce s'allongea dans l'herbe fraîche à l'odeur entêtante, déjà saoulée par le tendre clapotis du fleuve qui, à sa manière, limpide et musicale, se préparait lui aussi à l'écoute. Elle se concentra sur la voix d'Edith, douce et grave à la fois, puissamment évocatrice. Il lui semblait qu'à travers sa lecture, Raoul prenait vie. Elle l'imaginait dans son uniforme de soldat, un peu sale sans doute, le visage concentré, collant des mots simples à ses occupations de la journée pour les lui faire partager comme il l'aurait fait s'il était revenu chaque soir à la maison.

« Mon petit Mimi chéri,

Je suis installé sur une table d'occasion, assis sur un banc, éclairé par deux ampoules dans un cellier. Tout autour de moi, un tas de bois, des morceaux de pain, des épluchures de pommes, des gamelles sales, des toiles d'araignées, le tout dans un désordre épouvantable. De temps en temps les copains du dessus me font tomber des plâtras des murs et du plafond sur la tête. Voilà mon antre...

Matin et soir je fais le terrassier et je creuse des tranchées.

Hier dans le ciel de notre petit pays, j'ai vu le premier drame de la guerre dont je devais être témoin. Deux avions anglais ont été descendus par des avions allemands. Les aviateurs ont sauté en parachute et ont été sauvés. Les pertes ne sont que matérielles. Il paraît que le même sort serait arrivé à plusieurs autres dans la région. Mais les versions

29

*sont tellement différentes les unes des autres que je
ne crois que ce que j'ai vu.*

Embrasse bien ma fille. Je t'aime. »

La seconde lettre était datée du 29 octobre 1939.

*« Une bonne nouvelle si toutefois elle est vraie.
Des bruits courent que des permissions de dix jours
avec cinq jours de délai de route vont nous être
accordées à partir du 1er novembre. Nous partirons
par groupes de façon que nous ne soyons pas tous
manquants en même temps. Je ne serai pas du
premier contingent puisqu'actuellement mon
bataillon se trouve en ligne. J'espère que nous
n'allons pas y rester longtemps étant donné que nous
y sommes depuis déjà plus de huit jours.*

*Le secteur est d'ailleurs calme et j'ai la chance de
me trouver quelques kilomètres derrière mes
camarades. J'ai été désigné pour prendre une garde
durant la période où nous serions en ligne. C'est
autant de pris. Je loge dans une maison où il y a lit,
table et bon feu. Mes camarades jusqu'à maintenant
doivent d'ailleurs bien plus souffrir du froid, de la
pluie et de la boue que de la mitraille qui n'est pas
encore venue jusqu'à eux.*

*L'hiver qui s'annonce particulièrement pluvieux a
transformé les champs en marécages. Aussi je ne
crois pas que des opérations d'assez grande
envergure soient tentées de part et d'autre avant
longtemps. Pour l'instant c'est surtout une guerre de
coups de mains qui occasionne des pertes assez
minimes. »*

Edith leva les yeux sur Luce toujours étendue dans l'herbe, les paupières closes, le souffle court puis elle fit glisser le feuillet noirci à l'encre turquoise et s'empara de la troisième lettre, datée du 5 novembre.

« Actuellement je t'écris sous terre, alors que j'occupe un avant-poste. La nuit je couche dans une maison cossue assez loin derrière. Ce nouveau secteur a été jusqu'à maintenant très calme. Je compte sur ma bonne étoile pour qu'il le reste encore quelques jours. D'ailleurs la position semble solide et nous devrions tenir le choc, si choc il y a. Cette vie est monotone. Il faut demeurer des heures sur place, dans l'inactivité. Il faut être patient. Surtout que chaque jour nous attendons un ordre de relève pour aller en permission. Celui à qui l'ordre arrivera sera bien chanceux.

Courage, mon mimi, tout a une fin. En m'attendant, dorlote bien Claudine pour son papa. Ma pensée est toujours avec toi et ma vie, c'est vous. »

Un silence tendre et mélancolique plana sur les deux jeunes femmes qui s'étaient allongées au bord du Cher, entourant de leurs silhouettes minces la poussette où dormait Claudine. Leurs yeux brillants glissèrent sur les eaux galopantes du fleuve qui fouettaient les berges et les îlots de sable blond plantés de peupliers.

— Devine à quoi je pense ? murmura enfin Edith.

Arrachée de l'onde mousseuse et des souvenirs

31

qui s'accrochaient aux méandres de la rivière, Luce ne trouva rien à répondre.

— Je songeais à ton mariage avec Raoul et à la robe que tu portais ce jour-là. Tu étais magnifique et j'ai toujours en mémoire l'immense voile de mousseline qui t'entourait. Il était si long qu'il traînait par terre et te faisait comme un manteau transparent de pureté.

— C'est vrai qu'elle était belle, cette robe, soupira Luce. C'était madame Peyrou qui me l'avait confectionnée. On l'avait dessinée ensemble. Je m'en rappelle comme si c'était hier. Tu te rends compte, je ne suis mariée avec Raoul que depuis un an, et déjà on est séparés.

Luce avait lancé les derniers mots avec une sorte de violence impuissante.

— Raoul va revenir, il parle de permissions accordées.

— Mais quand ? Et puis de toute façon, après, il repartira. Et alors qui sait s'il reviendra ? S'il est tué ?

— C'est idiot de penser à ça, trancha Edith. A quoi cela te sert-il ? Ne peux-tu te contenter de vivre au jour le jour plutôt que de tout voir en noir ?

— Que crois-tu donc que je fais ? répliqua Luce d'un air las. J'assure ma classe à l'école de filles, je m'occupe de Claudine, je rassemble des aliments pour les colis que j'envoie à Raoul, et j'essaye de dormir. C'est tout ce qu'il y a à dire. Mais tu oublies qu'au jour le jour la peur est aussi présente, elle devient quotidienne, elle s'attache à chaque geste, à chaque pensée. Je ne sais pas où Raoul se trouve exactement, et ce qui se passe, c'est lui qui me l'apprend dans ses lettres, après coup. Que devrais-je donc ressentir en apprenant qu'il se trouve seul en ligne ?

— Excuse-moi, je sais que c'est difficile d'attendre sans savoir ce qui se passe. Mais que voudrais-tu faire ? Il faut être patient, Raoul le dit lui-même dans sa lettre.

— Tu as raison. Je dois apprendre la patience, je suppose. Mais jamais je ne parviendrai à endiguer la peur qu'il ne lui arrive quelque chose. Jamais. Ah ! Comme je voudrais qu'il vienne nous voir. Il est des jours où la solitude me pèse plus lourd qu'une tonne de plomb, où je m'ennuie tellement et où le courage me manque. Pourtant il faut être courageuse, je le sais, mais c'est si dur. Et pour Gaston ? Que se passe-t-il ? As-tu des nouvelles ?

— Je sais juste qu'on l'a changé de dortoir, et qu'il trouve le nouveau moins gai. Il était si tranquille dans son petit coin, loin de la terrible surveillance. Les parents se font un sang d'encre à Vendôme. Heureusement leur épicerie marche bien, ils voient du monde, ça leur évite de trop penser au sort de Gaston.

— Tu vois bien qu'on en est tous réduit à attendre, la peur au ventre. On redoute d'apprendre une mauvaise nouvelle et en même temps, on désire ardemment être tenu au courant parce qu'il n'y a pas de torture pire que l'incertitude et que cet espoir sans cesse remis en cause. On en devient fou.

Les deux femmes rentrèrent pour donner le bain à Claudine. Un brin de laine de la manche de cette dernière se coinça dans le clou qui se trouvait sur le côté de la poussette. Trouvant cela amusant, la fillette voulut recommencer, elle passa et repassa son petit bras et tira sur sa manche pour voir si celle-ci était prise. Les deux sœurs rirent bien fort. Leurs rires redoublèrent quand elles lui essayèrent une jupette blanche et une jolie veste marine qu'une amie avait données à Edith. Claudine était si craquante dans ce nouveau costume, telle une jolie poupée déguisée en jeune fille.

Puis Edith la fit manger pendant que Luce terminait la lettre à Raoul qu'elle avait interrompue la veille au soir à l'arrivée de sa sœur. Edith repartit le lendemain matin et se chargea de poster la lettre de Luce. Elle eut la chance de trouver un car chauffé dans lequel elle put poser ses pieds sur le tuyau du chauffage, au risque de séparer en deux la semelle de ses chaussures. Mais c'était si bon d'avoir chaud.

Chapitre 3

Le régiment de Raoul commença à descendre les lignes le 1er décembre et s'achemina vers l'arrière. Après une longue et pénible marche, les hommes atteignirent Vallerange, but de leur première étape, le 3 décembre au soir. Ils s'installèrent dans le grenier d'une ferme où il faisait si froid que Raoul descendit dans l'étable où la trentaine de jolies vaches blanches et noires dégageaient, mêlée à l'odeur du purin, la chaleur nécessaire pour dégourdir les doigts. Il s'y installa quelques instants, les yeux plongés dans ceux, curieux et liquides, d'une petite génisse ébouriffée puis, réchauffé, il remonta au grenier auprès de ses camarades et s'allongea en serrant contre lui le colis de Luce qu'il avait reçu l'avant-veille. Il avait eu l'agréable surprise d'y trouver de nombreuses provisions, dont un superbe cake aux fruits confits généreusement arrosé de grand-marnier que Luce réussissait toujours à cuire comme si c'était de la brioche : moelleux, tendre et doré. Il en avait proposé quelques tranches à ses camarades avant de soigneusement le mettre de côté pour plus tard. Hélas un chien errant l'avait dévoré. Par contre, il restait encore du fromage et des confitures, il n'avait pas tout mangé et était bien décidé à ne plus se faire voler bêtement ces provisions qui exhalaient un tel relent de « fait maison » qu'on en avait les larmes aux yeux et le ventre nostalgique. Ah ! les cerises rouges et luisantes serrées dans les paniers d'osier, les framboises piquantes qu'on écrase, la grande marmite de cuivre où le liquide chauffe à gros bouillons et puis surtout l'odeur, quand les fruits se gorgent de sucre et font exploser leur arôme puissant, mélange de terre et de soleil, de forêt, de miel. Ces confitures-là se dégustent directement dans le bocal, à la cuillère.

Le cœur lourd de souvenirs, Raoul essaya de faire durer les pots quelques jours, se contentant de puiser une bouchée par-ci par-là mais quelle bouchée ! Gavée de sucre, de fruit mûr avec comme un goût de plaisir interdit et derrière, le sourire de Luce, Luce avec son tablier tâché de jus, Luce et ses fines jambes dorées sous la jupe relevée. L'odeur des fruits. L'odeur de l'amour. L'odeur de Luce. Luce, toujours. Jusque dans les pots de confiture.

Deux jours plus tard, il n'y avait plus rien qu'un peu de sucre rose collé aux parois de verre.

Le groupe continua sa marche descendante jusqu'à Mauregny en Haies, près de Reims et prit ses dispositions comme s'il devait y séjourner longtemps, pensa Raoul. Ce n'était d'ailleurs qu'une impression personnelle pouvant se dissiper d'un jour à l'autre.

Les travaux militaires étaient minimes en raison

de la brièveté des jours. Cependant, occupés toute la journée, les hommes réunis là s'en réjouissaient car ainsi ils avaient l'impression que le temps passait plus vite.

Souvent le soir, de grandes discussions s'engageaient entre ces soldats d'horizons si lointains, instituteurs, commerçants ou paysans venus de provinces différentes. Chacun était fier de sa région et prétendait mieux connaître le travail que les autres. Ils avaient certainement tous raison mais n'arrivaient pas à s'entendre. La discussion montait en tons jusqu'à ce que chacun s'accorde devant un quart de pinard. Ils n'oubliaient pas qu'ils étaient frères d'armes et que la même destinée hasardeuse planait sur leur tête.

Au milieu de ce chahut général, il était difficile de s'isoler, le bruit des conversations s'immisçait dans tous les recoins du campement. Raoul cependant trouvait souvent la force, ou la faiblesse, de se retirer dans ses rêves. Il pensait à sa femme, à sa fille, perdues là-bas, toutes seules, loin de lui, dans une région qu'il adorait. Comme il les aimait, comme elles lui manquaient. Il n'avait pas de photographie de Claudine et pensait avec amertume qu'elle devait changer de jour en jour mais que jamais il ne connaîtrait le bonheur de l'avoir vue grandir toute petite. Si elle pouvait comprendre, si Luce pouvait lui parler souvent de lui, de ce père absent afin qu'il occupât une place dans son cœur.

L'après-midi quelquefois, il tuait le temps en feuilletant des journaux vieux souvent de plusieurs semaines. Tous étaient aussi secs et aussi déconcertants les uns que les autres. Ils ne disaient rien, n'apprenaient rien, ne laissaient rien entendre sur les événements futurs dont ils étaient le jouet. La situation, présentement, paraissait ambiguë et si incertaine. La guerre allait-elle s'étendre ? De quelle manière se jouerait-elle ? Combien de temps durerait-elle ? Il était bien difficile de répondre à ces questions, toutes les hypothèses paraissaient possibles, les meilleures comme les pires.

Les jours passaient ainsi dans une monotonie affligeante où se mêlaient l'attente irritante pendant cette « drôle de guerre » sans bataille où l'inaction paraissait stérile, l'absence des êtres aimés, l'espoir d'une permission prochaine. Les premiers permissionnaires de son régiment étaient partis. Mais ces derniers temps il se disait qu'il ne partirait sans doute pas avant le mois de juin. Pourtant de nombreux permissionnaires avaient défilé à Selles, les uns deux mois après leur première permission. Alors l'espoir perdurait.

On arrivait à fin décembre, Noël approchait, un Noël sans Luce et sans Claudine. Pour la petite fille, ce serait le premier de sa vie, et son père ne serait pas là pour cette fête. Que devenaient-elles ?

Raoul prit une feuille de mauvais papier dans sa réserve et commença à écrire, les mots accouraient tous seuls sous ses doigts engourdis par le froid glacial mais il n'y prenait pas garde, tout son être s'en était allé au-delà de la Sologne, dans cette maison grise au bord du Cher où l'attendait sa vie.

« Mon Mimi chéri, Noël sera pour nous deux un

Noël bien triste. Fais ton possible pour le passer en famille, chez tes parents à Vendôme ou chez les miens à Sainte-Lizaigne. Bien sûr j'aurais été heureux d'être auprès de toi et de Claudine pour cette occasion, nous l'aurions gâtée en chœur. En allant en permission plus tard, je manquerai cette fête de famille, il est vrai, mais nous serons aussi plus tranquilles et tous deux, rien que tous deux, nous jouirons mieux de notre bonheur passager.

Tu ne parles jamais de ta solitude, mais comme cela doit te rendre malheureuse, ma chérie. Les veillées, lorsque bébé dort, doivent te paraître bien tristes dans notre vaste cuisine. Je sais que je n'étais pas bien bavard le soir, surtout quand je lisais le journal mais ma présence était tout de même un réconfort. C'était le bon temps et je n'aspire qu'à le retrouver.

Ici je me suis fait de bons camarades mais je me sens bien seul malgré tout, et bien souvent je voudrais vieillir de plusieurs années. C'est bien désolant d'en arriver là.

J'ai trouvé une laveuse qui va me remettre mon linge en état et me tenir propre. Cependant j'aurais besoin d'une bonne flanelle genre maillot de sport très longue si possible, et d'un caleçon molletonné à l'intérieur. Je peux attendre encore une quinzaine de jours. Si tu trouves « le théâtre de Labiche » envoie-le moi. C'est un bouquin pas mal, je crois. Renseigne-toi.

Ma chérie, embrasse ma Claudine comme je l'aime. Pour toi de bien affectueuses pensées et de bien gros baisers.

Ton Raoul qui t'aime envers et contre tout. »

— Alors Raoul, tu rêves?

Une longue silhouette maigre s'était approchée sans que Raoul ne s'en aperçoive.

— Louis! Tu m'as fait peur.

Le nouveau venu s'assit par terre à côté de Raoul puis avec un bon sourire décida d'engager la conversation.

— Tu écris à ta femme ?

— Oui. Chaque fois que je peux, je lui écris. Ca me fait du bien, et à elle aussi, je suppose.

— Moi, c'est pareil. Tu sais, je voulais encore vous remercier, les camarades et toi, pour l'argent que vous m'avez donné ce matin. Vous vous êtes sacrément cotisés pour moi. Ca va me permettre de payer un joli cadeau à ma femme. Merci vraiment, c'était si inattendu.

— Je pense bien ! Je n'ai jamais vu un jeune marié aussi surpris et aussi content de recevoir un souvenir de mains amies. Et jamais souvenir n'a été offert avec plus de plaisir. Crois-moi, il est des actes que les circonstances rendent sacrés. C'était notre cadeau de noces en quelque sorte.

Avant la guerre, Louis Maurras fréquentait une jeune fille dont les parents étaient pêcheurs. Peu de temps après la mobilisation, il avait appris qu'elle était enceinte et en garçon honnête désirait convoler en justes noces pour régulariser la situation. Il avait réussi à obtenir une permission pour aller se marier. Il était temps car le lendemain de son mariage, célébré dans l'intimité, la jeune épousée devenait mère d'un beau garçon de huit livres.

Louis avait un cœur d'or et Raoul se promettait après la guerre d'aller lui rendre visite avec Luce ainsi qu'aux autres camarades avec lesquels il vivait, pour renouer les liens d'amitié qui les unissaient tous au milieu du désert affectif où on les avait brutalement plongé. Soldats de tous horizons, professeurs, médecins, boulangers, artisans, tous ils se retrouvaient là dans la même galère, sans l'avoir demandé, sans même l'avoir cru possible tellement ils étaient différents. En temps normal ils ne se seraient sans doute jamais rencontrés, ou se seraient peut-être même détestés, mais là, tous ensemble liés contre la mort, sur un même front, dans l'attente et la peur, ils se précipitaient les uns vers les autres, sans distinction d'âge ou de profession, seulement parce qu'ils ne voulaient pas rester seuls avec cette angoisse au ventre. L'amitié entre soldats, la solidarité, l'entraide, voilà ce qui les faisait tenir.

Chapitre 4

En janvier 1940, l'hiver accrocha profondément ses griffes glaciales. Le Cher charriait de gros glaçons blancs de neige que le soleil faisait miroiter. C'était magnifique, sauf que les pauvres soldats peinaient.

Après un Noël sans joie où l'absence de Raoul avait pesé plus fort que jamais, Luce replongea dans la solitude, éclairée cependant par les sourires et les éclats de voix de Claudine qui grandissait à vue d'œil. Il y avait là tant de joie spontanée, de complicité déjà, de tendresse partagée, tout un baume de douceur auquel se réchauffer, se raccrocher, se nourrir.

Le 21 janvier, la jeune femme reçut deux lettres de Raoul. Enfin une soirée qui serait moins lourde que les autres, un peu moins vide, un peu plus gaie, puisqu'elle recevait des nouvelles fraîches, des mots nouveaux et tout neufs pour remplacer ceux des lettres précédentes qu'elle avait lues si souvent qu'elle les connaissait par cœur.

Elle s'installa confortablement dans la cuisine, à

peine éclairée par un ciel blême à la clarté douteuse et lut la première missive, datée du 18 janvier.

« Mon petit Mimi chéri, j'arrive de l'exercice par un froid de canard. La terre est gelée et la bise glacée. Seulement tranquillise-toi, mes pull-overs me tiennent bien chaud et je ne souffre pas. J'ai sorti mes chaussettes en laine non dégraissées de ma musette pour les porter. C'est le moment. Avec mes chaussons et mes bottes, j'arrive à ne pas avoir froid aux pieds. Quant à mon état de santé, il est parfait. Je mange bien et comme les nuits sont très longues, j'arrive aisément à me reposer des fatigues de la journée.

Et toi ma chérie ? Arrives-tu à chauffer suffisamment nos grandes pièces ? Couvre-toi bien et tâche de ne pas prendre froid. Veille bien aussi sur Claudine, surtout quand la neige va dégeler. Les rhumes, les épidémies feront alors leur apparition. Prends bien toutes les précautions nécessaires.

J'aurais bien voulu t'annoncer que les permissions étaient rétablies. Mais il est encore trop tôt. Je n'y manquerai pas dès que je le saurai.

Puisque je ne peux pas prévoir le jour où j'irai te retrouver, je vais probablement t'adresser un paquet où il y aura surtout des chaussettes que tu retaperas et que tu m'enverras à mesure que je te les demanderai. Je vais également renvoyer mes affaires de football qui ne me servent à rien et qui m'embarrassent. Je t'aurai fait dépenser de l'argent inutilement. Le gouvernement en profitera. Il doit en avoir besoin.

Je viens d'interrompre cette lettre pour ingurgiter un quart de thé bien chaud. Depuis les grands froids, nous avons ainsi droit à une ou deux boissons chaudes supplémentaires par jour.

Mon petit Mimi, cette interruption sera également une fin car dans le bruit je n'aime pas m'entretenir avec toi et les copains se chargent d'en faire.

Embrasse Claudine. Parle-moi de son poids, de ses cheveux, de ses yeux, etc... Tout ce qui est elle m'intéresse tant. »

Dans un geste plein de tendresse, Luce porta la feuille à ses lèvres tout en essuyant une larme furtive qui roulait sur sa joue. Comme il aimait Claudine, sans vraiment la connaître, combien il se souciait d'elle à travers ses conseils bouleversants de père un peu maladroit. Un soupir attendri s'échappa malgré elle, il y avait presque du regret dans son souffle, le regret qu'un père aussi attentionné ne puisse pas voir grandir son enfant.

Elle déposa la lettre sur la table pour la relire plus tard, elle en avait une autre à parcourir, datée du 19 janvier. L'encre bleu turquoise en avait pâli, si bien qu'elle eut du mal à déchiffrer l'écriture fine et serrée. Au bout de quelques lignes pourtant elle s'était déjà habituée aux mots qui pour une fois ruisselaient de joie.

« Les permissions viennent d'être rétablies ! A moins d'un nouveau suspend, je compte partir vers la fin du mois. Est-ce bien vrai que dans dix ou quinze jours je serai avec mon Mimi et ma Claudine ? Je ne

puis pas te dire ce que j'ai ressenti en apprenant cette nouvelle ce matin. C'était quelque chose comme de la joie, mais plus intense et plus profond. Je ressentais comme un allégement de tout mon corps et j'éprouvais une envie folle de sauter et de rire. Dans cette seconde, j'ai éprouvé toute la plénitude de mon être, je me sentais vivre. Comme la vie peut être belle à certains moments. Ne serait-ce que pour ces brefs instants, elle vaut la peine d'être vécue. Ma lettre, ma chérie, te causera certainement la même impression et tu verras combien malgré la distance nous sommes prêts l'un de l'autre. Je ne veux plus désormais penser qu'à notre bonheur de demain. Je n'enverrai pas le colis que j'avais l'intention de préparer. J'emporterai mes hardes avec moi.

Ma chérie je voudrais pouvoir te dire de préparer notre bout de chou de fille à cette fête. Mais pour elle, tout est fête. Ma joie me fait dire des bêtises. Supposer que Claudine soit sensible à la fragilité des choses de ce monde et vouloir lui faire broyer du noir ! Pour quel père indigne et méchant tu vas me prendre !

Ma chérie, je t'embrasse et je t'aime ».

— Une permission ! Il a une permission ! hurla Luce.

Elle serra les deux lettres sur sa poitrine et dans la joie délirante qui explosait dans son corps, elle se mit à danser, elle tourna plusieurs fois sur elle-même en riant, courut vers la chambre puis revint jusqu'à la cuisine où elle prit dans ses bras Claudine qu'elle embrassa très fort.

45

— Tu vas voir ton père, mon trésor!

Vite il fallait faire briller les cuivres, les murs, les meubles, il fallait changer les draps du lit pour mettre à leur place les plus jolis, les blancs brodés qui sentaient bon la lavande et n'avaient pas servi depuis la nuit de noces. Luce frissonna de plaisir en songeant aux étreintes voluptueuses qu'ils accueilleraient comme une seconde lune de miel.

Avait-elle changé depuis le départ de Raoul ? N'était-elle pas trop pâle, un peu trop maigre ? La trouverait-il toujours jolie ? Devant le miroir de la chambre, elle scruta son visage sans complaisance. Elle essaya plusieurs coiffures et minauda pour savoir laquelle lui allait le mieux. Finalement, après bien des coups de brosse et des arrachages rageurs d'épingles, elle décida de ne rien changer à sa coupe habituelle, un carré long ondulé qui dégageait joliment son front et laissait s'exprimer son regard clair de pervenche. Par contre elle investit sans hésiter une partie de son salaire du mois dans l'achat d'un long manteau soyeux qui lui prenait bien la taille et, lui semblait-il, l'avantageait.

Et lui, comment le retrouverait-elle ? Il y avait tant d'enthousiasme dans sa dernière lettre, certainement il y aurait de la joie à partager, des regards à échanger, des souvenirs à construire, à amonceler, le plus possible, afin de tenir quand Raoul de nouveau partirait.

Celui-ci arriva à Selles le 29 janvier 1940. Qu'elle était jolie cette jeune femme blonde en manteau beige qui l'attendait sur le quai de la gare et qui serrait contre son épaule une petite fille brune qu'il ne reconnaissait pas. Joie, pleurs, larmes de bonheur, baisers violents. Faire l'amour, encore et encore. Se serrer contre ce corps chaud, se fondre en lui, ne faire plus qu'un. Puis gesticuler comme un pantin malhabile pour faire rire l'enfant, la prendre dans ses bras, la manger de caresses tandis que les jours défilaient comme un vertige, à toute vitesse, impitoyablement.

Le 7 février, Raoul repartait vers son nouveau cantonnement situé sur la frontière belge, à Neuville-aux-Joutes.

La mort dans l'âme, il laissait sa jeune femme aux prises avec une petite fille de dix mois quand lui courait vers il ne savait quel destin funeste.

Luce ne desserra pas les dents de toute la journée qui suivit son départ. Le regard vague, elle était sous le coup de la permission de Raoul et n'arrivait pas à réaliser qu'il venait de la quitter pour plusieurs mois. Elle avait vécu un tel paradis pendant ces dix jours, dix jours de joie et de tendresse, de rires étouffés aux sonorités si troublantes, de discussions passionnées où s'oubliait l'horreur de la guerre. Jamais elle n'avait si bien senti son bonheur d'une vie commune avec Raoul.

Le lundi soir elle se décida enfin à écrire à ses parents, pour lâcher son trop-plein d'amertume et de tristesse.

« Mon petit papa, ma petite maman,

Raoul est parti et son départ a créé un grand vide ici, nous avons été si heureux après une si longue absence… Et voilà que la vie va recommencer :

attente de nouvelles, écrire une lettre chaque soir, cafard souvent. Quelle vie et à quand la fin ? Nous qui devrions être si heureux avec notre petite poupée. La vie était pour nous pleine d'espérance et il ne reste rien. C'était trop beau sans doute puisqu'on nous a enlevé ce bonheur.

Petite Claudine est au dodo, il est neuf heures passées, je vais écrire à Raoul et aller me coucher, je suis tellement lasse. »

Ses yeux vagabondaient de nouveau dans les chemins roux que leurs pieds avaient foulé côte à côte, elle revoyait les doux chatoiements du ciel d'hiver sur les arbres dénudés qui brillaient comme du cristal sous la tendre caresse d'une lumière mauve. Elle poussait la voiture de Claudine tandis que Raoul serrait sa taille de sa grande main et se pressait contre son oreille en lui murmurant des mots fous.

Ces dix jours avaient ruisselé de soleil sous le froid mais depuis le départ de Raoul, la neige s'était mise à tomber. Toute la journée, des flocons duveteux voltigèrent en gerbe d'étoiles blanches avant de se déposer en une couche moelleuse sur le sol. Il faisait très froid. L'hiver 40 serait un hiver mémorable. Gel, neige, froid des corps, inconsolable tristesse, voilà ce qui restait.

En rentrant de permission, Raoul n'avait pas voulu s'embarrasser de livres. Il avait laissé une liste pour que Luce lui envoie les volumes un par un afin qu'il en ait toujours un en sa possession sans en être encombré et puisse ainsi occuper son esprit, pour que le temps ne paraisse pas trop long et vide.

Luce luttait contre les mêmes tourments de la solitude et s'abrutissait tous les soirs dans des lectures plus ou moins passionnantes. C'était un refuge vers lequel sa pensée s'évadait.

Elle avait lu certains volumes de la liste laissée par Raoul dont *L'éducation sentimentale* de Flaubert et *Rémi des Rauches* de Maurice Genevoix mais ne connaissait pas les romans de Gide.

Le lendemain du départ de Raoul, elle se précipita à la librairie avec Claudine. Avec les livres qu'il réclamait, elle se donnait l'impression de prolonger son séjour, c'était un peu comme s'il n'était pas parti, elle voulait continuer à l'entourer de soins et d'affection.

— Bonjour, Mme Granier, s'écria le libraire dès que Luce eut refermé la porte sur la neige qui s'engouffrait sournoisement dans le magasin. Vous devez avoir les pieds trempés.

— Non, Mr Danrieu, je vous remercie. J'ai de bonnes bottes fourrées et la couche n'est pas encore trop épaisse.

— Quand même, venir avec votre poussette par ce temps ! Vous n'avez déjà plus de livres ?

— C'est pour mon mari, il m'a laissé une liste.

— Comment est-ce que ça se passe sur le front ?

— Oh ! Jusqu'à maintenant, rien n'a encore bougé.

— C'est ce que disent les journaux, on n'y trouve rien d'intéressant, grommela le libraire. Les mêmes hypothèses sur le règlement du conflit y sont ressassées sans que l'une d'entre elles soit particulièrement retenue. Tout est possible, dit-on.

— Mais vivre chaque jour dans la même incertitude du lendemain ! C'est un cauchemar.

— Surtout pour vous avec votre mari qui se trouve là-bas. Je me demande bien où tout cela va nous mener. Voilà deux mois, tout le monde était d'accord pour dire qu'Hitler allait probablement déclencher une offensive en février ou mars. Et il ne se passe rien. Peut-être a-t-il peur ? Il est vrai que les beaux jours ne sont pas encore là, ajouta le libraire en regardant avec rancune les flocons qui tapaient contre la vitrine. Il n'y a hélas aucun événement qui permette de pronostiquer si cette guerre des nerfs va durer longtemps. Enfin on verra bien. C'est quoi votre liste ?

— Tenez, je l'ai recopiée.

— Flaubert, *L'éducation sentimentale*, en deux volumes, lut-il. *Si le grain ne meurt* de Gide, ça, j'ai. Par contre il va falloir que je commande *Miarka la fille à l'ours*.

— Ca prendra combien de temps ? demanda Luce.

— Une quinzaine de jours environ je pense.

— C'est parfait, je repasserai.

Le libraire tendit à la jeune femme les livres demandés après les avoir soigneusement enveloppés dans du papier journal.

— Vous me paierez la prochaine fois, dit-il. Allez vite faire le colis pour votre soldat.

— Merci Mr Danrieu. Au revoir !

A peine arrivée chez elle, Luce s'empressa

d'obéir à la suggestion du libraire. Dans le colis solidement empaqueté, elle glissa les romans de Flaubert et de Gide et y joignit de la langouste à la sauce vinaigrette préparée dans une bouteille que lui avait apportée Mme Guilers, une boîte de lait condensé, des confitures, une tablette de bon chocolat ainsi qu'un rôti aillé cuisiné la veille.

La réponse qu'elle reçut quelques jours plus tard la plongea dans une douce rêverie un peu béate, rêverie moelleuse et réconfortante qui serre les tripes et réchauffe de l'intérieur tel un feu douillet ronronnant.

« J'ai reçu ton colis ce soir, tout était en bon état et très bon. Petit Mimi chéri, tu as voulu gâter ton grand.

Pour la première fois aujourd'hui depuis mon séjour au cantonnement, nous avons eu la visite d'avions allemands et nous avons entendu la DER tirer dessus. A part ce petit incident nous pourrions penser en chœur avec l'arrière que la guerre n'a pas lieu.

Il fait une douceur printanière. C'est un dimanche riant qui contraste agréablement avec les jours précédents. J'en ai profité pour abandonner quelques heures le bureau et aller prendre l'air. J'ai même pris mes ébats en faisant une partie de football.

Maintenant c'est le soir, la fraîcheur revient peu à peu. Je rentre de ma promenade. Je viens de trouver sur la table du bureau la lettre de mon Mimi que j'attendais. Toutes mes pensées s'en vont vers toi. Je ressens un bien-être indéfinissable, comme quelque chose qui me redonne goût à la vie, une sorte d'espérance. Est-ce que le temps qu'il a fait aujourd'hui évoque pour moi d'autres cieux que tu connais bien, qui me sont familiers et où il fait si doux vivre ? Je veux dire notre Touraine ? Ou bien est-ce l'influence du renouveau que l'on sent déjà tout autour de soi, dans l'air, chez les plantes et chez les oiseaux ? Car après tous les noirs soucis qui nous endeuillent, il y aura pour nous un autre printemps dont les délices nous feront oublier nos misères comme la nature en mai fait oublier la nature morte et sinistre de l'hiver. A plusieurs reprises j'ai évoqué la route qui passe devant chez nous puis la route de Meusnes avec deux êtres qui s'animaient marchant côte à côte, la femme poussant une voiture d'enfant avec dedans une Claudine si jolie qui fait notre joie. »

A peine Luce eut-elle lu la lettre qu'elle se précipita dans sa chambre pour chercher de quoi écrire. C'était toujours ainsi, elle répondait immédiatement après la première lecture, comme s'il s'agissait d'une conversation ne supportant aucun temps mort. C'en était une par bien des côtés d'ailleurs puisque ces lettres restaient l'unique moyen de communication possible entre elle et Raoul. Plus tard, le soir, avant de s'endormir, elle relisait ces pages pour s'imprégner des mots de son mari et ainsi tenter de se sentir un peu moins seule dans le grand lit d'acajou si terriblement vide de lui.

Elle s'installa confortablement dans la cuisine puis laissa la plume glisser sur le papier. Elle ne parla pas de sa solitude ou de sa peur. A quoi bon ? Elle chanta son amour pour cet homme lointain qui allait avoir vingt-sept ans le 2 mars prochain et auquel elle ne pourrait même pas souhaiter son anniversaire de vive voix. Il ne restait que les mots et leur magie un peu triste, si dérisoire souvent.

Elle avait acheté une carte tapissée de belles roses colorées. A défaut d'un bouquet de fleurs naturelles, elle avait choisi ce dessin bucolique qui lui rappelait un certain retour de classe, un soir, où elle avait offert à Raoul une jolie gerbe d'œillets. Il en avait été très heureux et avait prolongé leur promenade sous le soleil couchant qui embrasait la campagne et coloriait le ciel de gerbes sanglantes. Leurs pas les avaient portés loin au milieu des coteaux qui sentaient bon la vigne tiède et le raisin, jusqu'à ce qu'une étreinte plus forte ne les fasse rouler sous les ceps rougeoyants. Sous leurs têtes échevelées par le plaisir, les grappes aux fruits violets exhalaient un parfum étrangement sensuel en accord avec leurs baisers voluptueux. Désir, passion, violence des sens et des sentiments. Magie de l'amour hélas envolée depuis. Détruite. Trahie par la guerre.

Luce avait également acheté un portefeuille en cuir marron dont elle gonfla les poches de cœurs en papier fuchsia. Des mots dans une lettre et du papier crépon, c'était tout ce qu'elle possédait pour exprimer à Raoul son amour et son envie de lui.

Chapitre 5

Le 2 mars, Raoul fêta ses vingt-sept ans. Le 7 mars, ce fut au tour de Claudine de se faire souhaiter son anniversaire. Elle avait un an déjà, douze mois d'existence dont plus de la moitié vécus sans son père, ce père dont pourtant Luce lui parlait le plus souvent possible.

— Ecoute, ma pépée, écoute ce que ton papa écrit pour ton anniversaire :

« Voilà un an, heure pour heure, j'étais près de toi dans ta chambre de la maternité peu de temps après la naissance de notre trésor. Tu te souviens combien nous étions inquiets et aussi combien nous fûmes heureux après l'événement ? En ai-je fait des kilomètres pendant quinze jours : de Selles à Châteauroux, de Selles à Vendôme et à Blois. »

Luce sourit à l'évocation de son mari se précipitant pour annoncer à la famille, aux parents, beaux-parents, frères et sœurs, oncles et tantes et aux amis la naissance de leur fille. Il avait sillonné tant de fois les routes de la région, en voiture ou à bicyclette, le cœur joyeux, marqué par une fierté émue qu'il avait besoin d'exprimer en portant aux proches l'heureuse nouvelle. Il s'était comporté en père merveilleux et infiniment tendre.

Luce déposa un baiser léger sur le front de Claudine qui gazouillait contre sa poitrine, confortablement installée sur ses jambes et manifestement ravie par la voix douce de sa mère, puis elle reprit sa lecture.

« Maintenant notre poupée a un an et c'est un beau bébé qui fait la fierté de ses parents. C'est en lui que réside tout leur espoir. Que nous serions heureux si la guerre ne nous avait pas séparés ! Heureusement pour nous que bébé est là. Mon pauvre Mimi serait encore bien plus malheureux s'il était seul, seul le matin, seul le midi et surtout seul le soir.

Pour le premier anniversaire de Claudine, la fête ne sera pas bien gaie. J'espère que dans les années à venir elle le sera davantage et que nous aurons la chance d'être enfin réunis. J'aurai à ce moment le plaisir de voir Claudine de jour en jour conquérir son espace vital au milieu de la société.

Petite chérie, dis à Claudine que son papa l'aime beaucoup. Je te serre dans mes bras et te donne de gros baisers. Je t'aime. Je t'aime. »

— Moi aussi je t'aime, balbutia la jeune femme, les yeux soudain pleins de larmes. J'ai besoin de toi. Ne me laisse pas seule... reviens...

Mais ce premier anniversaire de Claudine, Luce allait le fêter seule avec la petite et sans gâteau encore. Quand Mme Guilers était arrivée le matin pour s'occuper de l'enfant, Luce n'avait pas voulu y croire, il avait pourtant bien fallu se rendre à l'évidence.

— Ca y est, les premières restrictions sont imposées, avait crié la nourrice. Il y aura désormais des jours sans viande, trois par semaine, des jours sans pâtisserie et sans confiserie. Aujourd'hui, c'est un jour sans pâtisserie.

— Mais c'est l'anniversaire de Claudine !

— C'est bien ce que je dis, c'est une honte ! Tout ça, je suis sûre que c'est à cause des affaires de Suède et de Norvège. Ca ne va pas très fort là-haut, paraît-il. On attire notre attention tantôt d'un côté, tantôt de l'autre par des nouvelles bonnes ou mauvaises, mais jamais personne ne se décide.

— Eh bien tant pis, on se passera de gâteau, soupira Luce.

Elle avait d'autres soucis avec Claudine qui ne voulait manger que ce qui lui plaisait et ne se laissait influencer par aucune bonne raison. L'enfant ne se prenait pas aux ruses de Luce qui s'énervait à l'idée d'être réduite à céder devant un bambin d'un an qui savait si bien dire non. Si seulement Raoul était là. Il interviendrait et se ferait le médiateur de ces scènes désagréables entre mère et fille, qui se termineraient alors par des embrassades si douces. Hélas Raoul se trouvait prisonnier d'une guerre qui n'avait toujours pas lieu.

Le 12 mars pourtant, la Finlande capitula devant

l'Armée Rouge, c'en était fait de la guerre Russo-finlandaise. La paix signée à Moscou avait été ratifiée par Helsinki. L'Allemagne triomphait.

— Vous savez, Mme Granier, l'avantage n'est peut-être pas si grand qu'on pourrait le croire à première vue.

Luce venait juste de sortir la poussette de Claudine dans la rue quand son voisin, le père Courbet, se dirigea vers elle et entama la conversation, il avait dû écouter les nouvelles à la radio.

— En fait tout va dépendre de l'impression produite sur les neutres ou les indécis, reprit-il. Quant au blocus, il tient toujours. La Russie a donné la mesure de ses moyens. Son armée est faiblarde et elle a suffisamment à faire pour se ravitailler elle-même avant de songer à ravitailler efficacement les autres.

— Qu'en pensent les Etats-Unis ? Et l'Italie, que va-t-elle faire ? demanda Luce.

— Il paraît que Mussolini va rencontrer Hitler. Dans quel but ? Quel sera le résultat ? Ca, c'est le gros point d'interrogation. L'Allemagne et la Russie vont probablement faire pression sur les Balkans en cherchant à entraîner l'Italie dans leur sillage. En tout cas, Londres et Paris savent désormais à quoi s'en tenir. Si la situation ne s'est pas améliorée, elle a le mérite d'être déjà plus claire.

— Les journaux parlent fort d'un remaniement ministériel.

— Ce n'est pas ça qui fera finir la guerre plus vite. Attendez-vous au contraire à ce que les sacrifices qui vont vous être demandés soient encore plus durs que ceux que nous avons déjà endurés.

— Vous ne croyez quand même pas... je veux dire, la diplomatie s'emploie si activement en ce moment.

— Peut-être mais pour les soldats comme pour nous la situation demeure inchangée et nous ne faisons qu'attendre le règlement de notre sort.

Les événements prirent très vite une tournure nouvelle. Le 9 avril 1940, la radio annonça que l'Allemagne avait envahi la Norvège.

Dès lors, Luce resta aux aguets des moindres faits. Etait-ce la fin de l'inaction pour Raoul, la fin de cette situation transitoire entre la guerre ou la paix où ils étaient enlisés depuis septembre ? Elle savait que Raoul l'espérait tandis qu'elle redoutait par dessus tout les actions héroïques si coûteuses en hommes. Si Raoul était blessé ? S'il mourait ? Lui, si doux, si cher à son cœur, si rassurant dans ses lettres quand lui aussi devait avoir peur. Sa dernière, datée du 26 mars, était si tendre, comme un talisman à garder au plus profond de soi pour se protéger des influences négatives.

« Au ton de tes lettres, je sens que tu as le cafard. Il ne faut pas, ma chérie, te laisser aller au découragement. Tu sais bien que cette situation-là n'est qu'un mauvais passage. Elle ne peut pas durer toujours. Supporte-la bravement, mon amour, en pensant à des jours meilleurs que nous retrouverons peut-être plus tôt que nous le supposons. A tes moments de détresse, pense que tu as un grand qui

*t'aime de tout son amour et qui ne vit que pour toi,
qui parce qu'il se sent loin de toi, pense sans cesse
au grand bonheur qui l'attend le jour où il pourra
enfin te recevoir dans ses bras pour les refermer sur
toi et ne plus desserrer son étreinte. Oui, mon amour,
un jour viendra où, pour toujours je reprendrai ma
place près de toi, parce que c'est moi que tu y as
voulu et que mon désir d'y rester est plus grand que
tout. Que ne ferais-je pas pour que cet instant soit
tout de suite !*

*Pense aussi à notre petite Claudine. Te souviens-
tu de ce qu'elle était il y a un an ? Regarde ce qu'elle
est maintenant et pense à ce qu'elle sera demain. Ce
petit bout de chou, qui prend de jour en jour une
place plus importante près de nous, c'est bien le fruit
de notre amour, ma chérie, mon désir, mon étoile. En
ces jours de misère, c'est toi que j'aime. »*

C'était bien réconfortant de posséder un tel
talisman. Luce dissimula la lettre sous son corsage et
la conserva au creux de ses seins, dans le chaud sillon
emprisonné par les armatures du soutien-gorge, à
même la peau. Elle en avait décidé ainsi, pour sentir
le papier craquant la caresser au rythme des
battements de son cœur, pour pouvoir s'y plonger dès
que l'angoisse pèserait trop fort.

Car les nouvelles hélas n'étaient pas bonnes. Le 6
mai, Luce apprit la mort de la grand-mère de Raoul.
Elle ne connaissait pas beaucoup la vieille dame mais
le chagrin l'envahit d'autant plus qu'elle pensait à la
détresse de Raoul quand il le saurait.

Avec la grand-mère Granier, c'était toute une

génération qui s'en allait. Les plus vieux dans la famille appartenaient dorénavant à celle des parents de Raoul et Luce. La jeune femme ne pouvait se faire à l'idée que sa mère puisse vieillir si vite, elle la voyait toujours comme il y avait dix ou quinze ans. La jeunesse s'envolait donc si rapidement ? Luce sanglota en songeant à sa propre jeunesse et à son bonheur avec Raoul qui lui échappaient à cause des heurts d'un monde déséquilibré. Que diable, elle n'avait pas encore vécu. Le plaisir physique, découvert à son mariage, venait de lui être révélé, cautionné par la naissance d'un enfant, elle avait à peine expérimenté, et apprécié, la chaleureuse lueur dont pouvait se parer la vie d'épouse, que déjà tout lui était enlevé, on la privait de sa jeunesse de femme, de l'essence-même de sa vie. Il y avait là comme une terrible injustice.

Son désespoir coulait à flots sur sa solitude, il se mettait à l'unisson de la pluie qui n'arrêtait pas de tomber depuis la mi-avril. Par la fenêtre, le jour humide éclairait à peine le Cher qui roulait furieusement ses eaux boueuses et noyait déjà une partie des îlots. Lui aussi pleurait.

Le lendemain il pleuvait toujours, les nerfs se tendaient à l'extrême tellement l'air se gonflait de cette humidité oppressante qui pourrissait jusqu'à l'intérieur des corps et rongeait petit à petit toute espérance.

Luce ne put se rendre à l'enterrement de la grand-mère Granier à Sainte-Lizaigne : le 8 mai, le Cher débordait et bloquait les Sellois chez eux. La route de Châteauroux fut coupée, la crue avait rempli la vallée en bas de la Collinière. Très vite les eaux remontant par les égouts envahirent le champ de foire, comme si le fleuve avait déserté son lit d'herbes et de mousse pour dévorer les pierres et installer son domaine liquide en lieu et place du traditionnel marché.

Le long du quai où habitait Luce, l'eau menaçait de monter dans ses trois pièces, une nappe sombre s'agrandissait furieusement sur le carrelage. Appelé à la rescousse, le père Courbet aida la jeune femme à monter ses meubles sur des chaises mais le grand lit d'acajou était trop lourd, il fallut le laisser les pieds dans la flaque.

— Vous ne pouvez pas rester ici, s'écria le vieil homme. Si le fleuve monte encore, vous allez être inondée. Je n'ai pas beaucoup de place chez moi mais vous avez bien des amis qui pourront vous héberger ?

— Mademoiselle Mandrin, la directrice de l'école de filles, m'a proposé de venir habiter là-bas.

— C'est parfait. Allons-y, je vous accompagne.

— Mais comment va-t-on traverser le champ de foire ? s'inquiéta Luce. Il est inondé.

— Je ne vois que le bateau.

Luce et Claudine dans sa poussette se retrouvèrent avec leurs valises dans une barque pilotée par leur voisin. Autour d'elles, le champ de foire s'était transformé en lac boueux dans lequel flottaient les platanes sans pied, comme en suspens au milieu de l'eau.

Il fallut ensuite marcher sur des planches posées sur les bords de la route, en un équilibre précaire entre l'immensité poisseuse engouffrée dans les rues et les murs humides des maisons. Le père Courbet portait la poussette dans ses bras, Luce suivait, le pas incertain, craignant à tout moment de glisser sur le bois pourri et de basculer par dessus bord. Heureusement la pluie ne tombait plus et le niveau de l'eau s'était stabilisé.

Le lac du champ de foire s'éloignait. Au bout de la rue, ils tournèrent à gauche. La façade rectangulaire de l'école de filles se dressa devant eux comme un fantôme flottant à la blancheur de lait. Luce découvrit avec soulagement que le sol n'y était pas détrempé. A voir la ville transformée en éponge, elle avait cru qu'aucun bâtiment n'avait échappé à la noyade.

— Luce ! Je suis bien contente que tu te sois décidée à déménager, s'écria Mademoiselle Mandrin en se précipitant au-devant des arrivants.

La directrice était une grande femme d'une quarantaine d'années, longue et mince, plutôt laide malgré des yeux bruns pétillants de vie. Un lourd chignon tiré sur le bas de son cou lui donnait un air hautain et autoritaire de cheval rancunier.

— Je viens me réfugier chez toi. Chez moi, il y a de l'eau dans toutes les pièces, annonça timidement Luce.

— Tu as bien fait. Tu dormiras avec moi dans ma chambre, on trouvera bien un petit lit pour Claudine au grenier.

Mademoiselle Mandrin habitait dans un des deux appartements que comportait le bâtiment central de l'école. Son logis comprenait une cuisine au rez-de-chaussée et à l'étage une salle à manger et une grande chambre. L'autre appartement, vide à cette époque, était construit de la même manière. De part et d'autre du logis central s'étalaient les salles de classe aux murs blancs qui s'étiraient en U autour de la cour de récréation et donnaient au fond sur un petit jardin. Derrière c'était la campagne.

Le lendemain de l'arrivée de Luce, mademoiselle Mandrin dut assister à une réunion à l'inspection académique de Blois. On était jeudi. Il n'y avait pas classe. Elle quitta l'école de filles dans le tombereau à ordures de l'école qu'elle fit rouler sans ménagement à travers les rues inondées, sous les applaudissements enthousiastes de Claudine.

Solidement accrochée dans sa poussette, la petite fille hurla sa joie devant un si curieux équipage et se trémoussa pour se dégager de la ceinture qui la retenait prisonnière. Luce la détacha mais aussitôt, impressionnée par l'étendue d'eau qui recouvrait la route submergée, la fillette manifesta par des cris ardents le désir de s'en approcher. Luce la tint par la main pour la soutenir, Claudine ne marchait pas encore seule. Elle s'approcha de l'eau et voulut y mettre le pied. Sa main tirait sur le bras de sa mère et parvint finalement à s'échapper de l'étreinte protectrice. Elle fit ses premiers pas sans tomber, oscillant violemment d'un pied sur l'autre, le corps en déséquilibre, les bras roulant au rythme de ses petites jambes bégayantes sur le sol qui tournoyait méchamment.

— Claudine marche ! cria Luce, ravie, à mademoiselle Mandrin dès que celle-ci fut de retour.

— Il faut croire que l'inondation l'a inspirée. C'est drôle comme les enfants sont sensibles aux bouleversements des choses.

— Comment s'est passée ta réunion ?

— Je suis déçue. Aucun des problèmes envisagés n'a été correctement réglé. Nous avons parlé pour ne rien dire en fin de compte, nous avons brossé du vent. Je me demande pourquoi ils ont pris la peine de nous faire nous déplacer.

— On dirait que le temps s'améliore, murmura Luce après avoir jeté un coup d'œil par la fenêtre qui donnait sur la campagne. Il n'a pas plu aujourd'hui. Je pourrais peut-être bientôt retourner chez moi.

— Es-tu si pressée de te retrouver isolée dans ta grande maison ? Je sais bien que tu y as plus de place qu'ici, mais enfin, à quoi cela te sert-il quand la solitude s'installe ?

— C'est ma maison ou plutôt, c'est notre maison à Raoul et à moi. C'est pourquoi je ne veux pas la quitter, même si je dois bien avouer que souvent, je m'y sens terriblement seule. S'il n'y avait pas Claudine pour la remplir un peu...

— Pourquoi ne viendrais-tu pas t'installer à l'école pendant quelques mois ? Tu m'a toujours dit que tu ne te plaisais pas beaucoup dans cette demeure.

— C'était peut-être vrai au début, mais j'ai appris à m'y habituer. Et j'y ai quand même quelques merveilleux souvenirs.

— Tu pourrais occuper l'appartement voisin du mien. Ainsi tu garderais ton indépendance mais moi, je serais là dès que tu aurais besoin de quelqu'un.

— Tu sais, il n'y a pas que la solitude qui me pèse.

A vrai dire, c'est surtout l'absence de Raoul qui est lourde à supporter.

— N'est-ce pas la même chose ? En tout cas, cela revient au même. Tu te retrouves seule pour élever Claudine alors que si tu habitais ici, tu bénéficierais en permanence d'une présence à tes côtés. Ce serait tout de même rassurant, non ?

— Oui, peut-être. Pour l'instant, je ne désire pas m'établir ici. Je préfère habiter là-bas près des quais. La vue y est très jolie, tu sais.

— Je sais. En tout cas, tant que la ville sera inondée, tu seras bien forcée de rester ici.

— Bien sûr, répondit Luce en riant. Je n'ai plus le choix.

La cohabitation s'avéra plutôt gaie, le temps paraissant moins long à deux. Luce s'entendait très bien avec mademoiselle Mandrin avec laquelle elle entretenait des rapports d'amitié pas vraiment compatibles pour une directrice d'école et une de ses institutrices, mais hautement précieux en ces temps incertains où l'entraide et la solidarité prenaient tout leur sens.

Elle retrouva surtout une certaine sérénité dans le sommeil, sommeil qui l'avait impitoyablement fui dans le grand lit solitaire de sa maison des quais, même quand, abrutie par les cris de ses petites écolières, par ceux de Claudine et par tous les soins à lui donner, puis une fois la fillette endormie, les cours à préparer, les lectures soporifiques, elle se couchait enfin, les membres et l'âme las. Le cœur, lui, se réveillait alors, et réclamait la présence de l'autre, les baisers de celui qu'on pouvait presque oublier dans la journée mais qui reprenait toujours ses droits à la nuit quand, le corps au repos, l'esprit partait à la déroute.

La présence de mademoiselle Mandrin dans le même lit apaisa-t-elle la conscience amère de sa solitude et son besoin irrépressible de compagnie ? Bercée par le souffle régulier et la chaleur dégagée sous les draps, Luce, pour la première fois depuis le départ de Raoul, s'endormait sans peine.

Chapitre 6

Le 10 mai, poursuivant sa série d'agressions contre les petits pays, en dépit des engagements pris à leur égard et de la loyauté avec laquelle ils observaient leur neutralité, les Allemands attaquèrent brusquement les Pays-Bas, la Belgique et le Grand-Duché de Luxembourg. Dans un memorandum adressé aux gouvernements belges et néerlandais, le gouvernement du Reich prétendait qu'il était informé de source sûre que l'Angleterre et la France, poursuivant leur politique d'extension de la guerre, avaient décidé d'attaquer prochainement l'Allemagne en passant par leurs territoires. De ce fait, afin de prévenir ces attaques imminentes, le Reich avait ordonné aux troupes allemandes d'assurer la neutralité de ces deux pays. Comme l'offensive décidée par la France et l'Angleterre comprendrait également le territoire luxembourgeois, l'Allemagne se voyait obligée d'étendre les opérations militaires commencées pour prévenir l'attaque sur le territoire luxembourgeois également. Autrement dit, le Reich se posait en « défenseur » de la Belgique, des Pays-

Bas et du Grand-Duché !

Appelées à l'aide, les armées franco-britanniques commencèrent leur marche en avant. Ce fut le Président du Conseil Paul Reynaud qui annonça aux Français le déclenchement de la bataille :

« Trois pays libres, la Hollande, la Belgique et le Luxembourg ont été envahis cette nuit par l'armée allemande. Ils ont appelé à leur secours les armées alliées. Ce matin, entre 7 et 8 heures, nos soldats, les soldats de la liberté, ont franchi la frontière. Ce champ de bataille séculaire de la plaine des Flandres, notre peuple le connaît bien. En face de nous, se ruant sur nous, c'est aussi l'envahisseur séculaire. Partout, dans le monde, chaque homme libre, chaque femme libre, regarde et retient son souffle devant le drame qui va se jouer.

Est-ce la force bestiale qui va vaincre ? Hitler le crie… Aujourd'hui, il jette le masque. A peine cherche-t-il à couvrir d'un prétexte dérisoire sa nouvelle ruée. C'est la France qu'il montre du doigt à ses armées et à son aviation de guerre. La France qui, à elle seule, dit-il, a déclaré en deux cents ans, trente et une fois la guerre à l'Allemagne. C'est le vieux compte à régler.

A l'heure où le meilleur de notre peuple, ce qu'il a de plus jeune, de plus vivant, de plus fort, va risquer sa vie dans un combat solennel, une pensée grave habite chaque maison, chaque chaumière de nos villages, chaque cantonnement de nos armées.

Une même pensée nous élève au-dessus de nous-mêmes. Chacun se prépare à faire son devoir.

L'armée française a tiré l'épée : la France se recueille. »

Dès lors les événements se précipitèrent, la radio affolée annonçait jour après jour les étapes de ce qui allait devenir une débandade sans précédent.

— Que dit le communiqué du journal ? demandait Luce dans un cri d'angoisse.

Mademoiselle Mandrin cherchait l'article écrit en caractères gras et lisait d'une voix fébrile :

— *« Les Allemands ont fait un effort particulièrement important dans les Ardennes belges où ils ont pu progresser. Nos éléments de cavalerie, après avoir rempli leur mission retardatrice, se sont repliés sur la Meuse, que l'ennemi a atteint sur une partie de son cours.*

L'ennemi a exercé une forte pression sur Longwy. Ses attaques ont été repoussées, de même que celles qui ont été prononcées à l'est de la Moselle et dans la région de la Sarre.

Rien à signaler sur le Rhin.

Les aviations de bombardement alliées et ennemies ont poursuivi leur action d'appui des forces terrestres en attaquant les colonnes adverses. Quinze avions allemands ont été abattus au cours de ces engagements.

Sur les arrières, les actions de l'aviation ennemie, bien que répétées, n'ont causé que des dégâts peu importants au point de vue militaire ».

— Rien sur l'infanterie et sur le 77ème bataillon. Peut-être Raoul est-il sauvé cette fois encore ? murmurait Luce.

— Il faut l'espérer.
— Et dire qu'on ne peut rien faire !

Le dernier communiqué, daté du 13 mai, n'était hélas déjà plus valide.

Alors que les Alliés pensaient livrer la bataille décisive en Belgique, les grandes unités blindées et motorisées allemandes débouchèrent en force de l'Ardenne et lancèrent une offensive à la charnière de la ligne Maginot et des forces appelées à se déplacer au-delà de la frontière, bénéficiant ainsi d'un effet de surprise redoutable.

Les Sellois stupéfaits apprirent le lendemain que la percée avait été décisive : l'armée allemande avait franchi la Meuse jusqu'à Sedan, ouvrant une brèche de cent trente kilomètres dans le dispositif français. Plus rien ne pouvait désormais arrêter les hommes et les machines de Guderian dans leur course triomphale vers la mer où ils allaient enfermer dans un étau d'acier le groupe d'armées du Nord.

Luce reçut une courte carte de Raoul qui la tranquillisa quelques heures. S'il avait essuyé une première attaque meurtrière pour beaucoup de ses camarades et avait dû tout abandonner sur le terrain sans espoir de récupérer ses affaires, caleçon, chemises, chaussettes et serviettes à débarbouiller, il se trouvait hors de la bagarre depuis le 11 mai au matin. Il allait bien, même s'il ne savait pas où il se rendait.

Cependant les événements se bouleversaient si vite que ce qu'il écrivait la veille n'était déjà peut-être plus vrai. Les lettres terrifiées que Luce lui envoya lui furent toutes réexpédiées, avec cette cruelle annotation au dos de l'enveloppe : « le destinataire n'a pu être atteint à l'adresse indiquée ». Où se trouvait-il ? Que se passait-il là-bas dans le Nord où la bataille de la Meuse continuait ? Les communiqués annonçaient que les combats se poursuivaient entre Sedan et Namur. Les forces se regroupaient. Mais rien de précis ne filtrait. Il fallait attendre les nouvelles, patienter, cuirasser les âmes, espérer.

Privée d'informations, Luce se débattait dans une incertitude obsédante, son cerveau affolé se gonflait d'images atroces où Raoul se tordait sous la mitraille, la chair arrachée, les os broyés. Tout devenait noir puis Luce voyait un lit d'hôpital avec Raoul agonisant, une jambe coupée au-dessus du genou. Elle criait d'horreur dans la nuit glauque qui réveillait ses angoisses avec une acuité insoutenable. Si au moins il était vivant, même avec un membre en moins ! Cela seul importait, il fallait qu'il vive, elle ne supporterait pas sa disparition.

Elle qui avait tout oublié du catéchisme de son enfance, perdue dans un monde où elle n'avait jamais eu la foi, retrouva des prières pour aller vers ce dieu inconnu dont elle avait toujours nié la religion. En ces heures douloureuses de doute, elle se prit à espérer farouchement qu'il existe et qu'il l'entende afin qu'il sauve Raoul envers et contre tout.

Mademoiselle Mandrin s'associa à cette quête mystique qui ressemblait plus à un cri de bête blessée qu'à un réel élan de spiritisme. Elle sut parler à Luce

71

de ce Jésus-Christ rempli d'amour pour ses créatures, bonnes ou mauvaises, mais échoua à convertir sa jeune amie pour qui seul l'espoir comptait à défaut de la foi.

— Comment ton Dieu, s'il est aussi bon et aimant que tu le dis, peut-il laisser les hommes s'entre-tuer dans des combats sanglants au lieu de vivre en paix dans une entente fraternelle ? Cela n'a pas de sens.

— Dieu aime les hommes mais il les veut libres de choisir leur destinée.

— Si au moins il protégeait Raoul et mon frère Gaston, non par son amour inutile et dont ils n'ont que faire, mais par sa force. Mais tout cela m'étonnerait beaucoup, quand on voit ce qui se passe.

Tout le mois de mai s'écoula dans l'incertitude angoissante du sort de Raoul, depuis le 12 mai elle était sans nouvelles. C'était infernal, elle avait l'impression d'un tombeau se refermant sur elle. On se débat, on appelle au secours mais la glaise collante continue de peser comme une chape de plomb, oppressante, asphyxiante, démentielle.

A la fin mai, les eaux désenflèrent et Luce retourna dans sa maison sur les quais. Grâce aux précautions prises avec l'aide du père Courbet, les meubles n'avaient pas souffert, même le lit qui avait pourtant pataugé plusieurs jours dans l'eau, ne portait aucune trace de pourriture. Luce voulut y voir un signe, peut-être après tout les miracles pouvaient-ils se révéler plus forts que le destin ? De nouveau l'espoir était là, oh combien fragile, mais à l'image du lit qui avait su se préserver du mal, d'autres vies seraient sauvées. Pourquoi pas celle de Raoul ? Et pourquoi lui, d'ailleurs, plus qu'un autre ? La spirale infernale recommençait sans fin, creusant le regard de Luce d'ombres grisâtres, comme dessinées maladroitement à la craie.

Déjà juin s'annonçait. Le 3 juin, elle n'y tint plus. Epuisée par un désespoir violent exacerbé par l'isolement qu'elle s'était imposé en regagnant son logis solitaire mais qui l'appelait de par la force des souvenirs qui y étaient incrustés, elle prit une feuille de papier. L'alignement des mots apaisa un peu sa douleur, l'occupant, la berçant au rythme des phrases. Mais qu'elles étaient tristes ces lignes où pointait la peur terrible d'une catastrophe à venir qui la broierait toute entière.

« Mon grand chéri, je n'ai toujours rien au courrier, mon pauvre grand. Je ne pense pas que ta maman ait eu d'autres nouvelles non plus. Je lui ai écrit hier. Je me demande ce que cela veut dire. Tes lettres ne passent donc pas ? C'est donc que tu es versé dans un régiment engagé dans la bataille, dans le nord peut-être, car dans l'est le courrier arrive à peu près normalement. Enfin je ne comprends rien du tout, je ne sais toujours pas où tu es, mon pauvre chéri. Que de doutes et d'angoisse, que cette vie est dure et que l'incertitude est épuisante. Enfin demain peut-être aurais-je une poignée de lettres. »

Il fallait qu'elle ait des nouvelles, sinon elle

risquait de devenir folle. Non, elle ne devait pas penser à ça. Elle se força à parler de sa vie et des événements qui se déroulaient à Selles, c'était une tentative désespérée pour repousser la peur.

« Hier il est arrivé ici cent-cinquante enfants évacués avec leurs maîtres. Cet après-midi, il y a eu alerte ici, pour la première fois nous avons été averties à l'école et avons fait descendre nos élèves au sous-sol des classes.

Cette semaine, je suis de surveillance. Mme Guilers emmène notre Claudine. Elle a si peu fait le diable ce matin qu'elle s'est endormie dans son parc.

Edith est repartie pour Blois ce tantôt. Peut-être ta maman viendra-t-elle nous voir un de ces jeudis ou dimanches.

Je te quitte mon chéri, car il ne me reste guère de temps. Je voudrais être à demain. »

Luce relut sa lettre et s'irrita de la dernière phrase qu'elle avait écrite. « Il ne me reste guère de temps ». Pourquoi avait-elle écrit ça ? De temps pour quoi faire ? Il y en avait bien assez pour voir tous ces civils hollandais, belges et français, qui fuyaient les zones de combat en direction du sud.

L'exode tragique avait commencé au mois de mai. Les habitants de Selles avaient vu passer sur le vieux pont qui enjambait le Cher des colonnes de réfugiés, traînant avec eux l'odeur de la peur, la peur du Boche. Dans leurs yeux égarés défilait l'image obsolète de l'Allemand de la guerre de 1870, celle du soudard fanatisé. Les souvenirs atroces de la Grande

Guerre et de l'occupation du Nord remontaient, encore enlaidis par les photographies de Varsovie et de Rotterdam en flammes qui s'étalaient dans les journaux.

Les Sellois éprouvaient comme un vertige devant ces malheureux fuyards, effrayés par leur état de démence hagarde. Ils gardaient au fond de leur mémoire cet article terrible du Figaro du 19 mai 1940 qu'ils s'étaient fait lire, muets de stupeur, et qui racontaient le bombardement tragique de plusieurs trains de réfugiés belges. Sans doute ceux qu'ils croisaient avaient plongé dans le même enfer.

« Nous avions mis plus de neuf heures à parcourir les cinquante kilomètres qui séparent Liège de Tirlemont » racontait un des rares rescapés du massacre, *« car, par suite du bombardement incessant des voies, il fallait arrêter le train tous les cinq cents mètres. A chaque détonation, on entendait s'élever les cris de terreur des enfants qui bondaient littéralement les voitures.*

Mais ce n'était rien auprès de ce qui allait suivre.

En approchant de la gare de Tirlemont, neuf bombardiers allemands gigantesques, qui apparaissaient tout noirs sur le ciel serein, surgirent soudain au-dessus de nous, piquant droit vers la ville. Ils se mirent aussitôt à laisser tomber leurs bombes, au rythme d'une explosion par demi-seconde, tournant sans arrêt au-dessus du train comme une énorme roue. Chaque avion lâchait ses bombes, remontait puis redescendait en mitraillant les voyageurs qui tentaient de s'échapper des wagons. Les femmes hurlaient en essayant de couvrir leurs enfants de leur corps et tentaient de se jeter avec eux sous les wagons. Les morceaux de vitres qui éclataient avaient déjà blessé tout le monde.

Le train qui nous précédait venait de quitter la gare de Tirlemont, mais il dut s'arrêter net trois cents mètres plus loin, et les aviateurs allemands se mirent à tirer au vol les réfugiés qui en sortaient. On eût dit un gibier. Ils tombaient par bloc à chaque rafale, tandis que les aviateurs remontaient soigneusement après chaque salve et revenaient pour ne laisser échapper personne. Le sang coulait sur les rails, sur les quais, au milieu des éclats de vitres et de la fumée. Mais le spectacle le plus horrible était celui qui se déroulait à la sortie de la gare. Là, les avions lançaient des bombes sur les maisons pour forcer les habitants à se précipiter dans la rue, puis les fauchaient en rase-mottes, grâce à leurs mitrailleuses orientées d'avance selon un angle oblique vers le sol, car l'opération avait été soigneusement préparée. Des bombes incendiaires mettaient le feu aux hommes et aux femmes elles-mêmes, qui sortaient des maisons en brûlant comme des torches vivantes. Des mères, affolées, refusaient de fuir, en serrant leurs enfants contre elles, tournaient en rond, comme prises de vertige, trébuchaient sur les cadavres ensanglantés, au milieu des blocs de maçonnerie écroulés et des débris de toute sorte. On voyait au loin, sur le train qui suivait le nôtre, les bombes tomber comme des confettis, par tourbillons et par grappes.

La plupart des fuyards avaient gagné la route de

Bruxelles. Mais les avions allemands s'en aperçurent et les chargèrent aussitôt à la mitrailleuse, ratissant la route à coups de salves. Tous ceux qui ne se jetaient pas dans les champs étaient perdus. Enfin, quand les avions eurent épuisé leurs bombes et vidé tous leurs chargeurs, ils disparurent comme un éclair vers l'Allemagne.

Ce spectacle d'horreur avait duré plus de vingt minutes et il ne restait plus que des maisons en flammes, des blessés étendus au hasard le long des rues, et la fumée de l'un des trains qui brûlait. »

C'était un massacre immonde, cependant l'exode continuait. Les percées allemandes du 6 juin, notamment dans la région parisienne, déclenchèrent un raz de marée épouvantable, une fuite désespérée vers le sud, portée par des corbillards, des charrettes, des brouettes où s'entassaient les matelas roulés, les machines à coudre, les cages à oiseaux, les poupées, les portraits d'ancêtres si dérisoires.

De sa maison au bord des quais, Luce voyait passer ces flots aux visages hagards, égarés, les femmes échevelées, titubantes sur leurs talons hauts, se collant dans les traînées de fard fondu et de poussière, les hommes en bras de chemise, les yeux exorbités, les nuques violettes, les enfants débraillés, charriant des landaus de misère, marchant droit devant eux, comme des hallucinés.

Elle leur distribua de l'eau, quelques bouteilles de lait. Un vieillard aux yeux globuleux cria :

— Paris est ville ouverte, les Allemands sont à Paris. Ils arrivent ! Faites comme nous. Fuyez !

— Bah ! En 1812 aussi les Russes avaient abandonné Moscou et cela n'a pas consacré la victoire de l'envahisseur.

Un homme affreusement barbu et efflanqué vint s'abattre aux pieds de Luce. Elle lui fit boire quelques gorgées d'eau et bassina son visage sali de crasse.

— Merci, madame, vous êtes bien aimable. Je n'en pouvais plus.

— D'où venez-vous donc ?

— De là-haut, dans le nord. Je suis soldat, j'étais parti pour me battre mais il a fallu se replier comme des fuyards. J'ai perdu mon unité et, hors d'état de la retrouver, j'ai essayé de m'acheminer péniblement vers quelque dépôt où l'on pourrait me regrouper avec d'autres soldats. Je suis tombé sur un convoi qui descendait dans le sud. A la tombée du jour, la file de camions s'est arrêtée sur un chemin de traverse et a lâché des paquets d'hommes en armes qui se sont enfoncés lentement dans la nuit. Ils ont pris position à la lisière d'un bois, je les ai suivis. Au-dessus de nos têtes tournaient et retournaient des avions boches, on entendait leurs bombes crier dans l'air nocturne et le sol trembler sous les explosions. Soudain le canon secoua le ciel. Une puissante colonne motorisée allemande roulait vers nous et braquait le feu de ses chars sur le bois où nous étions mal dissimulés. La lutte était inégale, ce fut l'hécatombe. Partout autour de moi tombaient les corps dans un craquement sourd, la fumée rendait le spectacle encore plus cauchemardesque, presque irréel. J'ai pu échapper aux mitraillettes, je ne sais comment. Je n'ai jamais retrouvé mes camarades de fortune. Je suis passé par des villages déserts, déjà pillés, gardés seulement par des animaux terrifiés et par les vaches meuglantes réclamant la traite. Et partout, dans les fossés, dans les champs s'entassaient des cadavres, des carcasses de véhicules brûlés par les bombardements des avions.

Luce examina attentivement la capote déchirée de l'homme, ses bandes molletières négligemment enroulées, son casque sale accroché à sa musette et qu'elle n'avait pas vu au départ. Un abîme de réflexions désagréables la submergea. Si même les soldats fuyaient…

— Tenez, buvez encore. Où comptez-vous aller ?

— Si je peux, jusqu'à Hendaye, ça doit être sûr par là. Sinon, je m'arrêterai à Agen ou à Toulouse.

— Vous y avez de la famille ?

— Je trouverai bien un coin de ciel et un bout de pain. De toute façon, j'ai déjà perdu mon jeune frère, il est mort à Etampes, bombardé par les Allemands sous mes yeux, on servait dans le même régiment et il se repliait avec moi. Alors maintenant…

L'armée allemande continuait son avance inexorable. Après Paris, livrée sans défense à l'ennemi par le commandement français afin de lui épargner la dévastation qu'aurait entraîné cette défense qu'aucun résultat stratégique valable ne justifiait apparemment, elle franchit la Seine à Romilly puis progressa vers la Loire. De nombreux Sellois désertèrent la ville pour se rendre chez un membre de leur famille habitant plus au sud. L'école avait fermé ses portes par manque d'élèves et d'instituteurs.

Au moment de partir rejoindre une cousine à Limoges, mademoiselle Mandrin conseilla à Luce de fuir elle aussi. La jeune femme hésitait. Devait-elle suivre le flot jusqu'à Sainte-Lizaigne où habitaient ses beaux-parents, ou bien rester ? Il n'était en tout cas pas question d'alarmer ses parents en se rendant chez eux à Vendôme. C'était trop loin au nord, alors que située à soixante-dix kilomètres au sud-est de Selles/Cher, au nord d'Issoudun, à l'écart des grandes routes, la petite bourgade de Sainte-Lizaigne paraissait effectivement un refuge appréciable où elle était sûre d'être bien accueillie.

Mais tout de même, fuir ? Abandonner sa maison, ses affaires, son asile ? Elle voulait encore s'accrocher aux espoirs que suscita le discours de Reynaud à la TSF, le 13 juin, dans son message à Roosevelt et aux démocraties pour leur demander d'augmenter leur aide sous toutes ses formes :

« J'ai vu arriver de la bataille des hommes qui n'avaient pas dormi depuis cinq jours, assaillis par les avions, rompus par les marches et par les combats. Ces hommes dont l'ennemi avait cru briser les nerfs ne doutaient pas de l'issue finale de la guerre. Ils ne doutaient pas du sort de la patrie.

L'héroïsme des armées de Dunkerque a été dépassé dans les combats qui se livrent de la mer à l'Argonne. L'âme de la France n'est pas vaincue, notre race ne se laisse pas abattre par l'invasion. Le sol sur lequel elle vit en a tant vu au cours des siècles. Elle a toujours refoulé ou dominé l'envahisseur. Tout cela, les souffrances et la fierté de la France, il faut que le monde sache, il faut que partout sur terre les hommes libres sachent ce qu'ils lui doivent.

Il faut que des nuées d'avions de guerre venus d'outre-Atlantique écrasent la force mauvaise qui domine l'Europe.

Car il s'agit aujourd'hui de la vie de la France, en tout cas, des raisons de vivre de la France... Malgré nos revers, la puissance des démocraties reste immense. Nous avons le droit d'espérer que le jour approche où toute cette puissance sera mise en œuvre.

C'est pourquoi nous gardons l'espérance au cœur. C'est pourquoi aussi nous avons voulu que la France garde un gouvernement libre. Pour cela, nous avons quitté Paris. Il fallait empêcher qu'Hitler, supprimant le gouvernement, déclare au monde que la France n'a pas d'autre gouvernement qu'un gouvernement de fantoches à sa solde, semblable à ceux qu'il a tenté de constituer un peu partout. Au cours des grandes épreuves de notre histoire, notre peuple a connu des jours où les conseils de défaillance ont pu le troubler. C'est parce qu'il n'a jamais abdiqué qu'il est grand.

Quoi qu'il arrive dans les jours qui viennent, où qu'ils soient, les Français vont avoir à souffrir. Qu'ils soient dignes du passé, de la nation, qu'ils deviennent fraternels, qu'ils se serrent les coudes autour de la patrie blessée. Le jour de la résurrection

81

viendra.»

— Mais non, ce ne sont que des mots ! hurla Luce. Où sont-ils les avions ? Et les chars pour écraser la force mauvaise ?

Les Allemands n'étaient pas loin, ils s'apprêtaient à passer la Loire en dépit des ponts qu'on faisait sauter à la va-vite. Après la Loire, le Cher à son tour serait envahi. On ne voyait pas de renforts alliés. Les seuls avions qui déchiraient le ciel et déchiquetaient le sol avec leurs salves de mort étaient irrémédiablement allemands.

Luce n'hésita plus, elle avait peur tout d'un coup de rester seule avec sa fillette quand la ville prise de panique se vidait peu à peu de ses habitants. Qui aurait cru pourtant que les Allemands arriveraient jusque là ? En quelques jours, tout avait basculé, l'incroyable cauchemar s'était mis en branle et rien ne semblait pouvoir l'arrêter.

Une de ses collègues, Madeleine Prouret, lui confia sa mère malade.

— Emmène-la avec toi. Je vous rejoindrai plus tard en bicyclette.

— Pourquoi ne viendrais-tu pas avec moi ? Il y a assez de place dans la voiture.

— Je dois rester jusqu'au départ de mes grands-parents, je ne peux pas les laisser là tout seuls.

— Quand pensent-ils partir ?

— Je ne sais pas. Ils prétendent qu'ils sont prêts et puis, au dernier moment, ils refusent de quitter leur maison. Ils disent qu'ils ne croient pas à l'avancée allemande, que ce n'est pas possible, qu'on nous ment. Pour eux les Allemands campent toujours sur leurs positions autrichiennes. Enfin tu vois le tableau ? D'un côté je les comprends, ce qui nous arrive est si incroyable.

— C'est la déroute, Madeleine, il faut que tu les convainques que l'ennemi est beaucoup plus fort que nous.

— Je vais faire mon possible. Emmène vite ma mère et laisse-la chez mes cousins. Tu verras, ils habitent juste à l'entrée du bourg, dans la première maison sur ta gauche.

— Entendu. A bientôt, à Sainte-Lizaigne !

A regret Luce sortit du garage la Simca rouge qu'elle n'avait pas utilisée depuis le début de la guerre. Un garagiste qu'elle connaissait bien remplit le réservoir. Elle fit rapidement les valises, n'emportant que les affaires auxquelles elle tenait le plus ainsi que quelques provisions pour la route. Elle enveloppa Claudine dans la corbeille à linge et l'installa confortablement sur la banquette arrière. Madame Prouret vint bientôt la rejoindre. Du bout des lèvres, elle remercia la jeune femme puis, après avoir jeté dans le coffre un petit sac de voyage travaillé dans une toile grossière, elle s'assit en soufflant un soupir douloureux lourd de marmonnements étranges et d'imprécations. Bientôt elle se tut, à moitié assoupie, perdue dans des visions macabres, laissant Luce rouler vers Valençay dans un silence pesant.

On était le 16 juin, la route était vide. L'air brûlait le bitume sous un soleil implacable qui brouillait la vue. A Vatan, Luce dut s'arrêter au carrefour qui

83

coupait la route de Paris, encombrée de voitures surchargées de tapis, de meubles et de pendules. L'exode continuait.

Pendant un bon quart d'heure, elle regarda défiler les camionnettes, les vélos, les voitures à cheval en un flot incessant dans lequel se noyaient des automobiles tellement bourrées qu'elle se demandait où pouvaient bien se tenir les passagers. La plupart du temps, ils marchaient à côté de leur véhicule, soutenus par la foule autour d'eux. Tous ces gens tournaient les yeux droit devant eux, vers le sud, vers l'espoir. Personne ne s'arrêta pour laisser passer la Simca de Luce.

Des gendarmes finirent par s'approcher du carrefour. Ils stoppèrent le convoi et la firent traverser. Un immense soupir de soulagement lui échappa. Elle n'avait plus qu'une vingtaine de kilomètres à parcourir jusqu'à Sainte-Lizaigne, sur une route déserte serpentant entre les champs de blé saignants de coquelicots.

Une fois arrivée au bourg, elle confia la frêle madame Prouret aux cousins de sa collègue puis reprit le volant jusqu'à la maison des parents Granier qui l'accueillirent avec un soulagement évident. Le vieux Dick, le chien de Raoul quand il était enfant et qui ne connaissait de son ancien maître que la maison familiale de Sainte-Lizaigne, fit fête à la jeune femme en remuant béatement la queue et en roulant vers elle ses grands yeux tristes.

Deux heures plus tard, les parents de Luce arrivèrent de Vendôme en voiture, encore sous le choc de leur départ précipité.

— La totalité du personnel du ministère des PTT s'est replié vers le sud dès le 12 juin, de même que les militaires du centre de mobilisation d'artillerie et du service de santé, expliqua la mère de Luce, Geneviève Coteron. Nous, on voulait rester, le marché hebdomadaire avait toujours lieu. Le vendredi 14, le capitaine de gendarmerie a annoncé son repli, imité par le sous-préfet, le commissaire de police et les membres de la défense passive. On ne savait plus quoi faire, d'autant plus qu'à trois heures du matin, le tambour de ville donna lecture d'un télégramme du préfet prescrivant l'évacuation des enfants au-dessus de treize ans et des hommes jusqu'à soixante ans. Rien pour les autres. On était dans le désarroi le plus complet. Arrive le 15 juin, il faisait un temps superbe. Soudain, alors que l'alerte n'avait pas été donnée, trois avions prirent en enfilade le bas du faubourg Saint-Lubin, le pont Saint-Georges et la rue Poterie. Un véritable déluge de fer et de feu s'est abattu sur la partie sud de Vendôme tandis que d'autres avions bombardaient le nord de la ville, depuis le carrefour de la Croix Blanche jusqu'à la gare. Et puis tout à coup, il y a eu une forte explosion, le réservoir d'un camion militaire, touché par une bombe, a pris feu dans la rue Poterie, déchiquetant le corps de ses passagers. L'essence projetée de tous côtés à travers les vitres brisées par les bombardements a incendié toute la rue. Il paraît que la porte du moulin de la rue au Blé était encombrée de cadavres projetés les uns contre les autres. L'incendie était si violent que tout le quartier a brûlé, même l'hôtel de ville. C'était effrayant, on avait l'impression de sentir la chaleur du brasier jusqu'à notre maison, qui se trouve pourtant loin au nord de Vendôme.

— Crois-tu qu'elle est en danger ? demanda Luce.

— Comment savoir ? L'incendie se propageait à une telle vitesse. L'hôtel du gouverneur a été détruit en quelques heures, avec lui, c'est toute l'histoire de Vendôme qui s'est envolée en fumée par la folie des hommes. Peut-être que toute la ville y passera.

— Arrête de dire des bêtises, intervint Louis Coteron. Notre maison se situe à l'opposé du quartier sinistré. Les pompiers vont bien réussir à arrêter l'incendie, ils possèdent une moto-pompe et une auto-pompe, que diable.

Il ne pouvait pas savoir que la moto-pompe était tombée en panne et que l'auto-pompe s'était arrêtée à son tour, par manque d'essence. Ce ne fut qu'à la nuit qu'on apporta du carburant et que les quinze pompiers demeurés à leur poste réussirent à empêcher le feu de franchir la rue Renarderie et de s'étendre à tout Vendôme. Près de quatre hectares avaient cependant été détruits.

— Nous avons quand même pris la voiture pour nous mettre à l'abri, remarqua Geneviève Coteron.

— On a fait comme tout le monde, voilà tout, répliqua sèchement son mari.

En fin d'après-midi, Edith arriva à son tour, à bout de forces. Elle avait fait le chemin depuis Blois à bicyclette. Elle s'écroula dans les bras de sa sœur, les jambes brisées, le souffle court. Un voile rouge dansait devant ses yeux.

— Tu as été bien courageuse, petite sœur,

murmura Luce pour la réconforter.

Edith esquissa un faible soupir qui se crispa comme une grimace en forme de croissant de lune sur son visage marqué par la fatigue. Elle luttait contre l'inconscience qui la menaçait, soulagée malgré tout de voir ses parents sains et saufs. Le père Granier et le père Coteron la portèrent dans une chambre à l'étage joliment fleurie de rideaux roses et blancs. Aussitôt allongée sur le lit, elle sombra dans un lourd sommeil de brute sous le regard ému des deux hommes.

— Pauvre petite. Laissons-la se reposer. Elle en a bien besoin.

Les parents Coteron s'installèrent dans la pièce voisine tandis que Luce insistait pour dormir au salon, les parents Granier proposant de lui céder leur chambre.

L'installation dans la maison fut de nouveau bouleversée dans la soirée quand débarqua à Sainte-Lizaigne un groupe d'une centaine de réfugiés belges. Il fallut bien les loger. Les villageois accueillirent qui une famille, qui plusieurs couples, qui une mère suivie de sa nombreuse progéniture. Chez les Granier, on se tassa. Heureusement le salon était vaste. On le bourra de lits improvisés garnis d'herbe fraîche et de couvertures. Luce alla dormir avec sa sœur.

Le lendemain, les habitants de la maison passèrent toute la matinée dehors, c'était le 17 juin, le ciel bleu et l'air doux invitaient aux promenades dans les champs pour aller cueillir des fleurs. A midi, ils se retrouvèrent autour de la table de la cuisine, saoulés de soleil, d'herbe verte et de nature odorante. La radio accompagnait les raclements de leur fourchette dans la sauce du ragoût aux asperges. Ils mangeaient entre deux phrases hésitantes, le ventre avide, le couteau alerte, l'oreille attentive soudain quand la voix chevrotante du maréchal Pétain se fit entendre, pétrifiant leurs gestes au-dessus de leurs assiettes comme sous le jet d'un souffle de glace.

« *Français, à l'appel de monsieur le Président de la République, j'assume à partir d'aujourd'hui la direction du gouvernement de la France. Sûr de l'affection de notre admirable armée, qui lutte avec un héroïsme digne de ses longues traditions militaires contre un ennemi supérieur en nombre et en armes, sûr que par sa magnifique résistance, elle a rempli ses devoirs vis-à-vis de nos alliés, sûr de l'appui des anciens combattants que j'ai eu la fierté de commander, sûr de la confiance du peuple tout entier, je fais à la France don de ma personne pour atténuer son malheur.*

En ces heures douloureuses, je pense aux malheureux réfugiés qui, dans un dénuement extrême, sillonnent nos routes. Je leur exprime ma compassion et ma sollicitude. C'est le cœur serré que je vous dis aujourd'hui qu'il faut cesser le combat. Je me suis adressé cette nuit à l'adversaire pour lui demander s'il est prêt à rechercher avec moi, entre soldats, après la lutte et dans l'honneur, les moyens de mettre un terme aux hostilités. Que tous les Français se groupent autour du gouvernement que je préside pendant ces dures épreuves et fassent taire leur angoisse pour n'obéir qu'à leur foi dans le destin de leur patrie. »

Dans la cuisine, tout le monde s'était tu, comme statufié. Dans toute la ville, dans chaque maison, la parole de Pétain résonnait et seule courait, sans qu'on sut comment, la nouvelle. Elle filait sur les routes, prompte comme le feu, elle gagnait la campagne, les grands bois sombres, les landes couvertes de bruyère violette, repartait. Il n'y avait plus un bruit autre que cette voix, un mouvement autre que ce grand geste qui, de la poigne courageuse dont il mena autrefois la guerre, renversait soudain la vapeur et offrait la paix. Chacun pensait à tous ces soldats de France qui, depuis plus d'un mois, sans manger ni dormir, se battaient à pied, désespérément, et mouraient pour retarder d'un jour l'avance ennemie.

Quand la Marseillaise éclata tragiquement sur les ondes, les hommes crevèrent d'émotion dans leur mouchoir en entendant cet hymne en qui se résumaient toutes les fautes mais qui pourtant avait sacré l'héroïsme des soldats de 1914-1918. Le silence suivit, dramatique. Le père Granier, en se levant pour éteindre le poste, réveilla la conversation.

— Il faut cesser le combat. Qu'est-ce que ça veut dire ?

— La guerre est finie ?

— Enfin quelqu'un qui pense aux réfugiés.

— On va pouvoir rentrer chez nous, s'écrièrent les Belges.

— Et comment comptez-vous faire ? Il faut de l'essence, des trains. Or les trains sont stoppés, une

89

seule grande ligne fonctionne encore : Paris-Vierzon. Admettons que vous arriviez à gagner Paris. Une fois là-bas, comment ferez-vous pour remonter chez vous ? Non, il est trop tôt pour penser au retour. D'ailleurs les Allemands sont partout.

— La guerre est-elle vraiment finie ? demanda Luce d'une voix tendue. Je veux dire, comme ça, tout d'un coup ? Est-ce que ça ne vous paraît pas du gâchis, comme si on avait envoyé nos hommes au front pour rien ?

— Tu as entendu ce qu'a dit le Maréchal, que nos soldats se sont bien battus mais qu'ils ont été écrasés par le nombre. L'honneur est sauf.

— L'honneur, l'honneur ! On s'en fout de l'honneur. Raoul et Gaston sont peut-être morts à l'heure qu'il est, et ça serait pour rien !

Un silence mortifiant suivit cet éclat brutal. Personne ne trouvait la force de réconforter la jeune femme. La mère de Raoul finit par s'écrier, les larmes aux yeux :

— Non, non, ils ne sont pas morts, sinon on aurait reçu un avis les concernant, n'est-ce pas ? Raoul va revenir, je suis sûre qu'on va le revoir. Il ne peut pas en être autrement, n'est-ce pas ? Il va revenir.

Ce fut avec soulagement, quoique teinté d'un certain malaise, une pensée lancinante que tout cela résultait d'un épouvantable gâchis que la famille réunie apprit quelques jours plus tard la signature de l'armistice. La guerre paraissait définitivement terminée, aucun des habitants de Sainte-Lizaigne n'avait entendu à la radio de Londres l'appel du général de Gaulle du 18 juin.

Luce pensait que Raoul allait revenir et cette idée la réconfortait de la honte cuisante causée par la défaite peu glorieuse de son pays.

Les réfugiés, quant à eux, ne songeaient qu'au retour. Dans la demeure où ils avaient été accueillis en amis, ils se sentaient dorénavant étrangers. Mais il fallait attendre, obtenir des certificats municipaux déclarant que l'on était indispensable à la reprise de la vie quotidienne. Les lignes ferroviaires étaient coupées, il fallait réparer les ponts, déblayer les gares détruites, reconstruire.

Chapitre 7

Désormais chef de l'Etat Français (il n'était plus question de République), doté des pleins pouvoirs, Pétain ordonna à tous les fonctionnaires de rejoindre leur poste. Luce repartit donc à Selles avec Claudine et se réinstalla dans sa maison au bord du Cher. Ses parents et Edith suivirent son exemple quelques jours plus tard. Ils avaient appris que Gaston, démobilisé, rentrerait bientôt à Vendôme et qu'un poste d'instituteur lui était réservé. Lui au moins était sain et sauf. Il ne restait plus qu'à espérer qu'il en était de même pour Raoul dont aucune nouvelle n'était parvenue depuis le mois de mai. Etait-il blessé ? Vivait-il encore ?

Dans son logis sellois, Luce s'engouffra dans une cruelle solitude d'autant plus angoissante que pendant les deux mois d'été, sa famille l'avait entourée, réconfortée, d'un geste amical, d'un mot apaisant ou d'un simple regard. Mais de nouveau elle se retrouvait seule avec sa fille pour affronter les événements.

En ouvrant les volets de la cuisine, elle aperçut un

drapeau à croix gammée flottant à une fenêtre du restaurant de la Boule d'Argent, situé de l'autre côté du fleuve. Les Allemands !

En dépit d'un petit canon placé à l'entrée du pont et qui ne tira rien vu qu'il était cassé, les Allemands franchirent le Cher le lendemain et pénétrèrent dans Selles la tête haute, fièrement chaussés de leurs longues bottes noires qu'ils aimaient claquer sur le bitume. Ils installèrent la Kommandantur à la mairie sous les yeux pleins de larmes des anciens combattants. La défaite s'avérait difficile à supporter pour ces vieux soldats qui gardaient une rancune tenace contre cet ennemi abhorré qui les avait tant fait souffrir pendant l'autre guerre. Seulement, en 1918, ils avaient été vainqueurs, alors que là…

Le père Courbet surtout ne décolérait pas. Venu rendre visite à Luce, il s'étouffait, de rage, de tristesse et de honte.

— Vous vous rendez compte, les Allemands à Selles ! Le bruit de leurs bottes sur le pavé, leurs drapeaux à croix gammée sur tous les bâtiments publics, leurs rires insoutenables, leurs sales têtes arrogantes. Et voilà que maintenant ils osent placarder leurs affiches ridicules !

— Quelles affiches ? demanda timidement Luce.

— Vous ne les avez pas encore vues ? Allez donc regarder ce qu'ils ont dessiné, hurla-t-il. Un militaire souriant qui porte un gamin dans ses bras et protège deux petites filles. Et pour ce qui est de la légende, ça aussi c'est une trouvaille, croyez-moi : « Populations abandonnées, faites confiance au soldat allemand ! ». Hein, qu'est-ce que vous en dites ?

Luce haussa les épaules d'un air désabusé.

— Vous savez qu'ils ont fixé le couvre-feu à 21 heures ? fit-elle.

— S'il n'y avait que ça ! Les pendules doivent être avancées d'une heure pour être à l'heure allemande, toutes les armes à feu et les fusils de chasse doivent être déposés d'urgence dans les mairies. Ordre de la Kommandantur ! Vous allez voir qu'ils vont nous laisser crever de faim, puisque déjà il est interdit de vendre le pain frais, il doit avoir au moins vingt-quatre heures. Vous comprenez pourquoi, vous ?

— Ils veulent sans doute se réserver le meilleur. A moins que ce ne soit pour nous humilier...

— Il n'y a pas pire humiliation que ces drapeaux partout et ces Allemands en uniforme à tous les coins de rue qui semblent prendre un malin plaisir à nous rappeler que nous avons perdu la guerre.

— Il faudra bien s'y habituer pourtant.

— Au pain rassis, ça oui, j'en ai vu d'autres. Mais le reste ! Vous auriez mieux fait de rester à Sainte-Lizaigne, au moins c'est en zone libre là-bas.

En effet, désireux d'asseoir leur domination sur les territoires déjà conquis, bloqués également dans leur progression par la demande de capitulation du gouvernement français, les soldats allemands n'allèrent pas plus loin dans leur avancée fulgurante. La France se retrouva donc coupée en deux, à l'image de la commune de Selles/Cher qui servait de limite entre la France libre et la France occupée. La ligne de démarcation suivait le Cher puis contournait par le sud la ville, lovée dans un méandre du fleuve, avant de rejoindre cette frontière naturelle à l'est et à

l'ouest. Au nord, on était en zone occupée, au sud :
les Allemands n'avaient pas encore mis les pieds.

Ils installèrent des fils de fer barbelé pour marquer
la délimitation entre les deux zones. On les voyait
depuis le jardin de l'école de filles, ils étaient là, tout
près, gardés par deux sentinelles. Derrière, dans la
campagne, c'était la France libre. Au nord, eh bien au
nord, le lourd tribut payé à l'occupation allemande
commençait.

En revenant à Selles, Luce avait obéi aux
directives du nouveau chef du gouvernement français
et s'était de ce fait dépossédée de la tendre attention
dont on l'avait entourée à Sainte-Lizaigne. Elle
accomplissait son devoir, les cours devaient
reprendre. Malheureusement elle n'avait toujours pas
de nouvelles de Raoul. Elle se morfondait et passait
de l'espoir à la certitude qu'il était mort et qu'elle ne
le reverrait plus. Plus rien n'avait d'importance,
l'Occupation, la défaite, les drapeaux allemands aux
fenêtres des bâtiments, imprimant leur joug. Elle n'y
semblait pas sensible, comme noyée dans une attente
destructrice qui la rongeait impitoyablement. Même
ses leçons à l'école ne l'intéressaient pas vraiment.
Elle y allait parce que sa conscience l'y obligeait, elle
avait besoin de toute façon de gagner de l'argent. Et
puis surtout ça l'occupait.

Seuls les soins donnés à Claudine la réveillaient
de son abattement. En voyant rire la fillette entre ses
bras, elle souriait, d'un sourire un peu tremblant,
étonné devant cette joie si simple et si pure qui lui

95

était encore donnée, un moment apaisée. C'était un pas de recul hors du gouffre qu'elle se creusait jour après jour.

Elle écrivit au Commandant Général pour lui demander des renseignements au sujet du 77ème Régiment d'Infanterie, dans le secteur postal 13551. Hélas elle ne reçut aucune réponse satisfaisante du Dépôt, il ne savait pas ce que le soldat Raoul Granier était devenu.

Le cauchemar continuait, la jeune femme vivait en enfer. Raoul était-il vivant ? De ces quatre petits mots dépendait tout. Toute la journée elle se posait l'impitoyable question, le cœur pétri d'angoisse, de la fureur d'espérer envers et contre tout, de malmener le destin pour qu'il sauve Raoul. Et les nuits… ah les nuits ! Elle se tournait et se retournait, moite de sueur, de cette sueur immonde de la peur, avant de sombrer enfin dans une somnolence incohérente dont elle émergeait en sursaut, le sang battant à coups sourds, persuadée que Raoul était mort. Un cri sauvage montait alors à ses lèvres. Puis elle se rassurait, elle n'avait pas de nouvelles, mais ce n'était pas une raison pour ne plus y croire. Oui, il fallait continuer à espérer tant qu'elle n'aurait pas eu confirmation du sort de Raoul, elle devait garder au ventre la foi que tout était possible. Pour elle et pour Claudine, c'était une question de survie.

Elle pleurait, soupirait, prenant le ciel à témoin parfois. Jamais elle n'avait autant eu besoin de consolider sa force morale qu'en ces longues heures douloureuses.

Enfin, le 29 août, elle reçut une lettre

d'Allemagne qui datait du 28 juillet.

« J'espère que tu as reçu la carte t'indiquant que je suis prisonnier en Allemagne, non blessé et en bonne santé, carte que j'ai écrite le 4 juillet.

Je suis prisonnier depuis le 29 mai en compagnie de quelques camarades de mon régiment. Actuellement, je travaille dans une ferme où je suis bien et où je mets en application mes quelques notions sur la culture.

Avant de me confectionner un colis et de me donner de tes nouvelles, lis attentivement la feuille rose jointe à ma lettre. Tu y trouveras mon adresse (elle est également au verso de la mienne) et les directives à suivre. Voici ce que je désire trouver dans mon colis : deux paires de chaussettes, un gant de toilette, mon pull-over rouge, un cache-col, deux ou trois paquets de tabac, du chocolat, du pain d'épice, quelques livres de la collection « l'encyclopédie par l'image ».

Dès que toi-même seras tranquillisée sur mon sort, transmets immédiatement de mes bonnes nouvelles à toute la famille et aux amis. Il serait peut-être bien que tu avertisses l'administration. Ma chérie, en attendant le grand plaisir de te lire et le bien plus grand encore de te voir, je t'embrasse affectueusement. Je t'aime. Raoul. »

A l'arrière de la feuille rose, Luce trouva l'adresse où elle devait écrire à Raoul. Il était prisonnier au Stalag III C, dans la région de Berlin. Prisonnier mais vivant ! Luce serra sa fille contre elle en pleurant, elle avait tellement attendu cette nouvelle. Vivant, vivant. Il allait vite revenir puisque l'armistice était prononcé. Ce n'était qu'une affaire de semaines, de jours peut-être.

Il était précisé qu'il fallait n'écrire que des cartes postales ou des lettres brèves, à raison de trois fois par mois maximum. Mais qu'importait la limitation du courrier puisque Raoul était en bonne santé !

Elle écrivit aux parents de Raoul à Sainte-Lizaigne puis prépara un colis qu'elle comptait faire passer par la France libre, adressé au Comité International de la Croix Rouge au 122, rue de Lausanne, à Genève.

Elle mit dans le paquet ce qu'elle put récupérer, une tablette de chocolat, une grosse paire de chaussettes, un paquet de tabac, deux gros cakes dorés qu'elle confectionna ainsi qu'un cache-col beige, un caleçon et un livre d'allemand. Il en aurait besoin pour mieux se faire comprendre. La prochaine fois, elle essaierait d'envoyer à Raoul du pain d'épice si elle arrivait à s'en procurer et un pull-over qu'elle comptait tricoter dans la semaine. Elle élaborait déjà dans sa tête le modèle d'un pull sans col, à manches courtes. Il lui faudrait trouver une belle laine bien douce et bien chaude, bleu marine peut-être, ou marron. Elle utiliserait des points de croix à la fois solides et confortables.

Quel bonheur de pouvoir s'occuper de lui, même à distance, même à travers la simple confection d'un gâteau ou d'un nouveau tricot. C'était bien peu évidemment mais elle œuvrait pour lui, pour son confort, sa santé, elle se sentait utile, rétablie dans ses droits et ses devoirs d'épouse, prête à tout pour lui procurer quelques menus plaisirs.

Enfin, enfin la vie reprenait.

Le lendemain Luce reçut une lettre de l'horloger Tajone de Blois qui lui racontait les combats du bataillon de Raoul, sa dislocation et son encerclement.

« Madame, votre mari était pour moi un très bon camarade, je faisais partie de la même section que lui, c'est vous dire que nous avons toujours été ensemble. Je l'avais même connu dans le civil, lui ayant vendu sa montre à Blois.

Pour votre mari, que je vous rassure de suite. Lorsque je l'ai quitté la dernière fois le 25 mai, il était en très bon état physique et moral, un ou deux jours avant qu'il se trouve encerclé aux environs de Lille. Voici quelques détails pendant les jours difficiles que nous avons passés. Pendant trois jours, à raison de trente kilomètres chaque nuit, la journée couchant dans les bois, nous avons progressé vers la Belgique à pied. Le troisième jour, nous avons pris position dans un bois où nous sommes restés deux jours sans nourriture. Nous étions survolés du matin au soir par l'aviation allemande sans pouvoir rien faire. L'ordre de repli nous est arrivé avec cinq à six heures de retard. Nous nous sommes repliés au lever du jour mais, vers les dix heures du matin, nous avons été attaqués par des troupes qui, à mon avis, étaient déjà sur place. Sur terre, les canons, les mitrailleuses et les fusils n'arrêtaient pas leur concert de mort. Dans le ciel, les bombardements tournaient dans un cycle infernal et, sans discontinuité, les bombes déchiraient l'air avec des sifflements stridents. Nous avons combattu dans ce bois jusqu'à sept heures du soir où, n'ayant plus de munitions, nous nous sommes de nouveau repliés. Les trois quarts du bataillon ont été fait prisonniers, quelques-uns seulement ont pu passer avec un peu de chance. Votre mari est parti avec Boissard et Taurus, deux bons camarades à lui, et ils n'ont pas dû se quitter puisque je les ai revus le 23 mai à quarante-cinq kilomètres de Dunkerque, dans un centre de rassemblement où nous avons retrouvé dix-huit hommes de la 77ème compagnie. Nous avons pris position de l'autre côté de l'Amand avec le 110 pour le retrait des troupes. Nous n'avons été en ligne que l'après-midi seulement mais nous n'avons pas combattu. Je me trouvais dans le même trou que votre mari. Nous ne nous sommes séparés qu'à la nuit car, fatigué par la marche, je me suis couché dans une maison pendant que tous mes camarades remontaient à pied sur Lille pour ensuite rejoindre Dunkerque et ainsi essayer d'embarquer pour l'Angleterre. C'est sur ce parcours que votre mari a été fait prisonnier avec ses camarades, car moi je suis passé en bicyclette le lendemain soir à dix heures et des Allemands ont tiré sur moi à deux cents mètres de la route. Sans ma bicyclette, je ne serais jamais passé. Cependant, lorsque votre mari a été fait prisonnier, il n'a certainement pas combattu et soyez sûre que se trouvant avec ses camarades, il avait un très bon moral. Il ne pouvait guère vous écrire, sauf en France. Quant à recevoir des lettres, cela était impossible puisque le régiment avait été détruit six jours après son entrée en Belgique.

J'ose espérer que vous avez maintenant des nouvelles de votre mari, à qui vous voudrez bien rappeler mon bon souvenir. »

Prisonnier depuis mai, en juillet, Raoul se retrouva confiné dans une ferme de la région berlinoise. Il y couchait et y prenait ses repas en compagnie de cinquante camarades qui avaient subi le même sort que lui. Tout l'été il participa aux travaux de la moisson, aux batteries, au ramassage des pommes de terre. Avec l'automne, il dût apprendre à arracher des betteraves. Mais c'était toujours mieux que le camp provisoire où il avait été parqué pendant tout le mois de juin.

Coupé de son régiment, il avait été embrigadé dans une autre escouade qui essayait de rejoindre l'Angleterre mais il avait été fait prisonnier à Los-les-Lille alors qu'il s'était réfugié sous un tas de pneus. Les jours suivants avaient alors explosé en lui, brutaux et sombres. Epuisé aussi bien physiquement que moralement, accablé et totalement impuissant, il avait dû parcourir plusieurs dizaines de kilomètres à la suite sous la direction de sentinelles vigilantes. Marche, marche, et tout autour de lui des visages sales, blêmes de faim, des corps aux capotes déchirées dont les bandes molletières s'arrachaient en lambeaux.

Un soldat allemand lui donna un pain d'une livre qu'il partagea avec trois de ses camarades ravis de l'aubaine. Le pain disparut en un tour de main dans les gosiers voraces.

On les jeta dans un camp improvisé entouré de barbelés battus par quatre mitrailleuses, une à chaque coin. La place manquait pour entasser ce flot humain qui n'en finissait pas de couler.

Assommés par la défaite, de nombreux soldats s'étaient laissés capturer dans les casernes, estimant que c'était leur meilleure chance de retourner chez eux. Ils pensaient qu'après l'armistice, ils seraient relâchés, c'était l'usage. S'ils avaient su !

Dans le camp tout manque, ils ont faim. Lorsque les distributions de soupe à l'orge commencent, ils se ruent vers les bassines. Il faut trouver un récipient, une boîte de conserve sale ramassée par terre fait l'affaire, à condition de ne pas se la faire voler. L'eau est rare et mauvaise, le savon encore plus. Aucune hygiène n'est respectée, les hommes font leurs besoins un peu partout. Qu'importe puisque pour la plupart ils n'ont pas changé de chaussettes ni de chemise depuis un mois. L'odeur du camp n'en devient qu'un peu plus épouvantable.

Puis ce fut le départ pour l'Allemagne, l'entassement dans des wagons à bestiaux. Raoul eut la chance d'être conduit dans un baraquement au milieu des bois d'où chaque matin, il partait avec ses camarades dans une grande ferme d'état pour les travaux pénibles des champs. Des femmes polonaises les aidaient. Il avait presque aimé faire les foins, le soleil sur sa peau, sur ses bras nus, lui rappelait certaines caresses dans les prés où le corps de Luce roulait contre le sien.

Il allait la revoir bientôt, il en restait persuadé. Mais en attendant, la nourriture dispensée ne suffisait pas à son gros appétit, la couverture du camp était trop petite pour sa grande taille. Ses pieds, ses épaules dépassaient du tissu revêche, même quand il se pelotonnait en boule pour retrouver la position innocente du fœtus dans le ventre maternel.

La terrible clause du paragraphe 20 de l'armistice, quand il en eut connaissance par un journal, l'assomma comme si on venait de lui arracher sa force vitale : *« Tous les prisonniers de guerre resteront dans les camps allemands jusqu'à la conclusion de la paix. »*

Pour Raoul et ses camarades commença alors une longue servitude dans laquelle les lettres, les colis et les photographies dans leurs portefeuilles devinrent leur seul soutien pour se raccrocher à cette vie antérieure qui s'éloignait désormais de plus en plus.

Chapitre 8

La fabrication des colis devait obéir à des règles très strictes : il était interdit d'envoyer briquets, allumettes, lampes électriques ou vêtements civils pouvant faciliter une évasion, produits pharmaceutiques ou denrées périssables. L'envoi étant de plus limité chaque mois, Luce écrivit à sa belle-mère à Sainte-Lizaigne afin qu'elles adressent un paquet à Raoul chacune à leur tour.

Un soir d'octobre, un coup sourd frappé à la porte de sa demeure fit sursauter la jeune femme. Elle alla ouvrir, un officier allemand casqué de noir, très raide dans son uniforme en gros drap vert aux culottes bouffantes, se tenait dans l'entrée. Il s'installa avec sa compagnie dans le garage et réquisitionna la cuisine pour que le cuisinier y prépare les repas.

Luce n'avait plus que deux pièces, la salle à manger et sa chambre qui ne voyait jamais le soleil puisqu'elle était orientée au nord. Elle était contrainte de cuisiner tant bien que mal sur un petit réchaud à gaz et allait faire sa vaisselle dans l'évier de la cuisine, furtivement, en profitant de l'absence du cuisinier allemand. Il fallait guetter.

La nuit, elle se barricadait et camouflait soigneusement les lumières afin que rien ne filtrât à l'extérieur de la maison. Les Allemands étaient là, tout près, elle les entendait parler et rire dans le garage où ils mangeaient, les bruits traversaient les murs pour lui déchirer la peau, ils filtraient à travers l'édredon sous lequel elle s'enfouissait. Ils étaient si proches, il leur suffisait d'une porte à violer et ils apparaîtraient là, dans sa chambre, où personne ne pourrait la défendre.

Le pire était qu'elle devait passer par la cuisine pour pénétrer chez elle, c'était la seule pièce bénéficiant d'une porte sur l'extérieur. Un cauchemar tant elle redoutait de se trouver nez à nez avec un Allemand dans sa propre maison. Elle n'osait plus sortir.

Elle n'y tint plus, elle ne pouvait pas rester là. Il fallait abandonner cette demeure qu'elle aimait pourtant. Depuis un an qu'elle y vivait, elle s'y était habituée, elle y avait créé son propre univers embelli de fleurs séchées et de vieux pots de terre cuite. Mais après tout, les fleurs séchées se trouveraient très bien ailleurs, d'autant plus que Raoul n'avait pratiquement jamais vécu dans cette maison. Alors, que regretter ?

Le dimanche suivant, avec l'aide de ses collègues, elle déménagea à l'école de filles dans l'appartement voisin de celui de mademoiselle Mandrin que lui prêtait gracieusement la mairie. Elle avait peu de meubles, une armoire, une table, quelques chaises, un divan d'angle quelque peu défraîchi, son lit.

— Eh bien, me voilà dans la place, soupira-t-elle.

— Tu n'auras même pas besoin de sortir en ville, déclara mademoiselle Mandrin. Tu as désormais tout au même endroit, le travail, le gîte et le couvert. Tu ne verras pas les Allemands.

— Il est difficile d'oublier qu'ils sont là et qu'ils m'ont chassée de chez moi. Il faudra bien que je sorte de toute façon, ne serait-ce que pour promener Claudine. Je ne suis pas venue me terrer ici comme j'ai pu le faire sur les quais.

— En attendant que ta chambre soit retapissée, tu dormiras dans le divan que tu as installé dans la salle à manger, on y mettra le lit de Claudine.

— Il faut que je prévienne Mme Guilers, je crois qu'elle est contente que je déménage.

— Pas toi?

— J'aimais cette maison, c'était Raoul qui l'avait choisie.

— De toute façon, les Allemands l'ont réquisitionnée, tu n'avais pas le choix, coupa mademoiselle Mandrin. Tu la retrouveras à la fin de la guerre.

— Tu crois? Je ne paye plus de loyer de toute façon, elle n'est plus à moi. Ma maison, c'est ici maintenant, à l'école. Ca arrange bien Mme Guilers. Elle m'a dit que quand je ne serais pas de service à la cantine pour surveiller le repas, elle aurait le temps d'aller déjeuner chez elle et de revenir trouver Claudine avant que je ne reprenne ma classe pour l'après-midi. Par contre, lorsque je serai de service, elle emmènera Claudine sur sa bicyclette déjeuner chez elle, elle la fera dormir dans un grand lit à rideaux puis elle la promènera dans le petit bois de sapins derrière chez elle pour respirer le bon air.

Mademoiselle Mandrin éclata de rire.

— Elle a déjà tout prévu apparemment.

— Tu sais combien elle est dévouée, moyennant finances bien entendu, mais elle aime beaucoup Claudine. Elle propose aussi de me faire quelques heures de ménage par semaine, quand la petite fera la sieste, et quelques courses pour la cuisine.

— Au fait, et tes parents ? As-tu des nouvelles ?

— Eh bien, au retour de l'exode, ils ont trouvé leur petite épicerie pillée pendant leur absence. Ils ont donc quitté Vendôme et ont loué une maison dans les environs, à Saint-Ouen.

— C'est vraiment dégueulasse!

— Oui, il y a des gens qui profitent toujours du malheur des autres. Et l'exode fut un coup dur pour tout le monde. Tiens, regarde, les journaux regorgent de petites annonces pour retrouver des bagages abandonnés au hasard de la fuite, du genre : « Mallette chapeau, brune, contenant argenterie, disparue gare de Tours ». Il y a aussi de nombreux avis de recherche concernant des personnes, un fils blessé laissé près d'Orléans, une mère restée avec les valises à la gare de Vierzon, des enfants séparés de leurs parents. Un couple a confié sa petite fille à des gens en voiture, pensant que ça la sauverait. Ils étaient à pied. Seulement ils n'ont pas pensé à demander les noms et les adresses. Comment la retrouver maintenant ?

— Et ton frère Gaston ?

Il va bien. Il était sur le front de l'est et a été démobilisé dès l'annonce de l'armistice. Il a réussi à obtenir un poste d'instituteur dans un petit village situé à une trentaine de kilomètres de Vendôme. Il loge sur place.

Tous les soirs, une fois Claudine couchée, mademoiselle Mandrin venait discuter avec Luce dans sa salle à manger. Elles s'installaient autour de la table et tricotaient calmement ou brodaient. Luce appréciait ces soirées de causerie qui tuaient le temps et meublaient la solitude. A deux, on encaisse mieux les coups et quand le corps des instituteurs fut violemment attaqué par une presse avide de chercher des bouc-émissaires pour expliquer la défaite, elles purent faire bloc ensemble contre la déception et l'indignation qui les secouaient devant tant d'injustice.

— C'est infâme ! Ils accusent les instituteurs d'avoir perdu la guerre, ils disent que c'est de notre faute !

Ce fut un article dans Paris-Soir qui lança le débat: *« Des fuyards à 100% : des maîtres qui auraient dû prêcher l'exemple ont été au premier rang des paniquards »*. Après la condamnation systématique de leur politisation et de leur pacifisme antimilitariste, les journaux condamnèrent leur formation et leur reprochèrent de n'avoir pas préparé l'opinion et surtout l'enfance à la guerre. Il fallait apparemment chercher des responsables à tout prix. Un peu plus tard, les juifs seraient à leur tour accusés.

— Il paraît que le gouvernement va fermer les Ecoles Normales d'instituteurs et qu'il va relever de

108

leur fonction ou tout du moins muter tous les maîtres politiquement engagés à gauche dans le passé.

— Une véritable épuration du corps enseignant alors. Avec nos effectifs déjà surchargés ! Quelle folie !

L'école de Selles/Cher, comme la plupart des écoles de France, avait en effet subi un afflux considérable de petits réfugiés qui, au hasard des routes de l'exode, avaient été recueillis. Luce avait ainsi eu la surprise de découvrir dans sa classe de cours préparatoire une dizaine de jeunes réfugiées en plus des quarante autres enfants. Il avait fallu ramener des bancs et des tables supplémentaires pour loger toutes ces blouses grises et noires.

Pleines de confiance et de naïveté, les fillettes âgées de cinq à sept ans avaient cependant un niveau scolaire très inégal, en calcul et surtout en lecture, ce qui obligeait Luce à consacrer une partie majeure de l'emploi du temps à cette discipline, par petits groupes d'élèves.

— A la cantine, ça déborde également le midi et les institutrices chargées de la surveillance peinent à se faire entendre, reprit mademoiselle Mandrin. Alors si le gouvernement supprime encore des postes !

— Que faut-il faire ? demanda Luce.

C'était la première fois que la jeune femme osait se poser la question. Jusque là, elle avait fait son devoir de fonctionnaire mais trop, c'était trop. De qui se moquait-on ?

Madame Guilers, promue à la fois femme de ménage et nourrice de Claudine, augmenta encore sa rancœur le jour où elle se précipita chez Luce en criant que dorénavant il fallait des tickets pour s'approvisionner.

— Pour aujourd'hui, j'ai pu vous ramener des ris de veau car ils ne nécessitaient pas de ticket mais pour le lait, la viande, le sucre et le pain, il en faut. Et quand je parle de pain, c'est peu dire ! Il a vraiment une drôle de couleur, il est tout noir. Je suis pratiquement sûre qu'ils le fabriquent avec de la farine de sarrasin ou de châtaigne.

— Et où peut-on se procurer ces tickets ? demanda Luce.

— Il faut aller chercher une carte de rationnement, soit à la Kommandantur de Selles, soit à Romorantin.

— Ah ! non, pas à Romorantin, c'est trop loin. J'y suis déjà allée l'autre jeudi à vélo par un froid glacial pour aller chercher mon ausweis.

— Il va pourtant falloir vous habituer à la bicyclette, il n'y a plus d'essence, sauf pour les Allemands évidemment.

— Heureusement mon laissez-passer est valable jusqu'au 22 octobre, réfléchit Luce : je comptais aller à Sainte-Lizaigne.

— Demain ? Ce n'est pas possible ! s'écria Mme Guilers. J'ai entendu le tambour ce matin qui disait que toute personne quittant la zone occupée pour la zone libre devrait être rentrée dans la journée. Pour un jour de retard, on vous file une amende, pour trois jours de retard, c'est la prison.

— Qu'est-ce que ça veut dire ? s'indigna Luce. Ils veulent nous ôter toutes nos libertés, même le droit de respirer, c'est ça ? Je ne peux pourtant pas faire l'aller-retour dans la même journée. A moins que... Il y a un car qui passe à la Vernelle à 7 heures le matin et arrive le soir après 8 heures. La Vernelle est à trois kilomètres d'ici et...

— Non, vous n'aurez jamais le temps de passer la barrière avant le couvre-feu, coupa Mme Guilers.

— J'aurais pourtant été bien aise de voir mes beaux-parents. Quand les verrai-je maintenant ? Cela demandera de longs mois peut-être et si les Allemands ne me renouvellent pas mon laissez-passer...

— Ne vous en faites pas, vous trouverez une solution pour qu'ils puissent voir Claudine. L'interdiction finira bien par être levée. L'important, pour le moment, c'est de récupérer vos tickets d'alimentation, sans ça, moi, je ne pourrai pas vous acheter grand-chose.

Luce dut patienter une bonne heure devant la Kommandantur de Selles avant d'obtenir les deux cartes d'alimentation qui lui revenaient, une carte E pour Claudine, A pour elle. Elle devenait ainsi une catégorie de rationnaire affublée d'une malheureuse lettre, le fameux A, c'est-à-dire « une consommatrice de vingt-et-un à soixante-dix ans ne se livrant pas à des travaux donnant droit aux catégories T, les travailleurs de force ou C, les travailleurs agricoles ». Les tickets de couleurs représentaient désormais la survie.

Puis quelques jours plus tard, ce furent la honte et la consternation. Jusqu'ici Pétain avait été considéré comme le sauveur de la France par la majorité des Français, sa figure paternelle rassurait. Mais ce 24 octobre 1940, tout bascula dans l'esprit de Luce. La population avait subi l'exode, la défaite cinglante, l'occupation, le pillage économique par les vainqueurs. La collaboration scellée par cette poignée de main honteuse, c'était trop.

— Il a rencontré Hitler à Montoire. Tu te rends compte ! A Montoire, c'est-à-dire à vingt kilomètres de Vendôme, presque sous le nez de mes parents, hurla Luce. Mon pauvre père doit être fou de rage.

— Et dire que quand Pétain avait proclamé qu'il donnait sa personne à la France, je l'avais considéré comme un héros, soupira mademoiselle Mandrin.

— Sa personne, c'est à l'Allemagne qu'il l'a livrée, oui, et la France avec.

— Ne crois-tu pas qu'il a voulu par ce geste adoucir les rigueurs de l'armistice ? Il a toujours eu le souci obsédant du sort des prisonniers de guerre. Cette rencontre avec Hitler montre peut-être sa volonté de conjurer les conséquences de la défaite.

— En serrant la main du Führer ? Comment est-ce possible ?

Quelques jours plus tard, à la radio, Pétain expliquait son geste :

« J'ai rencontré jeudi le chancelier du Reich... Une telle entrevue n'a été possible, quatre mois après la défaite, que grâce à la dignité des Français devant l'épreuve, grâce à l'immense effort de régénération auquel ils se sont prêtés, grâce aussi à l'héroïsme de nos marins, à l'énergie de nos chefs coloniaux, au loyalisme de nos populations indigènes.

La France s'est ressaisie. Cette première

rencontre entre le vainqueur et le vaincu marque le premier redressement de notre pays. C'est librement que je me suis rendu à l'invitation du Führer. Je n'ai subi aucun Diktat, aucune pression. Une collaboration a été envisagée entre nos deux pays. J'en ai accepté le principe. Les modalités en seront discutées ultérieurement.

A tous ceux qui attendent aujourd'hui le salut de la France, je tiens à dire que ce salut est entre nos mains.

A tous ceux que de nobles scrupules tiendraient éloignés de notre pensée, je tiens à dire que le premier devoir de tout Français est d'avoir confiance.»

— Mais bien sûr, on va applaudir à toutes ces conneries, s'écria Luce, indignée.

— Chut, écoute la suite.

« C'est dans l'honneur et pour maintenir l'unité française, une unité de dix siècles, dans le cadre d'une activité constructive du nouvel ordre européen que j'entre aujourd'hui dans la voix de la collaboration.

Ainsi, dans un avenir prochain pourrait être allégé le poids des souffrances de notre pays, amélioré le sort de nos prisonniers, atténuée la charge des frais d'occupation. Ainsi pourrait être assouplie la ligne de démarcation et facilités l'administration et le ravitaillement du territoire.

Cette collaboration doit être sincère. Elle doit être exclusive de toute pensée d'agression. Elle doit comporter un effort patient et confiant. L'armistice, au demeurant, n'est pas la paix. La France est tenue par des obligations nombreuses vis-à-vis du vainqueur. Du moins reste-t-elle souveraine. Cette souveraineté lui impose de défendre son sol, d'éteindre les divergences de l'opinion, de réduire les dissidences de ses colonies.

Cette politique est la mienne. Les ministres ne sont responsables que devant moi. C'est moi seul que l'histoire jugera. »

L'histoire jugea que durant tout le mois de novembre, il ne fut question que des déplacements de Pétain dans les villes de France où il était acclamé par une foule émue et éperdue de bonheur de s'être trouvé un chef et un père qui tapotait gentiment les joues des bébés et se dotait de la plénitude du pouvoir gouvernemental que se partageaient auparavant le président et ses ministres. Quand un Charles X ou un Napoléon avaient dû admettre que siègent des assemblées, Pétain s'en était débarrassé.

Ecœurée, Luce n'écoutait plus la radio. La simple idée de *collaborer* avec les Allemands lui faisait horreur, eux qui avaient envahi sa région bien-aimée, avaient massacré des milliers de civils sans aucune pitié, eux enfin qui, en emprisonnant son mari, la privaient d'un bonheur trop chèrement désiré.

Elle se répéta la question : que faut-il faire ? Hélas, comme les autres, elle ne faisait rien qu'attendre, elle ne collaborait pas vraiment, bien sûr, mais elle ne se rebellait pas non plus, elle n'agissait pas pour s'opposer à l'ordre des choses, comme si elle espérait quand même dans le régime pétainiste pour améliorer le sort des prisonniers et qui sait, les libérer. C'était cela qu'elle voulait avant tout. Alors elle attendait. Et comme les autres elle payait son tribut aux vainqueurs. En effet, le ravitaillement ne s'améliorait pas. Au contraire, les rations journalières diminuaient progressivement.

Une dérogation fut cependant accordée à l'occasion des fêtes de Noël et du nouvel an pour la vente libre de la charcuterie, des pâtisseries et de la confiserie.

Luce passa le Noël 1940 à Sainte-Lizaigne chez ses beaux-parents. Le voyage fut extrêmement pénible. Elle prit d'abord le car jusqu'à Vierzon puis dut attendre dans la gare non chauffée pendant de longues heures, tous les trains descendant de Paris étant bondés. Claudine s'agitait, criait et courait partout, la jeune mère ne savait plus quoi faire pour la calmer, elle semblait perdue sous les lampes tristes du hall.

— Savez-vous à quelle heure le prochain train passera ? demandait-elle quand elle apercevait un agent.

Mais non, personne ne savait si un autre passerait.

Claudine finit par s'endormir sur les genoux de sa mère.

Enfin les Allemands la firent monter dans un wagon en lui accordant la priorité puisqu'elle avait un enfant. Dans le compartiment, elle trouva une place assise dans un coin et installa Claudine contre elle. Les valises posées par terre tapaient dans ses jambes. Les hommes autour d'elle parlaient tabac.

— Avez-vous essayé de fumer du tilleul ?

— Non, mais j'ai testé les feuilles d'orties et de marronniers hachées.

Les femmes maugréaient sur les difficultés du ravitaillement, sur la flambée des prix, sur les longues queues dans le froid pour obtenir la ration quotidienne. C'était l'obsession, les produits de remplacement ingénieux se multipliaient, les gens ne parlaient plus que de ça.

— Chez nous, il y a beaucoup de chardons pour les ânes. Maintenant on les mange, les racines sont délicieusement tendres, vous pouvez les cuire comme les salsifis ou les râper comme les carottes.

— Est-ce qu'on pourrait en faire des gâteaux ? Ca aurait peut-être plus de goût que les gâteaux aux pommes de terre ou au vermicelle.

— Ce qui compte, c'est l'assaisonnement. Moi, pour ma salade de pousses de fougères, j'utilise de l'huile de lin et ça passe très bien comme ça.

Luce soupira, elle aurait préféré le silence à cette cacophonie sur les ersatz peu propice aux douces rêveries. Ces gens-là devaient venir de Paris. A Selles, dieu merci, ils avaient encore de quoi se ravitailler convenablement sans avoir recours à toutes ces solutions extrêmes pour remplacer les produits courants. Bien sûr, la farine, le sucre manquaient, la saccharine avait fait son apparition, mais de là à manger des fougères ou des chardons ! Luce ignorait qu'elle devrait subir pendant de longues années encore ces conversations portées par l'obsession de la nourriture.

Elle se pelotonna dans son coin de wagon, serrant très fort Claudine contre elle comme pour se protéger des souvenirs qui l'accablaient. Où étaient-ils les Noëls de 1936, 37 et 38, riant de joie et de vie, débordant de lumières ? La table gorgée de victuailles savoureuses, les cadeaux dans leur beau papier doré entassés au pied du sapin, les chansons, les vins à boire, les bougies aux mille lueurs troubles à travers lesquelles le monde devenait féerique auprès des personnes que l'on aimait car magnifié par ce halo de bien-être tendre dans lequel ressuscitait toute la magie de Noël ? Alors que restait-il à fêter en l'absence de l'être aimé ? Tous ces souvenirs, c'était son amour avec Raoul, son passé, sa raison d'espérer. Elle voulait en garder tout le charme afin qu'ils deviennent son soutien dans l'épreuve et non un sujet de pleurs puisqu'il lui était impossible de rejoindre Raoul ni de compter les jours. L'avenir était un problème. Peut-être retrouverait-elle bientôt le bonheur avec son époux, alors ce serait la même vie, les mêmes joies, les mêmes ivresses. Que ne ferait-elle pas pour atteindre ce but, que ne braverait-elle pas ? L'enjeu en valait la peine.

Luce tenta de sourire à travers les larmes qui lui noyaient les yeux, elle se remémorait les mots si tendres de Raoul dans sa dernière lettre. Il lui demandait du courage, de ne pas s'abîmer dans des réflexions débilitantes. Malgré la séparation, il était toujours là, tout près d'elle, à la place qu'elle lui préservait dévotement. Il gardait le contact par des préoccupations matérielles qui le rattachaient à la vie.

Pour alléger son paquetage, il avait expédié un colis comprenant deux chemises, des gants, un maillot de laine, des livres et des bandes. Les chemises ne lui servaient pas au camp et le maillot de laine rétrécissait au lavage. Il en avait déjà gâté un, ce n'était pas la peine d'en gâcher d'autres.

Il avait joint à sa lettre une étiquette pour colis. Luce l'avait vite utilisée avant de prendre le train pour Sainte-Lizaigne.

Malgré sa volonté de recréer aux yeux de Claudine, qui ne demandait qu'à s'émerveiller sans comprendre les réticences des adultes, un peu de cette magie de Noël dont elle se souvenait si bien, le réveillon fut triste. Dick, le chien de Raoul, semblait chercher son maître des yeux, il l'attendait. Toute la famille faisait semblant mais les cœurs n'arrivaient pas à combler son absence.

Chapitre 9

— Claudine ! Tiens-toi tranquille, s'il te plaît.

L'eau bouillonnait sur la cuisinière à bois, cette eau si précieuse que Luce était allée chercher à la pompe de la cour de l'école dans une grande cuvette de faïence. Elle avait manqué s'écrouler dans l'escalier tant elle avait couru dans le noir pour ne pas avoir trop froid.

Elle versa l'eau chaude dans un broc et rinça Claudine qui gigotait dans la bassine en zinc gris. Elle prit le gant de crin et frotta soigneusement les jambes, le ventre puis le dos de sa fille, qui riait de plaisir sous la caresse énergique qui lui battait les sangs.

— Au moins, ça réchauffe, hein, ma pépée ?

Il faisait presque aussi froid à l'intérieur qu'à l'extérieur. Le charbon commençait à manquer et il était impossible de chauffer toutes les pièces. Luce « empruntait » du charbon à l'école pour sa cuisinière qui soufflait alors une chaleur agréable dans la pièce tandis que la salle à manger et la chambre demeuraient glacées. La cuisine était devenue la pièce principale, on ne se glissait dans la chambre que pour se coucher sous une énorme pile de couvertures et de chandails en laine.

Dans les salles de classe, c'était pire encore. Le froid gelait les doigts, les haleines sortaient toutes blanches des gorges. L'absentéisme se révélait très élevé, surtout à cause du manque de vêtements chauds et de bonnes chaussures.

Le matin, chaque institutrice faisait travailler ses élèves dans sa salle de classe aux murs tapissés d'affiches du Secours National pour l'aide aux prisonniers et aux réfugiés. A midi les enfants bénéficiaient d'un repas conséquent. Les produits de la ferme irriguant assez régulièrement la cantine, celle-ci était en mesure de servir un repas chaud et complet avec soupe, viande et dessert. L'après-midi, les maîtresses se regroupaient dans une seule salle maigrement chauffée par un gros poêle alimenté par de la tourbe. Les enfants s'occupaient à des jeux tandis que Luce et ses collègues s'essayaient à différents travaux de couture, de tricot et de broderie.

A la récréation, on distribuait des rations de lait aux fillettes qui couraient ensuite jouer à la marchande, délimitant soigneusement la boutique et l'arrière-boutique indispensable aux opérations illicites de marché noir.

En ce matin de janvier, un faible rayon de soleil venait juste de balayer le jour blanc qui imposait sa loi depuis plusieurs jours quand mademoiselle Mandrin se dirigea vers les institutrices groupées dans un coin de la cour.

— Les services de propagande du ministère de l'information m'ont vendu des portraits du maréchal Pétain sous prétexte qu'ils devaient orner l'un des murs de votre classe. Je vous en donne un à chacune, faites-en ce que bon vous semble, mais ne me le dites pas, je ne veux pas le savoir.

Luce jeta un coup d'œil agacé au portrait du Maréchal. Une tête blanche moustachue, aux yeux clairs plutôt doux, portant dignement son képi, la regardait. Elle cala l'image contre sa poitrine et courut la cacher au fond de l'armoire de sa classe. Il était hors de question qu'elle l'affichât sur le mur, c'était déjà bien assez accablant de la voir partout, au guichet de la postière ou dans la vitrine du libraire, comme prête à susurrer sa propagande sermonneuse et le retour de la femme au foyer. Travail, Famille, Patrie, voilà ce que le Maréchal réclamait. Luce s'amusa à dénaturer le slogan de Vichy. Famille : dispersée. Patrie : humiliée, vendue, oui.

La patrie renaissait pourtant de temps en temps à l'occasion de l'élaboration des colis pour les prisonniers. La commune organisait une fois par mois un envoi de paquets avec du ravitaillement venant de la Croix Rouge, la municipalité donnait du tabac et du pain d'épice. Les femmes se retrouvaient pour confectionner les colis et avoir des nouvelles d'Allemagne, ou de France. Mademoiselle Mandrin en profitait pour envoyer des paquets à l'une de ses sœurs qui habitait Paris et avait du mal à se ravitailler correctement.

Les beaux jours réapparurent, chassant les nuages froids et tristes qui avaient pesé tout l'hiver. Les saules cendrés sur le bord du Cher se couvrirent de chatons duveteux tandis que les saules pourpres ouvrirent leurs étamines dorées sur des fleurs purpurines. L'air sentait le printemps et les promenades à bicyclette le long des étangs solognots endormis dans une brume bleutée, à travers les landes tapissées de bruyères et de mousse. Les bourgeons explosaient sur les chênes, les bouleaux et les châtaigniers tandis que les flancs des coteaux aux pelouses sèches se coloraient de corolles violettes des orchidées et des anémones.

— Si nous allions pique-niquer à Châtillon ? proposa Edith.

Elle était arrivée de Blois en bicyclette la veille au soir, pétillante d'élégance discrète.

— Comment vas-tu, petite sœur ? s'était-elle écrié en embrassant Luce sur les deux joues.

Ses joues à elle étaient soyeuses, rosies par le fard qui les rendaient si jolies. A peine arrivée d'ailleurs, elle avait sorti une petite boîte de son sac et libéré la houppette pour se repoudrer. Elle avait arrangé ses cheveux souples décoiffés par les quarante kilomètres de bicyclette. Poudre magique, duvet de cygne, teint doré, la houppette d'Edith repoussait la guerre dans un autre monde, puisqu'on avait le droit de se faire belle, de sourire, de s'offrir le bonheur d'un dimanche.

— Alors ce pique-nique à la plage de Trévetis, on y va ? insista Edith.

La journée s'annonçait lumineuse et tiède, comme

un début de printemps. Les deux femmes installèrent Claudine sur la petite selle que Luce avait fixée sur le cadre avant de sa bicyclette. Elles grimpèrent sur leurs machines et longèrent le canal jusqu'au pont qui enjambait la Sauldre à mi-chemin entre Selles/Cher et Châtillon. Elles empruntèrent à pied le chemin de halage et s'attardèrent quelques instants sur les marques laissées sur les pierres par les cordes de halage à l'entrée du pont-canal.

Claudine s'agita sur sa petite selle, aussi pédalèrent-elles de nouveau sans s'arrêter jusqu'à la plage de Trévetis. En cet endroit le Cher avait délaissé ses rives boisées pour laisser un accès libre à une eau plus profonde aux couleurs de vieille bière.

Attirée par le miroitement de l'onde, Claudine trottina jusqu'à la berge et voulut y mettre le pied. L'eau fraîche lui fit changer d'avis et elle préféra se rabattre sur le pique-nique.

Toute la journée elles profitèrent du soleil enchanteur qui éloignait les soucis et l'idée-même de la guerre.

— Tu t'en sors pour le ravitaillement ? demanda soudain Edith. Je sais que tu n'es pas une grosse mangeuse mais quand même, les rations quotidiennes sont maigres, surtout quand on a un enfant à nourrir.

— Je garde pour Claudine mes rations de lait et de sucre. Sinon je vais d'une ferme à l'autre pour ramener quelques œufs, des fruits, du fromage. Et ma femme de ménage, Mme Guilers, m'apporte des pommes de terre et parfois de la viande que lui fournissent des amis. Tu te rappelles Lucien Auzat, l'instituteur ?

— Lucien ? Bien sûr. Il travaille à l'école de garçons de Selles. C'était un bon ami à Raoul, non ?

— Il est revenu d'Allemagne au début de l'année. Il cultive pour moi quelques légumes dans un champ prêté par un cultivateur de Billy. Il m'a dit que j'aurai bientôt des asperges, les premières de l'année.

— Quelle chance de connaître un tel ami.

— Oui. Je ne le remercierai jamais assez.

Lucien Auzat était effectivement un homme honnête et franc, grand amateur de football, ce qui l'avait très vite rapproché de Raoul quand ils s'étaient rencontrés à l'Ecole Normale de Blois. Raoul buvait un verre de vin avec Lucien quand Luce avait pour la première fois adressé la parole à son futur mari. Les rencontres entre Normaliens et Normaliennes avaient le plus souvent lieu à la terrasse des cafés, devant des limonades pétillantes et des bocks de bière.

Le rendez-vous décisif avait eu lieu lors du bal de fin d'année dans le château de Blois, une féerie merveilleuse où les Normaliennes portaient des robes longues fourrées de satin coloré ou de mousseline aérienne et les hommes des costumes noirs. Lucien s'y trouvait avec Raoul... Raoul qui avait embrassé Luce derrière un pilier de l'aile Gaston d'Orléans couleur de miel. Il l'avait fait rire sous la coupole terminale de la cage d'escalier délicieusement baroque. Il l'avait fait valser, encore et encore, jusqu'à ce que le vertige la laisse pantelante puis, devant le cylindre ciselé de l'escalier extérieur construit par François Ier, il l'avait de nouveau embrassée. Sa robe de satin bleu pâle avait frissonné contre le costume sombre du jeune homme. Peu après les deux tissus se mélangeaient.

— Luce, tu rêves ? demanda Edith. Il est l'heure de rentrer maintenant.

— Oui, tu as raison. Allons-y.

— Attends. Je vais t'aider à installer Claudine sur sa selle.

Pendant tout le retour, les deux sœurs perchées sur leur bicyclette n'échangèrent aucun mot. Elles se contentaient de pédaler dans la douceur du soir, appréciant les rayons du soleil couchant sur leur peau. Dans les yeux de Luce, il y avait des larmes.

A l'école de filles, une ombre apaisante s'étirait sur les murs silencieux, appelant à une dernière promenade dans la cour avant de s'enfermer pour la nuit. Luce abandonna Claudine à sa sœur et se dirigea vers le jardin. Un fil de fer barbelé arrêta sa progression rêveuse, elle n'en fut même pas irritée. Elle porta son regard sur la campagne environnante, la dévisageant avec une insistance émue, comme pour s'en imprégner, pour se fondre en cette terre fertile que Raoul aimait tant. Raoul… Peut-être contemplait-il lui aussi la nature depuis les fils de fer qui emprisonnaient son camp. Sur eux planait le même ciel, doux comme une caresse, limpide et secret.

Elle observa avec rancune la barrière qu'avaient dressée les Allemands pour marquer la limite entre les deux zones. Ainsi ils voulaient l'empêcher de passer ? De sortir de chez elle ? Ils voulaient la cloîtrer ! Elle ricana. Comme si ce misérable fil pouvait la retenir prisonnière ! Il suffisait de passer par-dessus, il n'était pas planté bien haut. Mais oui, un fil, on saute dessus, on l'enjambe, on l'escalade et on est libre. Raoul pouvait s'évader, il n'avait qu'une mince barrière à franchir. Il allait le faire, c'était si facile.

Luce mimait si fort dans sa tête le saut de son mari qu'elle crut apercevoir sa longue silhouette dans l'ombre d'un peuplier. C'était lui bien sûr qui déformait ainsi le tronc de l'arbre, tapi entre les racines. Il arrivait, il était là. Pourquoi ne s'avançait-il pas ? De quoi se cachait-il puisqu'elle l'attendait ? Il n'avait plus qu'une centaine de mètres à parcourir. Elle fixa avec avidité la bosse de l'écorce. Qu'elle restait donc immobile, cette protubérance ! C'en était agaçant.

Le soleil, avant de sombrer, lança une dernière flèche rougeoyante vers le tronc déformé qui aussitôt baigna dans une lumière crue aux reflets de sang et de mort. Il n'y avait rien contre le gros peuplier, rien qu'un trou béant dans lequel vivait peut-être quelque animal, rien qu'un rêve abattu, massacré sans pitié.

Luce frissonna longuement. Elle ramassa un caillou et le lança de toutes ses forces contre l'arbre qui l'avait si bien bernée. La pierre en rebondissant contre l'écorce jeta un son rauque qui apaisa sa douleur. Elle fit demi-tour en soupirant puis haussa les épaules, en colère contre elle-même. A quoi jouait-elle donc d'imaginer des hommes cachés dans l'ombre des arbres ? Elle devenait folle. Une envie irrépressible de pleurer la jeta à genoux, elle cria sa déception et ses illusions déchirées, elle sanglota sur elle-même comme une enfant capricieuse que rien ne peut consoler.

Quand enfin les larmes s'arrêtèrent, elle se releva péniblement en s'essuyant les yeux puis elle accéléra le pas vers sa demeure, soudain pressée de retrouver sa sœur et sa fille pour éloigner les démons. Le repas du soir l'attendait fumant sur la table de la cuisine, l'appelant, la consolant. Elle n'était pas seule, on s'occupait d'elle. Elle oublia son espoir insensé de l'heure précédente quand elle rêvait de barbelés coupés, de fuites dans les bois, de retours impossibles. La lucidité revenait avec la disparition de sa colère car bien sûr, l'évasion réussie d'un camp de prisonniers s'apparentait davantage aux travaux titanesques d'Hercule qu'à une simple partie de cache-cache. Il aurait fallu un miracle et ce miracle, elle l'avait déjà connu quand le Dieu de la guerre pourtant si vorace avait accepté de laisser la vie sauve à Raoul. Alors en demander un autre !

Le repas fut silencieux. A la lueur tremblante de la lampe, les mots se taisaient, sans pensées, seules les mâchoires travaillaient dans ce calme apaisant de la nuit venue quand l'urgence commande d'abord de satisfaire l'appétit des ventres.

Les deux femmes finissaient de dîner quand quelqu'un cogna à la porte.

— Ce ne peut pas être mademoiselle Mandrin, dit Luce. Elle est partie à Noyers chez ses parents comme chaque dimanche et ne rentrera que demain matin.

— Qui alors ?

— Je vais ouvrir.

— Non, attends. Si c'étaient les Allemands ?

— Que veux-tu qu'ils nous fassent ? De toute façon, s'ils veulent vraiment entrer chez moi, ce n'est pas une porte qui les en empêchera. Il vaut mieux que j'aille voir.

Elle se leva, pas très rassurée cependant. Sur le pas de la porte elle trouva un jeune homme aux traits tirés qui ruisselait de fatigue. Dans son regard brûlait une émotion fugitive qui ressemblait à de la peur.

— Vous pouvez m'aider à passer en zone libre ?

Luce resta calme, à peine un léger frémissement des sourcils révéla son étonnement.

— Monsieur, je ne vois pas ce que je peux faire pour vous, répondit-elle prudemment.

— On m'a dit qu'une rangée de fils de fer barbelé servait de limite dans le jardin de l'école de filles.

Luce hésita à peine.

— C'est vrai, il n'y a qu'à enjamber le fil et à courir ensuite sur quelques mètres pour être à l'abri des sentinelles. D'ailleurs, c'est mal surveillé.

Elle observa de nouveau le jeune homme, cette peur qui semblait suinter de son corps, ces yeux effarouchés qui tremblaient. Sa décision fut vite prise. Il y avait là comme une réponse à ses questions, surtout après la scène déplaisante qu'elle venait de vivre dans le jardin : que fallait-il faire pour cesser de *collaborer*, pour simplement se sauver de l'attente passive, de l'attente honteuse ? La réponse se trouvait là, dans le regard luisant de cet homme. Ne rien faire, c'était déjà une forme inavouée de collaboration. Alors oui, elle allait l'aider à passer et ce faisant, elle rachèterait un peu cette honte qu'elle ne ressentait que confusément encore mais qu'elle entrevoyait un peu plus chaque jour qui passait sans que rien ne change. Ce serait sa bonne action à elle, sa participation à une guerre qui continuait, et même si ce devait être la seule qu'il lui était donné d'accomplir, elle la voyait déjà comme une revanche sur ces Allemands qui lui avaient tant pris. Quel satisfaisant pied de nez !

— Je vous montrerai ce soir, dit-elle, quand il fera noir. En attendant, voulez-vous manger quelque chose ?

— Je veux bien, oui. Merci, répondit promptement l'homme visiblement affamé.

Pendant que Luce mettait à réchauffer un peu de soupe, Edith, plus méfiante que sa sœur, commença à interroger l'étrange visiteur. Il n'y avait pourtant aucune crainte à avoir, le pauvre homme ne demandait qu'à s'épancher.

— Je suis des Ardennes. Les Allemands ont créé une zone interdite par là-bas, on n'a pas le droit d'y revenir. Ils empêchent les habitants d'origine partis pendant l'exode de retourner dans les départements du nord et ils installent à leur place des citoyens allemands. Ils ne sont pas fous, ils s'approprient les départements les plus riches et les plus industrialisés. C'est une manière comme une autre de préparer l'annexion future.

— Et l'Alsace-Lorraine ?

— Oh ! Là-bas, l'annexion est déjà sûrement faite. Ils ont dû se jeter dessus comme des mouches sur une bouse de vache. Vous pensez, récupérer l'Alsace-Lorraine et en faire une terre allemande comme avant 1914, habitée par des Allemands. C'était leur première priorité.

— Où allez-vous ?

— J'ai des amis vers Tarbes, peut-être qu'ils voudront bien me loger.

La nuit une fois tombée, une nuit noire, épaisse et froide, malicieusement complice, Luce et Edith accompagnèrent le réfugié du nord jusqu'au fond du jardin. Le fil de fer barbelé tendait ses crochets pointus à faible hauteur. Derrière c'était la zone libre.

— La sentinelle est hors de vue. Allez-y, c'est le moment. Sautez. Et bonne chance !

Malgré l'assurance des deux jeunes femmes qui l'encourageaient amicalement des mains, l'homme ne retrouvait pas sa hardiesse du dîner. Il franchit les barbelés avec une lenteur insupportable puis, une fois de l'autre côté, prit ses jambes à son cou sans se retourner.

— J'espère qu'il n'aura pas d'ennuis, soupira Edith. Et nous non plus. Imagine, si c'était un agent des Allemands qui faisait semblant de vouloir passer la ligne pour ensuite dénoncer les personnes l'ayant aidé ?

— Tais-toi, tu me fais peur, s'écria Luce. Moi, je l'ai trouvé sincère.

— Tu dois avoir raison. En tout cas, je suis fière de l'avoir aidé.

— Moi aussi. Je n'aurais pas cru que j'en arriverais à cacher un homme dans le jardin, surtout après le texte que la Feldkommandantur de Romorantin a fait afficher sur les murs de Selles le 8 février dernier.

— Quel texte ?

— C'était un article comme quoi ils allaient faire payer une amende aux habitants de la ville pour avoir fait passer des gens en zone libre. Attends, je dois avoir gardé l'exemplaire posé sur le mur de l'école. Je vais le chercher.

Luce descendit à la cave et remonta avec une feuille déchirée sur les bords mais qui laissait cependant le texte lisible. Edith déchiffra à haute voix les lignes :

« Etant donné le coupable concours prêté à de nombreuses reprises par les habitants de SELLES-SUR-CHER pour permettre de franchir illégalement la Ligne de Démarcation, le chef de l'administration de la Région A a pris contre cette commune les mesures de représailles suivantes :

a) Amende de cinquante mille marks.

b) Fermeture de tous les lieux publics de plaisir et de consommation ouverts au public, ceci pendant une durée de quatorze jours, et dans la mesure où ces établissements ne sont pas indispensables à l'Armée Allemande.

Pour l'exécution de ces mesures, j'ordonne :

a) l'amende devra être payée avant le 17 février 1941. Un relevé d'accompagnement devra montrer la mesure dans laquelle chaque habitant de SELLES-SUR-CHER a participé au paiement de cette amende selon sa fortune ou sa situation économique.

b) La fermeture des lieux de consommation est fixée du 11 février à midi au 25 février à midi. La Standortkommandantur de SELLES-SUR-CHER décidera du choix des établissements qui seront

autorisés à rester ouverts.
Le Commandant BRISKEN ».

— Quelle amende as-tu payée ?

— Justement, c'est là que ça devient bizarre. On ne m'a rien demandé du tout et mes collègues n'en ont pas entendu parler. Aucune des personnes que je connais n'a participé au paiement de l'amende.

— En effet, c'est étrange, admit Edith, intriguée. Cependant ce papier est la preuve que certaines personnes n'hésitent pas à résister ouvertement aux Allemands. Il y a tellement de Français qui acceptent la collaboration et y participent même de manière active. Il paraît que les bureaux des mairies croulent sous les lettres de dénonciation. La plupart sont d'ailleurs calomnieuses. Tu vois d'ici le beau tableau de la France ! A ce propos, ma concierge à Blois ne m'inspire pas confiance. Elle n'arrête pas de répéter que l'Allemagne est un grand pays et qu'elle attend avec impatience la réunion de la France avec elle.

— Elle prétend peut-être cela pour donner le change.

Edith haussa les épaules.

— Personne ne l'oblige à fournir son opinion. Si elle veut donner le change, le mieux est de se taire.

— Pas forcément. Elle peut préférer mentir tout haut pour se protéger. Il peut s'avérer dangereux de ne rien afficher.

— Ah ! Tu vois, toi-même tu fais allusion aux dénonciations, tu n'as pas confiance.

— Je pensais plutôt aux Allemands. Ils ont des oreilles eux aussi et beaucoup comprennent bien le français.

— Il n'y a pas que ça. Le mois dernier, mon voisin du dessus a été arrêté et je suis sûre que c'est la concierge qui l'a dénoncé parce qu'il racontait des devinettes qui critiquaient l'occupant, du genre : « quel est le comble de la disette pendant l'Occupation ? C'est de nourrir deux millions de vaches et de manquer de lait ». Elles n'ont jamais fait rire la concierge.

— Est-ce donc coupable de ne pas arriver à rire du malheur qui nous tombe dessus ? Moi je ne trouve pas la force de me moquer. Et toi, parviens-tu réellement à rire de ce qui nous arrive et à le tourner en dérision ? Moi pas.

Gênée, Edith baissa les yeux. Sa sœur avait raison. Il n'y avait vraiment pas de quoi rire. S'imposaient la défaite, le joug impitoyable de l'occupant, les restrictions, le sort malheureux de tous les prisonniers en Allemagne. C'étaient aux Allemands de se réjouir, les vaincus eux n'avaient plus qu'à courber la tête en ruminant leur peine. Aux vainqueurs la joie, la fête. A leurs victimes, les pleurs. Luce l'avait dit, il était impossible de rire quand on avait tout perdu, c'était indécent… Indécent ?

— Non ! hurla Edith. Ce n'est pas une solution. Nous avons perdu la guerre, d'accord, mais ce n'est pas une raison pour s'empêcher de vivre. Je refuse de me laisser abrutir par les réalités douloureuses, je préfère les tourner en dérision, ça fait moins mal. Au moins, je les accepte sans broyer du noir à chaque fois que j'y pense ou qu'elles s'imposent à moi. Les

Allemands nous briment et nous affament ! Je m'en moque et fais tout pour trouver à manger. On a perdu notre bien-être des années 30 ? Quelle importance puisqu'on est toujours vivant. On change d'époque, voilà tout. Les prisonniers souffrent plus que nous dans leur camp. Ils nous manquent ? Pense aux bons moments passés avec eux. La gaieté, vois-tu, dépose un peu de baume sur nos malheurs. Elle les fait passer plus facilement.

— Encore faut-il avoir cet humour-là. Je te le répète, moi, je n'arrive qu'à grincer des dents. Je t'envie presque ta gaieté, tu sais, et cet optimisme que tu gardes dans n'importe quelles circonstances. C'est ce qui fait ta force. Je t'envie, vraiment.

— Je fais la folle parce que moi, je n'ai rien perdu dans cette guerre, contrairement à toi. Il m'est sans doute plus facile dans ces conditions de rester relativement sereine. Si mon mari était prisonnier, peut-être que je verrais les choses sous un autre angle. Je suis bien contente de n'avoir pas d'homme dans ma vie.

— Pas même un soupirant ?

— Avec tous les hommes morts au combat ou prisonniers ? C'est difficile.

— Tu exagères. Il en est quand même revenu.

— Si tu crois que j'y fais seulement attention. Le Français moyen me rebute, il me faudrait un héros.

Luce retint une grimace amusée.

— Le parfait chevalier sans peur et sans reproche. Tu crois que ça existe autre part que dans les livres ?

— Hum… je ne désespère pas. Les Anglais qui continuent à se battre et à résister malgré les tonnes de bombes qui s'écrasent sur leur île, me semblent d'une trempe autrement plus courageuse que les Français qui restent. On ne sait jamais.

— Tu comptes peut-être aller en Angleterre ?

— Et si c'étaient eux qui débarquaient en France ? Ecoute, on m'a raconté une devinette qui celle-là te plaira. Pourquoi le général de Gaulle est-il allé en Angleterre ?

Luce fit la moue puis lança la première idée qui lui passait par la tête.

— Pour continuer à se battre contre l'Allemagne ?

— Il faut trouver un jeu de mots.

— Laisse. Je n'aime pas les devinettes.

— Il est allé chercher la clef anglaise pour déboulonner l'Axe… Ah ! Tu fronces les sourcils. Allez, bonne nuit, je vais me coucher.

Edith s'endormit calmement sur le divan de la salle à manger, laissant Luce en proie à des émotions contradictoires. D'un côté espoir d'une victoire anglaise qui déstabiliserait l'Allemagne puisque, même intensément bombardés, les Anglais résistaient vaillamment et montraient l'exemple à suivre. Résister, au désespoir, à la haine, à la peur. N'était-ce pas ce que soutenait Edith et ses devinettes ridicules ? Il y avait pourtant tant de questions. La collaboration des uns, la résistance des autres, l'attente de la plupart, leur recherche de la simple survie, au jour le jour. Nourrir ses enfants, les éduquer et de ce fait préparer leur avenir, mais pour quel monde ? Et Luce, quelle était sa place ? Ce soir elle avait risqué sa vie en compagnie de sa sœur, elle avait aidé un homme. Cela suffisait-il à faire d'elle une héroïne ? Pitoyable héroïne en vérité, qui n'avait rien demandé, rien voulu mais seulement subi. Oui, elle avait subi cet élan d'entraide, tout comme les circonstances lui imposèrent un second élan quelques semaines plus tard, sans qu'elle l'ait cherché.

C'était un samedi soir. Mademoiselle Mandrin était partie chez ses parents à Noyers et Edith n'avait pu venir de Blois. A la nuit tombée, Luce reçut la visite d'une jeune femme inconnue se présentant de la part du directeur de l'école de garçons. Elle voulait passer la ligne de démarcation dans le fond du jardin.

— J'ai sur moi une liste de personnes pouvant me faire passer en zone libre.

Luce sentit un frémissement d'angoisse glisser dans son dos.

— Une liste ? Vous n'allez pas la garder ?

L'inconnue haussa les épaules et répondit :

— Pourquoi pas ?

— Elle ne vous servira à rien maintenant. Donnez-la moi.

— Comme vous voulez.

Luce plaça la liste compromettante dans sa poche en se promettant de la brûler dès qu'elle en aurait l'occasion. Elle offrit à dîner à la jeune femme qui remercia d'un geste mais ne répondit rien. On dirait qu'elle a peur, pensa Luce. Elle paraît aux aguets, comme si elle redoutait quelque chose, ou quelqu'un. C'est peut-être une espionne. A cette pensée la jeune Selloise blêmit. Elle décida de ne pas parler non plus. A quoi bon, si l'autre ne voulait rien dire ?

Surprenant sa lassitude, elle décida cependant de lui permettre de passer la nuit chez elle afin de la laisser récupérer des forces indispensables et d'attendre l'aube pour la réveiller.

Elles mangèrent en silence le lapin de garenne que Mme Guilers avait ramené la veille et préparé en pot-au-feu. A la fin du repas, l'inconnue leva les yeux sur son hôtesse et commença à parler.

— Je suis juive. Vous saviez que le gouvernement de Vichy recensait les différentes familles juives depuis le début du mois ?

— Non, je l'ignorais.

— Et pourtant, à Paris, le préfet du département a décrété que les étrangers de race juive pourront être internés dans des camps spéciaux. L'accès aux fonctions publiques ainsi que l'exercice des professions libérales leurs sont désormais interdits.

— Mais vous, vous n'êtes pas étrangère ?

— Peut-être, mais je suis juive. Et s'ils recensent nos familles, c'est pour mieux nous abattre. Je préfère m'enfuir plutôt que d'attendre bêtement qu'on vienne me saigner comme un agneau. Quand je pense que la plupart de mes compatriotes juifs ont tellement confiance en la France qu'ils ne songent même pas à se dérober au recensement ! Ils ne réalisent pas qu'ils s'offrent la gorge la première.

Luce fronça les sourcils. Au cours des siècles passés, le peuple juif avait en effet subi les menaces et les persécutions diverses et aujourd'hui encore, le port distinctif de l'étoile jaune qu'on leur imposait les désignait comme une race à part. Un malaise insidieux s'empara de Luce. L'étrangère, victime d'un complexe aigu d'intériorité, exagérait-elle ? Ou bien au contraire visionnait-elle déjà l'amorce d'un terrible fléau ? Luce refusa d'y croire. Plus tard, à l'ouverture des camps de concentration, elle comprendrait toute l'horreur du cauchemar que redoutait la jeune juive après avoir pris connaissance de ce que les Allemands appelaient la « solution finale ». Elle n'était pas paranoïaque mais réaliste tout simplement, et sans illusions. Quand elle sut, Luce ne put jamais oublier le visage aux grands yeux terrifiés qu'elle abrita pour quelques heures mais à ce stade, elle ignorait tout encore.

L'inconnue passa la nuit dans le divan de la salle à manger, chaudement enveloppée dans une couverture épaisse. A l'aube, Luce lui montra le passage vers la zone libre.

— Voilà, vous n'avez qu'à enjamber le fil. Surtout ne dites à personne que je vous ai hébergée.

— Non, bien sûr.

Elle regardait le fil de fer comme une hallucinée. Luce grimpa sur le tas de charbon le long du mur afin de surveiller les opérations. La jeune juive hésita un long moment puis enfin se décida. Elle déposa sa valise de l'autre côté du fil puis passa une jambe par-dessus les piques acérées. Un pan de sa jupe resta accroché, elle tira froidement. Le fragile tissu se déchira dans un soupir plaintif de bête aux abois. Elle s'apprêtait à lever la seconde jambe quand soudain une voix surgissant de nulle part s'écria :

— Raoust !

C'était la sentinelle allemande qui faisait sa ronde. Affolée, Luce dégringola de son perchoir et rentra précipitamment auprès de Claudine qui dormait bien sagement. L'angoisse lui martelait les tempes et révélait des bruits maléfiques, un courant d'air qui passe, le grincement d'une lame de parquet, un sifflement étrange dans l'escalier. Qu'était-ce sinon l'arrivée de soldats allemands qui venaient l'emmener pour la jeter en prison ? La porte de la cuisine ne venait-elle pas de claquer ?

Elle sursauta, s'attendant à apercevoir cet uniforme vert tant redouté. Peut-être cependant ne voulaient-ils que l'interroger ? Que leur avouerait-elle ? Livrerait-elle la jeune juive et le directeur de l'école de garçons qui l'avait envoyée vers elle ? Si on la torturait, elle savait bien qu'elle avouerait n'importe quoi, tout, pour éviter une trop grande souffrance. Et Claudine, que deviendrait-elle ?

Luce se força à se raisonner, il fallait d'abord réfléchir à ce qui se passait. Pourquoi le directeur lui avait-il adressé la jeune juive ? Que connaissait-il d'elle ? Luce s'étonna, elle ne comprenait pas. Avait-il appris qu'elle avait déjà fait passer un réfugié en zone libre ? L'hypothèse semblait se tenir mais s'avérait dangereuse. Comment avait-il su ? Pour la première fois, Luce sentit sa colère monter contre cet homme qui l'avait entraînée dans un si mauvais piège. Elle se mit à le détester, plus pour canaliser sa terreur que par réelle conviction.

Toute la journée du dimanche, elle resta figée dans l'inquiétude, sans rien savoir. La jeune juive avait-elle été arrêtée ? Avait-elle parlé de son hôtesse d'une nuit ?

Cette fois, elle en était certaine, des bruits de pas se répétaient devant la porte, ils insistaient sur le carrelage de l'entrée, ils prenaient leur temps, sûrs de leur proie qui tremblait à l'étage. Luce crut entendre des voix, des murmures de fusils qu'on charge, elle imaginait les clins d'œil qu'on échange en vue d'une prise facile. Affolée, elle prit Claudine dans ses bras et se cacha sous le lit de sa chambre. Elle fixa comme une hallucinée la porte donnant sur l'escalier, s'attendant à tout instant à voir apparaître des bottes de cuir noir. Une sueur immonde collait ses habits le long de son corps poisseux.

Les minutes défilèrent. Etourdie par les rumeurs que créait son imagination terrifiée, Luce ne se rendait pas compte du silence qui régnait. Elle entendit à peine les sanglots de Claudine qu'elle écrasait contre elle.

— Chut, ils vont nous prendre.

La fillette obéit à la voix impérieuse de sa mère et se tut. On n'entendait plus rien que la nuit qui tombait peu à peu et cachait la lumière. Aveuglée, ayant perdu ses repères, Luce sortit de la cachette sombre dans laquelle elle étouffait. Lentement, les oreilles aux aguets, elle ouvrit la porte de la chambre et scruta attentivement l'escalier. Rien ne bougeait. Dans la salle à manger, tout semblait à sa place, comme si personne n'était venu.

Un coup sourd à la porte de l'entrée la fit frémir. C'était donc ça, ils préféraient attaquer de nuit. Elle ne bougea pas, fixant avec une expression d'épouvante la cloison derrière laquelle le cauchemar arrivait.

— Luce ! Je suis de retour, fit la voix joyeuse de mademoiselle Mandrin.

— Oui ! Je suis là. J'arrive !

Luce avait crié si fort que des larmes avaient envahi ses yeux. Après les terreurs macabres contre lesquelles elle s'était si cruellement défendue, la joie était trop intense pour qu'elle résistât, le soulagement trop doux. Elle courut dans l'escalier et ouvrit à son amie qui la regardait en souriant.

— Qu'est-ce qu'il y a ? s'étonna mademoiselle Mandrin en éteignant son sourire. On croirait que tu as vu un fantôme.

— C'est un peu ça, oui. Je me suis murée avec des tas de fantômes aujourd'hui. Comme je suis contente de te voir ! Tes parents vont bien ?

— Ca va. Ils apprécient que j'aille les voir chaque dimanche.

La présence de mademoiselle Mandrin effaça la peur des dernières heures. Luce ne sut jamais ce qu'était devenue la jeune juive en fuite, par contre là s'arrêtèrent ses rêves héroïques de résistance. Elle ne se sentait pas le courage d'aller plus loin. Et puis il y avait Claudine pour qui elle ne devait pas s'exposer au danger. C'était une excuse facile bien sûr, un peu lâche peut-être mais réelle tout de même. Combien de Français pensaient de même à l'époque ?

Chapitre 10

Les jours continuèrent à défiler, monotones, lourds de passivité et d'attente amère. Quand Lucien Auzat se présenta un soir après la classe pour saluer Luce, il trouva la jeune femme en pleurs, la tête tremblante couchée entre les coudes. Une mince feuille de papier garnie d'encre violette dépassait de ses cheveux épars sur la table.

Il eut un mouvement de recul. Grand ami du mari de Luce depuis leurs études ensemble à l'Ecole Normale, il s'était mis à apprécier son épouse et, réalisant ce que sa solitude pouvait avoir de désespéré dans sa détresse de mère élevant seule son enfant, il avait décidé de l'aider en cultivant pour elle des légumes. Au moins elle n'aurait pas à se préoccuper de la nourriture, c'était bien assez de subir l'absence d'un être cher et d'en faire grandir un autre. Lui-même regrettait Raoul et leurs parties de football endiablées, prisonnier de ce lien si puissant qui les unissait tous les deux, nourri d'estime, de respect et de franche camaraderie. Raoul faisait partie de ces hommes profondément honnêtes à l'enthousiasme contagieux auquel il est si facile de s'attacher quand on a le même âge et qu'on partage la même passion du sport. Lucien l'adorait. Durant son absence, il lui semblait que c'était à lui, le meilleur ami de Raoul, de le remplacer auprès de sa femme, moralement du moins, par une petite aide alimentaire ou par une conversation réconfortante. Mais là, devant ces larmes, il se sentit cruellement désarmé. Les asperges qu'il avait arrachées glissèrent hors du sac qu'il ne tenait plus et s'écrasèrent par terre.

Le bruit sourd provoqué par la chute des légumes atteignit la conscience de Luce qui leva les yeux et esquissa un faible sourire.

— Bonjour Lucien.

— Des mauvaises nouvelles ? murmura le jeune homme.

— Non, oui, pas vraiment, répondit Luce. J'ai reçu une lettre de Raoul.

— Il est malade ?

— Non, non, rassure-toi. C'est juste le fait de lire ses mots, j'ai cru entendre sa voix, comme s'il se trouvait là près de moi, comme si je pouvais le toucher. Il me manque tellement.

Elle éclata de nouveau en sanglots sous le regard désolé de Lucien.

— Tiens, lis sa lettre si tu veux, hoqueta-t-elle avant de replonger dans ses larmes.

Lucien s'empara de la feuille et lentement, religieusement, s'absorba dans sa lecture. Luce pleurait toujours.

« 15 juin 1941. Mon Mimi chéri. Ouf ! Encore une

semaine de passée ! Bien employée quant au travail car voilà une saison où le travail aux champs ne manque pas. Si le grain pousse, l'herbe aussi et il faut la détruire. J'ai passé ma semaine à éclaircir des betteraves, à les biner et à faire du foin. J'y ai attrapé de bonnes courbatures dans les reins. Malheureusement, quand le corps travaille, l'esprit ne sommeille pas pour autant et les mêmes pensées, les tracasseries que l'on voudrait bien oublier de temps en temps l'assaillent et le torturent sans cesse. A part les quelques blagues et les menus propos échangés tous les jours entre les prisonniers, si les conversations partent parfois sur des sujets distrayants, dix fois par jour elles reviennent sur le même sujet de préoccupation commune : la libération. Toujours ce besoin de supputer les chances de départ est là, d'autant plus impérieux qu'aucun d'entre nous ne peut évaluer même approximativement la durée de notre captivité. J'évite de mon mieux de trop y penser en me livrant dès que je peux à la lecture, au dessin ou à des réflexions plus saines. Tout espoir en moi n'est pas mort. Il m'arrive encore de faire des projets d'avenir qui n'émanent pas d'un désespéré. Comme je te l'ai dit et redit, il y aura encore de beaux jours pour nous. De gros baisers à Claudine. Tendrement à toi. Raoul. »

— C'est vrai qu'elle n'est pas très gaie, cette lettre, marmonna Lucien.

— J'en pleure, tu comprends, parce que je pense à tous ces mois qui passent et qu'on ne vivra jamais ensemble, à ces journées qui pourraient être merveilleuses s'il était là mais qui, du coup, sont vides, sans joie, sans rien. Tous ces mois gâchés à attendre un hypothétique retour !

— Tu as ta fille quand même.

— Oui, mais c'est sa fille à lui aussi. J'ai beau parler à Claudine de son père, elle ne le connaît pas, elle grandit sans lui, en dehors de lui, en dépit de son absence même. C'est ça qui fait que le temps qui passe est irrécupérable. Mais tu as raison, Lucien. Heureusement que Claudine est là. Raoul n'a pas cette consolation dans son camp, il doit être encore plus malheureux que moi. Tu vois, je l'aide à grandir et elle, elle m'aide à tenir.

— Alors laisse-moi te féliciter, chère mère, toi à qui est dédiée depuis le 25 mai dernier une noble fête. Car comme a dit Pétain, « *maîtresse du foyer, la mère, par son affection, par son tact, par sa patience, confère à la vie de chaque jour sa quiétude et sa douceur... Vous êtes, avant l'Etat, les dispensateurs de l'éducation, vous êtes les inspiratrices de notre civilisation chrétienne* ». Quoi, tu souris ? Tu oses te moquer ? Mon texte n'est-il pas émouvant, ne valorise-t-il pas de façon admirable le rôle de la mère ?

— Arrête Lucien. Tu es ridicule de singer ainsi le Maréchal.

— Mais au moins, tu ris.

Luce se laissait en effet envahir par une hilarité exubérante qui lui tordait le ventre et séchait ses larmes, d'autant plus foudroyante qu'elle se vengeait des sanglots et de la tristesse passée. Le désespoir prenait un peu de repos.

— Allez, je t'invite à manger des asperges ce soir, tes asperges. C'est bien le moins que je puisse faire.

— D'accord. Mais je devrai rentrer avant le couvre-feu.

Le dîner fut très gai. Les asperges fondaient dans la bouche, leur amertume tendre éclatait sous la langue, leur acidité un peu âcre renforcée par l'absence de crème. Lucien connaissait de nombreuses histoires qu'il ne se lassait pas de raconter et qu'il savait rendre délicieusement palpitantes. Claudine écoutait, captivée. Luce retrouvait en le regardant des sourires béats de petite fille heureuse et insouciante.

— Je suis impardonnable, s'exclama soudain Lucien. Je ne t'ai même pas demandé des nouvelles de tes parents.

Aussitôt le joli visage de la jeune femme s'assombrit.

— Le mois dernier, j'ai reçu une lettre de ma mère m'apprenant que mon père avait souffert d'une congestion cérébrale, expliqua-t-elle. Depuis il est paralysé et ne se déplace plus qu'en chaise roulante.

— Mon Dieu ! Est-ce qu'une amélioration est possible ?

— Je n'en sais rien, répondit Luce. Ma mère n'a pas été très explicite dans sa lettre. A la fin du mois, je compte partir à Saint-Ouen et passer l'été là-bas. Je me rendrai mieux compte par moi-même.

— C'est vrai que tes parents n'habitent plus Vendôme.

— Ils ont déménagé mais je ne suis encore jamais

allée dans leur nouveau logis. Tu comprends, Vendôme se trouve beaucoup plus loin de Selles que Sainte-Lizaigne. Si encore je pouvais utiliser ma voiture. Mais je n'ai pas accès aux stocks d'essence, bien évidemment. Et puis j'aime tellement mes beaux-parents, ils savent si bien m'entourer de leur affection que je passe plus de temps avec eux qu'avec mes parents. C'est un peu comme si j'essayais de remplacer Raoul auprès d'eux. C'est leur fils unique et ils souffrent tellement de son absence.

— Tu veux dire que tu ne vois pas tes parents ?

— Pas souvent. Mais eux, ils ont encore Gaston qui habite tout près de chez eux et Edith va les voir, se défendit Luce. Les Granier sont chaleureux, aimants tandis que mes parents sont secs et durs, ils n'ont pas ces attentions amicales qui mettent les gens à l'aise.

— Pourtant tu es leur fille et ils t'aiment.

— Ils le montrent bien mal, grommela Luce. J'ai l'impression qu'ils n'apprécient pas beaucoup Raoul.

C'était cela qu'elle avait du mal à leur pardonner, cette indifférence dont dès le début ses parents avaient accablé son fiancé. Louis Coteron lui avait à peine adressé la parole et ne lui avait accordé la main de sa fille cadette que du bout des lèvres. Sa mère, quant à elle, n'avait pas fait beaucoup d'efforts pour lui être agréable. Elle était restée sèche et froide, comme toujours terrée dans son coin, toujours occupée à mille choses dont elle surestimait l'importance au mépris de ses relations avec autrui. Il y avait peu d'affection en elle. Comment dans ces conditions ne pas préférer visiter ses beaux-parents qui eux savaient ce qu'aimer voulait dire et le montraient avec une délicatesse et une attention jamais démentie ?

— Ce n'est pas une raison, gronda Lucien. Tu dois aller voir tes parents. Ils ont besoin de toi autrement que par les lettres que tu leur écris. Ton père surtout a besoin de toi.

— Je sais. Dès la fin juin, je partirai.

Comme prévu, Luce prit le train le matin de bonne heure jusqu'à Vendôme où un car la conduisit avec sa petite fille et ses bagages à travers la banlieue nord de la ville. Sa valise dans la main gauche, Claudine à sa droite, elle trottina doucement dans les rues de Saint-Ouen, cherchant la maison qu'avaient louée les parents Coteron à la suite du pillage de leur épicerie pendant leur exode à Sainte-Lizaigne.

L'air chaud et sec chantait les grandes vacances, les retrouvailles avec ses parents et son jeune frère Gaston, instituteur à Mondoubleau depuis le début de l'année.

La maison louée se trouvait là, au bas du village, il n'y avait plus qu'à suivre l'allée de sable bordée de ciment festonné qui limitait le jardin. Un escalier extérieur conduisait à la première pièce de la maison, une longue cuisine-véranda. Les parents Coteron attendaient, le père prisonnier d'une chaise roulante, le visage dur, la mère devant la cuisinière, un tablier fleuri autour de ses hanches minces, le chignon sévèrement tressé sur la nuque. Elle présenta aux deux arrivantes un bol de groseilles au sucre dont le mélange agaçait les dents.

— Quoi ? hurla Louis Coteron. Tu leur donnes des groseilles et à moi, tu ne donnes même pas de pain ! Figure-toi, Luce, que ta mère me laisse mourir de faim, elle me prive de pain, moi, un ancien boulanger ! C'est de sa faute si on a perdu la guerre.

Il actionna sa petite voiture avec les bras et sortit de la pièce sous les yeux d'une Luce trop ébahie pour éprouver la moindre pitié.

— Sa maladie ne lui a pas adouci le caractère, on dirait, remarqua-t-elle.

Geneviève Coteron soupira et dit :

— C'est de pire en pire et le fait d'être bloqué dans cette chaise n'arrange rien. Ton père accepte très mal la présence des Allemands. Après avoir fait la guerre de 14-18, il pensait que c'était la der des der. Maintenant il me rend responsable parce que je ne lui donne pas assez de pain. Pourtant je lui donne ce que je peux, je rogne même sur ma propre ration, qui n'est pourtant pas bien lourde. Il ne veut pas comprendre les restrictions. Il faut des tickets pour tout maintenant, même pour les vêtements.

Elle avait parlé d'une voix sans timbre, presque sèchement. Luce en eut les larmes aux yeux. Elle comprit avec amertume que, non contente d'avoir assassiné des milliers d'hommes à travers le pays, ravagé des villages entiers, fauché des veuves désespérées se débattant dans la misère et la faim, la guerre était en train de détruire un foyer de plus, un père devenu irascible et agressif, ne supportant plus personne, une mère murée dans son indifférence d'épouse bafouée par des reproches aussi injustes que

149

méchants. Qu'allaient-ils donc devenir ?

Luce comprenait mieux pourquoi elle avait jusqu'à présent repoussé sa visite. Elle avait pressenti cette atmosphère de haine triste qui imbibait les murs avec une intensité si lourde qu'on hésitait à élever la voix, elle l'avait tellement redoutée. Non, Luce ne s'habituait pas, même si elle avait honte de n'éprouver qu'une compassion mitigée pour son père. Elle oubliait trop souvent qu'il souffrait. Hélas son attitude ignoble écrasait toute pitié à peine éclose. La vie n'était gaie pour personne dans la maison de Saint-Ouen. Heureusement Gaston avait annoncé sa visite pour la semaine suivante. Et puis il y avait Claudine, joyeuse, merveilleuse, vivante enfin, pour laquelle tout était jeu.

Malgré la mésentente malsaine de ses parents, Luce fut soulagée de voir que la fillette séduisait son grand-père. Il n'acceptait qu'elle, elle avait tous les droits sur lui. Elle montait derrière le siège du fauteuil roulant et tous les deux fuguaient vers le village. Pendant ce temps, Geneviève Coteron s'activait partout à la fois, du lavoir où elle battait le linge aux champs où elle glanait. Sur les talus elle coupait l'herbe pour les lapins avec sa faucille et cueillait le cresson dans le gué. Il fallait bien vivre.

Luce retrouva avec plaisir son frère Gaston venu passer quelques jours avec sa famille. Agé de vingt-et-un ans, les cheveux blonds perpétuellement ébouriffés, il dégageait une impression de jeunesse et de vitalité éternelles. Il faisait sauter Claudine sur ses genoux en chantant Trenet :

— « *Le soleil a rendez-vous avec la lune, mais la lune ne le voit pas et le soleil attend.* »

Claudine riait, riait, battait la mesure avec ses petites mains, elle s'accrochait à la culotte de golf à chevrons clairs, contemplant avec admiration la mèche ensoleillée dont le cran balayait le front de son protecteur.

Instituteur à Mondoubleau, il était très aimé là-bas. Il emmena Luce chez des parents d'élèves pour avoir du ravitaillement. Les trente kilomètres qui séparaient Saint-Ouen de Mondoubleau défilèrent très vite à coups de pédales rageurs et de chansons. Le plateau calcaire ondulait comme une mer blonde et verte de blé, d'orge et de champs d'œillettes rosées. Luce et Gaston traversèrent le bourg de Mondoubleau dans une allégresse joyeuse qui leur fit oublier les deux soldats allemands qui prenaient le soleil à la terrasse d'un café, baillant à s'en décrocher la mâchoire. A la sortie du village, ils tournèrent à droite sur un chemin de terre rougeâtre mangé par les mauvaises herbes, qui serpentait gaiement à travers les prés jusqu'à la rivière. Une rangée de verdure luxuriante trahissait la fraîche présence du ruban cuivré envahi par le trèfle et le serpolet et dont l'accès en était barré par une solide bâtisse entourée de communs fort prospères.

Les deux jeunes gens se dirigèrent vers le bâtiment principal. Le couple qui les accueillit leur offrit du cidre bien frais et leur vendit des produits de la ferme que Gaston mit précautionneusement dans les sacoches de sa bicyclette.

— Merci encore !

— A bientôt, Mr l'instituteur !

Luce grimaça en remontant sur sa machine. Les kilomètres avalés depuis le matin commençaient à peser dans ses jambes. Gaston ralentit l'allure et côte à côte, ils roulèrent lentement en devisant. A Vendôme, des soldats allemands leur firent signe de s'arrêter. Gaston fila avec le ravitaillement tandis que Luce descendit de bicyclette pour s'entendre dire :

— Vous rouliez de front, c'est défendu. Donnez-nous cinq francs.

La jeune femme paya puis s'éloigna rapidement des soldats, ses jambes tremblaient si fort qu'elle dut s'arracher du sol pour pédaler. Elle retrouva son frère dans la rue voisine et tout de suite dissipa son inquiétude :

— Ils m'ont fait payer une amende.

— Les salauds...

Il n'y avait pas de vacances, la guerre était toujours là, avec ses brimades, ses prisonniers là-bas au fin fond du Reich et le courrier qui n'arrivait pas ou avec du retard, comme cette lettre d'Allemagne que Luce reçut à la fin du mois d'août et qui avait mis plus d'un mois pour lui parvenir.

« Mon Mimi chéri, je suis sans nouvelles de toi depuis la fin mai. Un mois et demi sans recevoir de lettre, c'est long et pas fait pour remonter un moral déjà bien bas. C'est qu'en effet ces jours-ci, cela fait un an que je suis dans cette ferme et que ma deuxième année de cultivateur captif vient de commencer. Je ne vois pas poindre l'aube de la

délivrance. Enfin il faut être patient jusqu'au bout quoiqu'il doive arriver. Pour me consoler du courrier qui n'arrive pas, je reçois des colis assez régulièrement et ce matin, j'en avais un avec des photos. J'ai l'impression que notre Claudine a beaucoup grandi ces derniers mois et peut-être un peu fondu. Est-elle toujours mignonne ? J'espère qu'elle ne te fait pas enrager et que c'est la petite fille qui te convient. Je suis bien content aussi d'avoir une photo de mon petit Mimi dans le beau manteau que tu avais acheté il y a un an pour me recevoir... Tu te souviens ? Dans un prochain colis, mets donc un paquet de « Rigolot ». J'ai un peu de bronchite que je voudrais bien faire passer dès maintenant. Dis à Claudine qu'elle a un papa qui pense bien à elle et que ce papa l'aime beaucoup. Pour toi mes tendres pensées et mes plus doux baisers. »

Luce fut effondrée, de la souffrance de Raoul sans nouvelles d'elle, du destin qui se plaisait à les torturer, lui, elle, égarant ces lettres si précieuses qui représentaient plus que des mots, c'était l'unique lien qui leur restait pour communiquer, c'était leur vie qui se jouait là.

Des lettres perdues, six semaines sans nouvelles. Pourquoi ? Et elle qui avait attendu tout un mois pour recevoir la sienne. Etait-ce possible que le temps filât si vite, s'était-elle seulement rendu compte qu'elle n'avait pas reçu son quota habituel de missives ? Il y avait le ravitaillement à se procurer et puis Claudine à faire grandir, cette responsabilité l'occupait tout en l'écrasant, et il restait alors moins de place pour les regrets, les rêveries, les espoirs. Le temps filait et avec lui l'attente devenait une habitude.

Chapitre 11

En ce jeudi d'octobre 1941, l'été semblait revenu, l'air brûlait. Perchée sur sa bicyclette, Claudine installée sur sa petite selle fixée au cadre, Luce s'éblouissait de couleurs. La campagne se découpait en de merveilleuses mosaïques, un champ blond, une prairie où paissaient des chèvres paisibles, des garennes minuscules, un petit bois de hêtres et de bouleaux saignés par des chênes d'Amérique d'un si beau rouge, quelques bosselées de vigne.

Luce mit pied à terre pour admirer les lignées régulières des ceps rougeoyants, le Cher au loin serpentait entre les coteaux couverts de vignes rousses, sur le bas-côté de la route les fougères se drapaient en un tapis flamboyant.

Luce s'arracha de sa contemplation pour jeter un coup d'œil sur Claudine. La fillette penchait d'épuisement et roulait sa tête de droite à gauche, elle s'était endormie de lassitude. Luce l'étendit tendrement dans la verdure, un peu honteuse de l'avoir soumise à une si longue course. Pendant combien de temps avait-elle pédalé de toutes ses forces, toujours plus vite, encore, encore, pour fuir la guerre, pour ne plus voir sur les murs de la mairie les listes des otages fusillés, pour oublier la solitude, le poids du quotidien, pour faire comme avant ? Ne plus se sentir si seule, si désemparée. Raoul. Il fallait pédaler plus fort pour que la fatigue vide l'esprit jusqu'au chavirement.

Luce s'allongea par terre aux côtés de Claudine et se roula dans les fougères, la piqûre des dentelles cassantes lui fit du bien. C'était dans un champ de seigle qu'elle avait fait l'amour avec Raoul pour la première fois. Il l'avait déshabillée lentement, avec respect, avec tendresse, elle avait senti une boule délicieuse gonfler au fond de son ventre. Longtemps il l'avait caressée, partout, comme pour s'imprégner de sa bouche, de ses seins, de ses hanches rondes. Quand il avait glissé en elle, elle avait crié de bonheur, d'extase émerveillée tandis que ses yeux clairs sombraient dans les tiges de seigle mêlées de bleuets et de coquelicots.

Les fougères se firent insistantes. Sous leurs caresses Luce se sentit revivre, son sexe s'ouvrit.

— Maman, maman ! hurla Claudine.

Aussitôt la jeune femme emprisonna son désir avant de se pencher vers sa fille. Ses seins douloureux amenèrent de l'eau dans ses yeux. L'amertume prenait le dessus. Entre l'obsession de trouver de quoi manger, se vêtir et se laver, l'éducation de Claudine et celle de ses élèves, elle avait laissé son corps s'éteindre, refusant d'accepter combien l'attente solitaire lui était insupportable. La faute à la guerre.

Elle remit Claudine en selle et reprit son vagabondage. En bordure d'un bois, elle fit descendre sa fille et toutes les deux s'activèrent à cueillir des prunelles et de minuscules pommes sauvages. Le petit bois fleurissait de chênes rouvres, de bouleaux et de châtaigniers. Au détour d'un hêtre, Luce découvrit quelques bolets, la cueillette s'avérait vraiment fructueuse.

Sur le chemin du retour, elle s'arrêta dans une ferme cossue.

— Bonjour, Madame, dit-elle à la fermière qui se dirigeait vers elle. Auriez-vous un peu de beurre et du lait ?

— Je n'ai que du lait de chèvre, comme l'autre jour, répondit la femme.

— Vous auriez peut-être un ou deux œufs ?

— Il m'en reste quatre d'hier, c'est tout ce que les Allemands m'ont laissé. Si vous les voulez, je peux vous faire un prix.

Luce paya sans s'offusquer de l'augmentation des tarifs. Tout devenait si cher. Elle remplit précautionneusement ses sacoches avec les précieuses denrées puis, sortant sa bicyclette de la cour de la ferme, elle repartit vers Selles/Cher. Claudine s'était rendormie, sa tête dodelinait au rythme des jambes de sa mère.

La fillette s'était beaucoup assagie depuis septembre où elle avait fait sa première rentrée à la maternelle. L'école lui plaisait et elle avait rencontré des petites camarades. Mme Guilers continuait cependant à venir une ou deux fois par semaine, elle faisait le ménage, repassait le linge et apportait les

157

courses. En plus de la ration officielle obtenue grâce aux tickets, elle ramenait souvent de la nourriture supplémentaire.

— Tenez, voilà du boudin noir bien fondant, vous m'en direz des nouvelles, s'écriait-elle, toute contente.

— Où l'avez-vous eu ?

— C'est Mme Lucienne, ma voisine, qui me l'a procuré à bas prix. Je sais bien que vous n'êtes pas une grosse mangeuse mais ce n'est pas avec leur ration officielle qu'on va crever de suralimentation. L'épicière m'a dit que la ration de viande pour la semaine du 8 au 14 décembre allait tomber à 240g. On ne risque pas de s'étouffer.

— Vous achetez au marché noir ?

— Ah non alors ! Ce sont des amis, j'ai les marchandises au rabais. Il faut s'entraider entre connaissances, n'est-ce pas ? Les prix ne font qu'augmenter, le beurre a encore pris 2 F par kilo ce mois-ci. Si c'est pas une honte !

Luce ne songea pas à se plaindre des diminutions des rations. Un fait nouveau effaça les difficultés alimentaires. Suite à l'attentat de Pearl Harbor, les Etats-Unis entrèrent en guerre contre le Japon, allié de l'Allemagne et de l'Italie, aux côtés de l'empire britannique. Plusieurs batailles aériennes et navales s'engagèrent avec des pertes sévères. Le plus grand champ de bataille du monde s'ouvrait sur le Pacifique et l'Extrême-Orient.

C'était un tournant, l'espoir renaissait, la joie pourrait revivre. L'avenir semblait plus riant maintenant que les Etats-Unis, disposant d'un

158

puissant réservoir de matières premières et de matériel usiné, devenaient des alliés actifs. Pour la première fois, la victoire paraissait pouvoir s'envisager dans un futur relativement proche.

Pour fêter ça, mademoiselle Mandrin voulut inviter ses collègues dans son appartement de l'école de filles, en prenant soin évidemment de trier entre les « bonnes » et les « mauvaises » patriotes. Françoise Marsaud et Bérangère Germain, les deux institutrices des cours élémentaires, avaient été vues se promenant avec un Allemand et semblaient approuver la collaboration avec l'Allemagne. Il n'était donc pas question de les convier à la fête, il y avait de plus en plus de dénonciations, de scènes de traîtrise, on n'avait pas le droit de faire confiance. Restait Madeleine Prouret qui, même si elle avait accroché le portrait de Pétain dans sa salle de classe, par simple mesure de précaution comme elle disait, était communiste. Et Luce bien sûr.

Les trois femmes se réunirent après les cours. Avec le couvre-feu, on ne pouvait pas veiller tard. Madeleine gardait sur elle un recueil de recettes nouvellement édité qu'elle entreprit de montrer aux autres.

— Ecoutez donc l'introduction, c'est savoureux ! « Pourquoi se lamenter, chères lectrices... Notre cuisine sera donc plus simple, moins variée, moins graissée — ce ne sera pas plus mal pour l'organisme —, moins sucrée, en un mot, plus mortifiée ».

— Evidemment, les restrictions ne sont là que pour nous aider à conserver la ligne, gronda mademoiselle Mandrin. Merci les Allemands. Merci

159

Vichy !

— En fait le livre informe des meilleures façons d'accommoder les rutabagas, en sauce ou à la normande, mais rappelle à chaque page la débâcle générale que nous avions soi-disant méritée.

— Comment le gouvernement peut-il laisser faire ça ?

— Il laisse bien les Allemands emporter chez eux des trains bourrés de viande, de farine et de légumes.

— Dame, c'est la rançon de l'armistice.

— Tu vas voir que les Américains vont vite venir lui donner des coups de pied au derrière à l'armistice.

Les jeunes femmes s'étranglèrent de rire, elles souffraient depuis trop longtemps d'un trop plein de tristesse à évacuer, de trop de solitude et d'angoisse, il fallait faire sauter la soupape.

Quand mademoiselle Mandrin apporta le phonographe qu'elle gardait précieusement dans sa chambre, la réunion tourna au délire.

— On va danser, on va danser, crièrent les filles, tout excitées.

Leur dernier bal remontait à plusieurs années puisque pour ne pas offenser aux malheurs des temps, la Kommandantur avait interdit la danse dans les salles publiques.

Agglutinées par la taille, les trois institutrices de l'école de filles de Selles virevoltèrent sur le plancher de bois au son de vieilles rengaines françaises.

A 21 heures, elles étaient toutes barricadées chez elles. Aucune lumière ne devait filtrer par les volets sous peine de prison. Ordre de la Kommandantur.

Dès le lendemain, les Allemands contre-attaquèrent. Les fesses posées sur son bureau, mademoiselle Mandrin donnait une leçon d'histoire à ses élèves, parlant avec beaucoup de conviction de Jeanne d'Arc, l'héroïne nationale qui avait si bien su repousser l'envahisseur, quand la porte de sa salle de classe s'ouvrit brutalement sur deux Allemands galonnés. Mademoiselle Mandrin jeta un coup d'œil discret vers le tableau noir, le portrait de Pétain était bien là, à côté de l'affiche du discours prononcé par le Maréchal le 13 octobre :

« Jeunes élèves des écoles de France, si j'ai désiré parler aujourd'hui, au moment où vous recommencez une année scolaire, c'est qu'il faut que vous sachiez que je compte absolument sur vous pour m'aider à reconstruire la France, à faire des Français un grand peuple loyal et honnête. Et je ne veux pas attendre que vous soyez devenus de grandes personnes pour vous demander de le faire...

Comme tous les hommes, les écoliers ont contre eux des adversaires. Il me faut des filles et des garçons courageux pour entreprendre la lutte contre deux de ses principaux adversaires.

Le premier, c'est l'oubli des bonnes résolutions. Je me souviens très bien que, lorsque j'avais votre âge, mes camarades et moi, devant nos cahiers et nos livres neufs, nous en avions, de ces bonnes résolutions. Nous étions tous désireux de bien travailler et je suis sûr que vous êtes comme nous... Mais certains oublient très vite les bonnes

161

résolutions prises le jour de la rentrée des classes. Je viens justement vous demander de les garder en vous aussi longtemps qu'il faudra. C'est ce qu'on nomme la ténacité.

C'est une qualité qui manque un peu aux Français. La ténacité, pourtant, est très utile dans la vie et elle permet à ceux qui la possèdent de réussir mieux que ceux qui ne l'ont pas. »

Dire qu'on m'a demandé d'afficher ce discours pour en assurer la diffusion, pensa mademoiselle Mandrin. De quoi se mêlait donc Pétain ? Et ces officiers qui venaient rôder dans sa classe sans y être invités ? Evidemment les mots utilisés par le Maréchal auraient parfaitement convenus à un instituteur faisant la morale à ses élèves.

Les deux intrus, après avoir effectué le tour de la salle sans dire un mot, revenaient vers elle.

— Nous devons réquisitionner deux de vos salles de classe, s'écria le plus grand des deux, le plus décoré aussi.

— Deux salles ? Mais nous sommes déjà si nombreuses.

— Vous vous serrerez !

Se serrer alors que chaque institutrice supportait déjà plus de quarante gamines par classe ! Où allait-on les mettre ? Mademoiselle Mandrin retint son souffle tant la colère grondait dans sa poitrine. Tant que les Allemands se contentaient d'investir la mairie et les cafés, elle n'avait rien trouvé à redire. Mais les voir pénétrer chez elle et s'approprier nonchalamment ce qui lui appartenait, comme si elle

162

n'existait pas. Une rage sourde lui martela les tempes, elle serra les dents, drapée dans une révolte impuissante. Heureusement qu'avec l'hiver les effectifs allaient fondre. Comme l'avait sèchement ordonné l'officier, on se tasserait, on se tiendrait chaud.

Les deux Allemands tournèrent les talons tandis que mademoiselle Mandrin posait de nouveau ses yeux sur l'affiche pétainiste :

« Voici le second adversaire à combattre : je veux parler de la déloyauté en classe. Je suis attristé en pensant que certains d'entre vous ne résistent pas à la tentation et qu'ils copient ou qu'ils trichent pour gagner quelques points. C'est une faute et je veux qu'elle cesse.

Parmi vous, les plus nombreux ne copient pas. Je leur demande d'avoir le courage de leur opinion et d'arriver à empêcher les autres de le faire. On m'a expliqué que certains d'entre vous ont déjà agi, qu'ils ont organisé des ligues de loyauté qui ont beaucoup de succès. Je les en félicite…

Donnez un bon exemple, même si dans le passé vous vous êtes laissés entraîner… rachetez-vous en résistant davantage dans l'avenir.

Il faut que vous sachiez que, dans votre vie, vous aurez à dire non à toutes sortes de tentations. C'est pourquoi je vous dis à vous ce que je disais à mes soldats de l'autre guerre : « COURAGE !… ne cédez pas… »

Je vous demande donc de m'aider de ces deux façons-là dès aujourd'hui. Vous pouvez le faire, même si vous êtes encore tout jeunes. Une bonne action a de la valeur à tout âge.

Essayez… Tenez-moi au courant de vos efforts.

A tous, je souhaite pour cette année : bon travail, bon courage et bons résultats. »

Quand mademoiselle Mandrin se retourna, ses élèves avaient quitté leurs bancs pour regarder par la fenêtre le spectacle des Allemands investissant l'école dont la structure s'adaptait parfaitement aux exigences de l'économie militaire, avec la cour idéale pour le rassemblement des troupes et le stationnement des véhicules, le préau pour le stockage du matériel, les salles de classe et les sanitaires collectifs pour le logement des soldats.

Dorénavant, mademoiselle Mandrin, Luce et Claudine allaient vivre au rythme du martèlement des bottes dans la cour et des uniformes de drap vert. Les Allemands occupaient les deux classes du fond et parfois venaient déranger les institutrices durant leurs leçons afin de regarder les laissez-passer des élèves. Celles qui l'avaient oublié devaient retourner le chercher chez elles.

Le soir mademoiselle Mandrin fermait à clef la porte du logis central et quand les Allemands frappaient, elle ne leur ouvrait pas. C'était d'autant plus insupportable que par leur faute, Raoul souffrait de la faim. Luce avait en effet reçu une lettre du stalag qui l'avait assommée de rage :

« 11 décembre. J'ai attendu jusqu'au dernier moment pour écrire ma lettre avant le ramassage dans l'espoir d'avoir une lettre de toi. J'ai bien fait car je viens de lire celle que tu m'as écrite le 11 novembre. Hier j'ai reçu un colis de Sainte-Lizaigne. Il m'est d'un rude appoint alimentaire car en ce moment il m'arrive souvent de refouler ma faim avant que mon estomac pourtant discipliné soit satisfait. Un conseil pour les colis. Pour l'instant limite l'envoi de conserves à deux ou trois boîtes par colis car elles sont ouvertes sur le champ et le contenu doit être consommé le jour-même ou le lendemain pour qu'il n'y ait pas de perte. Je préfère des aliments qui peuvent se conserver: beurre, confiture, rillettes dans des pots de parchemin... Vu la saison, le jambon fumé et le lard se conserveraient bien. Et les biscuits ! Naturellement, si tu dois te priver sur tes rations, je ne le veux pas. C'est convenu... Mais assez parlé mangeaille... Les lignes sont comptées. Dimanche je suis allé au théâtre, installé dans une baraque et dont les comédiens, les musiciens et les chanteurs étaient des prisonniers. C'était très bien et digne des plus beaux spectacles de chez nous. Que veux-tu, parmi les prisonniers il y a de tout. Il faut cela pour supporter la captivité et chasser le cafard pendant les heures noires. Ma chérie, quand ma lettre te parviendra, où seras-tu ? A Vendôme ou à Sainte-Lizaigne ? Peu importe, ma pensée volera près de toi et je serai avec toute notre grande famille où il fait si bon vivre ».

— Et voilà, il crève de faim ! s'écria Luce. Les

salauds ! Ils voient bien qu'il est plus grand que les autres et que donc il a besoin de plus manger.

— Ce n'est pas une question de taille, répliqua mademoiselle Mandrin. Je suppose que les autres prisonniers souffrent comme ton mari. On doit leur donner le strict minimum pour survivre.

Luce sentit un désespoir accablant lui broyer les épaules. Que faire pour lutter ? Comment changer l'ordre cruel des choses ? Elle se serait bien privée davantage pour envoyer plus souvent des colis à Raoul, mais leur nombre était limité. Les interdictions s'abattaient partout, même sur les moyens de transport. En raison du manque de charbon, 10% des trains de voyageurs avaient déjà été supprimés. Mr Berthelot, secrétaire d'Etat aux communications, avait demandé aux Français de *« s'abstenir de tout déplacement d'agrément à Noël et au nouvel an »*. Et Raoul qui s'imaginait qu'elle allait festoyer dans sa famille ! Elle aurait bien voulu mais là encore, la guerre imposait ses conditions. C'était sans fin. Pas assez de nourriture. Pas assez de combustible. Pas assez de joie. Seulement la souffrance, les désillusions. Se restreindre. Encore. S'empêcher de vivre.

Luce n'en pouvait plus, elle ne supportait pas l'idée de devoir passer les fêtes de fin d'année seule avec Claudine et les Allemands à deux pas de sa porte. Mademoiselle Mandrin rejoignit sa famille à Noyers. Luce mourait d'envie de faire pareil. Vendôme était trop loin mais Sainte-Lizaigne ne se trouvait après tout qu'à soixante-dix kilomètres de Selles.

Elle ne réfléchit pas davantage, la fièvre la gagnait, une fièvre sournoise et obsédante qui ne lui laissait aucun répit, elle n'en dormait plus. Rester là, à regarder les Allemands manœuvrer dans la cour, lui semblait au-dessus de ses forces. Il lui fallait partir, ne serait-ce que pour pouvoir parler à quelqu'un, échanger des nouvelles, pour l'espace de quelques jours retrouver un semblant de vie de famille. Tout d'un coup, face à cette cour bruissante de soldats quand elle restait seule avec Claudine dans son petit appartement de l'école, elle voyait rouge. Claudine ne lui suffisait plus.

Munie d'un laissez-passer, prudemment emmitouflée dans des chandails de laine, elle partit sur sa bicyclette par un froid glacial, la bise lui claquait les joues et les jambes. Claudine s'agitait sur sa selle, elle voulait descendre et déstabilisait la machine, déjà perturbée par la valise qui pesait très lourd à l'arrière. La bicyclette tanguait dangereusement sur la route. Luce n'en rétablissait l'équilibre qu'en donnant de vigoureux coups de reins.

Au départ ravie de la promenade, Claudine criait de plus en plus fort au fur et à mesure que le froid s'emparait d'elle. Elle finit par fondre en larmes. Luce s'arrêta sur le bas-côté de la route et frotta énergiquement le petit corps qui reprit vite des couleurs. Elle sortit un épais cache-col de la valise et en entoura le visage de la fillette, ne laissant que les yeux à l'emprise de la bise. Il fallait repartir.

Dans la forêt de Vatan, elle rencontra un paysan qui rentrait ses bêtes.

— Où allez-vous comme ça, ma pauvre dame ?

— A Sainte-Lizaigne.

— Sainte Mère de Dieu ! Vous n'arriverez jamais jusque là, chargée comme vous êtes !

Luce continua quand même, elle avait déjà parcouru une quarantaine de kilomètres, elle avait l'impression que le froid la galvanisait. Elle ne sentait plus ses jambes trempées de sueur, elle avait à la fois chaud et froid.

Peu après Vatan, elle passa dans les environs de la ferme de Germaine et Léon Mandrier, cousins de Raoul, et décida de s'y arrêter quelques instants pour se reposer. Son souffle brûlé par le vent s'était fait rauque, ses cuisses demandaient grâce. Elle eut du mal à retrouver son équilibre sur le sol tant son corps refusait de lui obéir, elle tituba un long moment au milieu des poules qui grattaient la terre autour du puits. Enfin elle trouva la force de se traîner jusqu'à la porte.

Germaine et Léon accueillirent généreusement les deux voyageuses et les invitèrent à dîner en compagnie d'un prêtre qui fréquentait leur ferme. Quand il récita le benedicite, Claudine, harassée de fatigue, commença à manger sans s'occuper de lui. Luce, plutôt gênée, expliqua qu'à la maison, elle ne suivait pas ce rite et tenta de s'excuser de l'impolitesse de sa fille.

— Laissez-la donc manger et qu'elle se repose, répondit le prêtre, amusé. Elle a l'air bien fatigué.

— Nous devons repartir pour Sainte-Lizaigne.

— Vous voulez rire ? s'écria Léon. Vous allez coucher chez nous ce soir et demain matin, je vous conduirai à Sainte-Lizaigne avec la voiture.

— Vous avez encore de l'essence ? s'étonna Luce.

A Selles, cela faisait bien longtemps que les rues s'étaient vidées de tout véhicule, faute de carburant, seules les bicyclettes se multipliaient, et bien sûr les voitures allemandes.

— Je peux avoir du fuel pour mon tracteur, répondit Léon.

C'est ainsi que le voyage commencé laborieusement en bicyclette s'acheva en automobile et dans l'allégresse. A Sainte-Lizaigne, situé en zone libre, la guerre prenait du recul, on se trouvait du bon côté de la frontière, il n'y avait plus d'Allemands, plus de fusillades mais des maisons chaleureuses entourées de jardins paisibles où il faisait bon vivre, comme si la guerre n'existait pas.

Elle se reflétait quand même dans les yeux des parents Granier, affreusement tourmentés par l'absence de leur fils unique. Mais malgré leur chagrin, ils gardaient leur douceur, leur maison remettait la vie en place, avec simplicité.

— Avez-vous des nouvelles récentes de Raoul ? demanda Luce.

— Oui, la semaine dernière, il nous a annoncé sa nouvelle affectation au camp de Stalag III B. Tu le savais ?

— J'ai reçu un document officiel de la part du Centre National d'information sur les prisonniers de guerre.

— J'espère qu'il sera mieux traité là-bas. Cela doit être si dur pour lui. Nous au moins, on te voit de temps en temps, on profite de Claudine. Au fait, comment va-t-elle ce petit ange ? Elle doit avoir faim.

Mme Granier grimpa au grenier où sur des claies d'osier séchaient des lamelles de pommes qu'elle retournait chaque jour. Elle en remplit un plat et l'enfourna dans le four de la cuisinière. Bientôt une délicate odeur de fruit, entêtante, subtilement mêlée de caramel, grésilla dans la cuisine. Luce ferma les yeux et soupira béatement, envahie de volupté. Elle avait bien fait de braver le froid et la fatigue d'un si long périple. Elle ne regrettait rien au contraire. Oui, vraiment, à Sainte-Lizaigne, la guerre prenait des vacances, le parfum des fruits redonnait goût à la vie.

A la demande de Luce, la mère de Raoul prit plusieurs photographies de sa belle-fille et de Claudine sur le perron de la maison. Luce voulait envoyer à son mari prisonnier quelques témoignages afin qu'il puisse suivre, même si c'était de loin, les transformations de chacun, il fallait l'associer à cette vie qui passait. C'était lui d'ailleurs qui avait réclamé un joli portrait de Luce avec Claudine. Pour se souvenir. Pour se donner l'impression de ne pas passer complètement à côté des petits changements quotidiens. Pour tenter de se sentir concerné, un petit peu.

Chapitre 12

L'hiver 1941-1942 fut terrible. Le mercure descendit à -20°C à Selles/Cher. La neige et le verglas recouvrirent toute la région, on avait l'impression de vivre sous une autre latitude. Le manque de charbon rendit le froid plus difficile encore à supporter, on n'arrivait pas à réchauffer les pièces. Pour avoir plus chaud, Luce superposait les vêtements en intercalant des feuilles de papier entre deux épaisseurs de tissu. Elle s'emmitouflait dans des mitaines, des gros chaussons fourrés, des longs châles en laine.

Pour aller chercher l'eau à la pompe, il fallait courir le plus vite possible dans la neige glissante qui collait aux chaussures. La jeune femme pleurait de froid tandis que l'eau ballottée dans la bassine s'échappait par flaques et gelait à peine écrasée au sol. Le rite du bain s'en trouva transformé et Luce n'y sacrifia plus que deux fois par semaine, le jeudi et le dimanche.

La nuit elle enfilait un chandail à col roulé par-dessus sa chemise, un bonnet et une paire de gants

171

fourrés. Mais même ainsi encapuchonnée, le sommeil était long à venir. Elle avait longuement hésité puis avait refusé de prendre Claudine avec elle dans son lit pour la réchauffer. Elle obéissait ainsi au principe qu'il fallait habituer Claudine à dormir seule, pour plus tard, quand Raoul reviendrait, pour que la fillette ne soit pas jalouse d'un père qui prendrait sa place dans la couche de sa mère. Claudine resta donc dans son petit lit disposé à angle droit entre le mur et le marbre de la cheminée, enfouie toute entière dans une épaisse couverture de laine bleue tandis que Luce se pelotonnait comme un chaton frileux dans son rectangle bordé d'acajou au pied et à la tête et s'enroulait sur elle-même pour conserver sa chaleur, dormant toujours du même côté, tirant sur le dessus de lit en velours pour s'en recouvrir les joues.

Le froid semblait vouloir étrangler la France entière de ses doigts de glace. Luce récupéra tous les coupons vêtement qui lui restaient et alla acheter de la laine dans une boutique située sur la place du champ de foire.

— Je n'ai plus de laine pure, lui dit la vendeuse, seulement du lanarté. C'est fait avec 15% de laine, 80% de fibranne et 5% de poil de lapin. Vous savez que maintenant on utilise aussi les cheveux comme produit de remplacement ?

— Pourquoi pas ? Le poil des moutons, la chevelure des hommes, ça paraît sensé, ironisa Luce. Voici mes coupons.

— Ecoutez, je les prends tous mais je vais vous

donner un peu plus de laine que votre compte. Tenez, voici de la laine kaki ainsi qu'une pelote marron.

— Merci.

Luce entreprit de tricoter des vêtements pour Claudine. Durant toute la guerre, la fillette ne connut rien d'autre sur sa peau que le contact revêche à l'irritante insolence de la laine devenue pour elle l'unique matériau de ses habits d'hiver. Luce, tout comme de nombreuses voisines, devint vite experte dans le tricotage des bouts de laine. Pour s'habiller chaudement malgré la pénurie, il fallait bien récupérer tout ce qui était utilisable et un petit bout de peloton permettait d'ajouter quelques rangées de plus, une bordure, un col, une petite manche, de rallonger une robe devenue trop courte. Les vêtements des enfants furent ainsi marqués par la mode des rayures, au hasard des récupérations. Une bande jaune, un peu de violet, de grenat, un anneau vert.

Par le froid accablant on ne voyait plus guère d'élèves à l'école, elles désertaient les salles de classe mal chauffées pour rester chez elles, à l'abri, au lieu de se prendre les pieds dans la neige et le verglas. Aussi Luce avait vite fini le soir de corriger les cahiers et de préparer ses leçons pour le lendemain. La nuit tombait, pesante, si triste qu'elle accentuait le risque de basculer dans l'absence.

Luce fixait la lueur trouble de la lampe et laissait son regard se perdre dans la lumière. Il ne s'accrochait à rien de précis mais vagabondait dans le passé et glissait auprès d'autres lueurs, auprès d'autres bougies dans lesquelles trébuchait une

173

silhouette obsédante. Qu'elle devenait floue et sombre, cette silhouette, si noire, comme impalpable, irréelle, inaccessible. Elle n'avait plus de visage, elle ne ressemblait à rien. Elle paraissait perdue à jamais, enfouie derrière les barbelés de sa prison. Retrouverait-elle un jour un sourire, un nez, des yeux ? Une bouche pour embrasser ? Pour la réchauffer, elle, Luce, transie de solitude ?

Ce fut Claudine qui, guidée par son seul plaisir d'enfant, sauva sa mère du vertige dans lequel elle se laissait sombrer.

— Maman, lis-moi un chapitre, dit-elle en tendant un livre.

Luce se força à sourire à la voix câline qui la tirait de ses rêves et ouvrit *Sans Famille* tandis que Claudine grimpait sur ses genoux.

— Où en étions-nous ?

Elle chercha la bonne page puis commença la lecture. Sa voix faisait renaître avec émotion l'errance de Rémi et de son chien Capi sur les routes de France, dans le sillage de Vitalis et de sa troupe d'animaux savants.

— J'aime bien la belle barbe blanche de Vitalis et sa peau de mouton, dit Claudine. Il est comme un père pour Rémi.

Le mot père résonnait comme un mot magique pour la fillette privée du sien, elle réclamait sans cesse des récits imprégnés de héros rassurants qu'elle transformait en personnages paternels.

Claudine applaudit au courage de Rémi puis elle pleura, elle pleura Joli-Cœur agonisant dans son habit rouge de général, les caniches sauvagement dévorés par les loups dans la neige, elle pleura quand Vitalis mourut de froid et d'épuisement. Mais c'était des larmes de plaisir ému et l'histoire, portée par la voix chantante de Luce, transformait le vide des soirs en trésors chaleureux.

— Allez, il est l'heure d'aller se coucher maintenant, dit Luce.

— Oh ! non, maman, s'il te plaît. Lis encore un peu. Comment Rémi va-t-il vivre maintenant que Vitalis est mort ? Va-t-il retrouver un autre protecteur ? Je voudrais tant savoir la suite.

— Mais regarde comme tu pleures.

Une main frappa à la porte de la cuisine, c'était mademoiselle Mandrin qui passait voir Luce après la correction de ses cahiers. Tous les soirs les deux femmes se retrouvaient pour veiller ensemble.

— Elle n'est pas encore au lit cette petite ?

— J'allais l'y envoyer.

— Mademoiselle Mandrin, chantez-moi une chanson, hurla Claudine en dégringolant des genoux de sa mère pour se précipiter dans les jupes de sa seconde protectrice.

— Tu en as de bonnes, toi, par les temps qui courent ! Je connais une chanson, pourtant, venue de très loin mais appropriée à ce que nous vivons. Ecoute bien :

« Auprès de ma blonde qu'il fait bon, fait bon, fait bon,
Auprès de ma blonde qu'il fait bon dormir.
La caille la tourterelle et la jolie perdrix
Qui chantent pour les belles qui n'ont pas de

mari.
Auprès de ma blonde... »

Luce reprit le refrain en chœur avec mademoiselle Mandrin et sur sa lancée chanta les autres couplets avec une conviction dont elle ne se rendit pas compte :

« Qui chantent pour les belles qui n'ont pas de mari
Pour moi ne chantent guère car j'en ai un joli
Il est dans la Hollande, les Hollandais l'ont pris
Je donnerais Versailles, Paris et Saint-Denis
Les tours de Notre Dame pour revoir mon mari.
Auprès de ma blonde qu'il fait bon, fait bon, fait bon,
Auprès de ma blonde qu'il fait bon dormir... »

Portée par ces deux voix de femmes, la chanson d'absence se reliait à des temps anciens où d'autres blondes chantaient leur mari parti à la guerre et rejoignait d'autres chemins de neige, là-bas, en Allemagne. Par le chant, la blessure s'adoucissait, le vide se comblait, un peu de joie se déposait dans les bouches et dans les cœurs.

Claudine s'endormit dans des visions de duvet blanc et moelleux. Les deux amies la déshabillèrent, la portèrent dans son lit puis redescendirent à la cuisine pour écouter la radio de Londres.

— As-tu vérifié qu'on était bien fermé à clef ? demanda Luce.

— Oui, j'en viens. Ce n'est pas les Allemands qui

176

nous empêcheront d'écouter la BBC quand même.

Elle tourna le bouton de la grande boîte en acajou. Aussitôt la membrane du haut-parleur crachota, d'un même élan les deux femmes se tendirent vers la voix lointaine rendue presque inaudible par les brouillages allemands.

« Les Français parlent aux Français... Honneur et Patrie... ».

— Oh ! Ce bruit de fond ! C'est insupportable.

« Radio-Paris ment... Radio-Paris est allemand... »

Le brouillage devint trop fort pour comprendre les mots. Agacée, mademoiselle Mandrin coupa le son.

— Ce n'est pas ce soir qu'on apprendra les nouvelles. J'ai épluché le journal tout à l'heure mais tu parles, il ne disait rien sur les opérations militaires, tout est censuré, c'est affligeant. Je me demande ce que je vais lire ce soir.

— Je peux te prêter *l'Etranger* ou *Premier de Cordée* si tu veux. Ils sont bien.

— Je les ai déjà lus deux fois. J'aimerais bien lire autre chose. Mais le libraire n'a pratiquement plus rien. Les Allemands ont interdit les auteurs anglais, polonais, juifs. René Bazin est censuré, Duhamel et Dorgelès aussi. *L'espoir* de Malraux, pareil. Qu'est-ce qu'il nous reste à lire ?

— Les auteurs nazis ? ricana Luce.

— Tu parles ! Même Hitler est censuré, on ne peut

pas lire *Mein Kampf.* Ce doit être tellement atroce que les Allemands redoutent que les Français prennent enfin conscience qu'ils sont manipulés par un fou qui a fait de la France la vache à lait de l'Allemagne.

Elle soupira et reprit :

— Je crois que je vais être obligée de relire Frison-Roche. Au moins, c'est dépaysant.

Chapitre 13

Quand mademoiselle Mandrin descendit ce matin-
là pour prendre sa classe, elle avait presque dix
minutes de retard à cause de la cuisinière
récalcitrante qui avait refusé de s'allumer et avait
obligé la directrice à se résigner à se laver à l'eau
froide. Elle trouva ses élèves qui jouaient dans la
cour avec les petites du cours préparatoire dont
s'occupait Luce. Etonnée de l'absence de
l'institutrice, elle se dirigea vers son appartement et
monta les marches jusqu'à sa chambre. Elle aperçut,
perdu dans un oreiller au fond du lit, un visage blême
de fièvre dont les grands yeux la fixaient
étrangement. A ses pieds, Claudine errait, désolée.

— Qu'est-ce qui se passe ?

— J'ai mal, murmura une voix nasillarde qu'elle
ne reconnut pas tout d'abord.

— Luce ? Qu'est-ce qui t'arrive ? Où as-tu mal ?

— Au cou… A la tête aussi... J'ai du mal… à
respirer… j'ai l'impression d'étouffer.

— Bon, écoute, je vais laisser les élèves aux autres
institutrices et je pars chercher le médecin. Ne

t'inquiète pas.

La directrice dégringola les escaliers et expliqua rapidement aux fillettes ce qui se passait puis elle se précipita vers la place du champ de foire. Au bout d'une demi-heure, elle était de retour avec le docteur Correl qu'elle avait eu la chance de rencontrer avant qu'il ne parte pour sa tournée journalière.

Jules Correl jeta un rapide coup d'œil au visage de la malade dont il nota l'écoulement nasal abondant puis il s'assit sur le bord de la couche et palpa soigneusement son cou. Il ouvrit avec précaution sa gorge. Il l'examina et détacha des amygdales un exsudat semblable à du blanc d'œuf. Une fausse membrane de consistance parcheminée, légèrement brunâtre, avait envahi la paroi pharyngée.

— La muqueuse est inflammatoire, les ganglions jugulaires hypertrophiés, l'haleine rance et fétide, grommelait-il au fur et à mesure qu'il poursuivait son examen.

— Docteur, qu'est-ce qu'elle a ?

Le docteur se retourna vers la directrice qui le fixait avec inquiétude mais prit le temps de répondre. Visiblement, les symptômes observés le surprenaient.

— Mademoiselle, elle souffre d'une diphtérie pharyngée.

— Quoi ? Ca existe encore cette maladie ?

— Elle est très rare, d'accord. Mais je ne vois pas d'autre explication possible à son état.

— Est-ce que c'est grave ?

— Oui, c'est grave, le bacille diphtérique se développe dans la gorge où il provoque la formation de fausses membranes adhérentes et envahissantes. Il faut immédiatement éloigner la petite.

Mademoiselle Mandrin retint son souffle. Luce en danger de mort, Claudine en sursis si elle restait. Comment tout pouvait-il basculer si vite ?

— Mais comment faire ?

— Trouvez une solution, elle ne doit pas rester ici, la maladie est contagieuse et parfois mortelle.

La directrice carra ses épaules. Allons, c'était un coup de plus. Elle ferait face, comme toujours.

— Je vais conduire Claudine à Sainte-Lizaigne chez ses grand-parents, décida-t-elle.

— Je vais vous prescrire un sérum que vous ferez avaler à la malade tous les jours. Il n'y a rien d'autre à faire.

— Est-ce qu'elle va s'en sortir ?

Le docteur haussa les épaules d'un air las.

— Je l'ignore. Tout ce que j'espère, c'est que les fausses membranes n'envahiront pas le larynx. Si vous observez qu'elle respire de moins en moins bien, faites-moi appeler de toute urgence. Je repasserai ce soir. Et surtout n'oubliez pas d'éloigner la petite !

Madame Guilers fut promue au rang de garde-malade en attendant que mademoiselle Mandrin ne revienne de Sainte-Lizaigne. Elle installa un divan pliant dans la chambre de Luce d'où elle pouvait couver la malade avec un soin jaloux, attentive au rythme cardiaque plus ou moins haché, prête à donner l'alerte s'il le fallait.

Mademoiselle Mandrin rentra le lendemain de Sainte-Lizaigne. A son tour elle veilla Luce, étonnée du calme qui régnait dans la maison, presque effrayée par l'absence de Claudine dont les cris savaient si bien remplir le silence. Ce silence-là avait quelque chose d'inhabituel et de terriblement pesant, comme si l'espoir et la joie brassés par la petite fille s'étaient à jamais taris.

Pour la première fois elle prenait conscience de la place prépondérante qu'avait prise l'enfant dans la vie de Luce, mais aussi dans la sienne. Elle représentait le soleil, l'avenir. De par sa présence elle disait : je suis là, occupez-vous de moi, oubliez le reste et pensez à moi. En ces temps de solitude accablante, c'était un bien si précieux.

Les deux femmes se relayèrent au chevet de Luce. Madame Guilers s'en occupait la journée pendant que la directrice assurait ses cours. Cette dernière la remplaçait pour la soirée.

Au bout d'une semaine, les fausses membranes sous l'effet du traitement commencèrent à se détacher, la respiration de Luce passait beaucoup plus légèrement. Le docteur Correl en la voyant presque souriante dans son lit la félicita, elle était en voie de guérison. La fièvre cependant continua à l'assommer pendant plus de dix jours.

— Notre malade va beaucoup mieux, assura le docteur. Par contre, vous avez mauvaise mine, mademoiselle. Vous devriez prendre un peu l'air.

— C'est que, ces derniers temps, avec la maladie de Luce, je ne suis pas beaucoup sortie.

— Allons, elle est presque guérie, maintenant. Pensez donc un peu à vous. Que diriez-vous de venir manger chez moi ce soir ?

— Oh ! Docteur ! Vous n'y pensez pas. Je ne peux pas laisser Luce seule ici.

— Si je vous le dis ! Il n'y a aucune crainte de rechute de la maladie. Seule la fièvre est encore présente, si forte que votre protégée ne fera rien d'autre que dormir. Pour quelques heures, elle n'a pas besoin de vous. Et rassurez-vous, couvre-feu oblige, je vous ramènerai avant 21 heures. Allez, c'est moi qui ai besoin de vous pour m'aider à manger la cuisse de sanglier qu'un de mes patients m'a donnée ce matin. Seul, je n'en viendrai pas à bout.

— Vous seriez bien l'un des premiers à vous plaindre d'avoir trop à manger !

— Et je ne me plains pas. Je vous invite, tout simplement. Je sais bien que par les temps qui courent, dans les campagnes, il est plus facile de payer les consultations en donnant de la nourriture qu'avec des pièces d'or. C'est parfait pour remplir mon garde-manger. Alors, vous venez ?

Mademoiselle Mandrin laissa de côté ses remords pour suivre le docteur chez lui. Il était si bel homme avec son visage énergique et sa barbe noire soigneusement taillée. Ses yeux sombres en se posant sur elle la fixaient avec une douceur inconnue qui lui remuait le cœur et dont elle se sentait déjà prisonnière. Elle frissonna, prise de peur devant le geste irréparable qu'elle pressentait puis sourit à cet homme providentiel qui s'intéressait à elle. Il y avait si longtemps qu'on ne l'avait dévisagée de cette façon.

183

La maison du docteur se trouvait de l'autre côté du champ de foire. Gracieusement percée de quatre grandes fenêtres, elle respirait la prospérité. Assurément, soigner les gens payait bien.

Jules Correl aida galamment mademoiselle Mandrin à ôter son manteau. Au passage il effleura ses épaules. Ses mains s'y posèrent comme un souffle avant de faire glisser la pelisse sur ses bras. Emue, mademoiselle Mandrin s'abandonna en poussant un léger soupir. Sous la caresse à peine perceptible de cet homme, elle revivait, des désirs oubliés coulèrent sur son corps.

— Merci, docteur.

— Appelez-moi Jules.

Pour quelques heures mademoiselle Mandrin écarta résolument de ses pensées la maladie de Luce qui dormait si bien tandis qu'à des milliers de kilomètres de là, une autre personne elle aussi se laissait soigner.

Depuis le 25 novembre 1941, Raoul ne se trouvait plus dans le même camp. Très éprouvé par les travaux de la ferme et le manque de nourriture, il était tombé si malade qu'il ne pouvait plus travailler. On l'avait changé de camp et là, il avait eu la chance de rencontrer un instituteur normand, Maurice Peyrou, qui l'avait intégré dans son groupe de camarades. Raoul y découvrit les ressources merveilleuses que constituait un système D bien organisé. Dorénavant il ne manqua plus de nourriture ni de moyen de chauffage.

184

Pris de sympathie pour ce grand garçon bien bâti qui aimait le sport autant que lui, Maurice fit rentrer Raoul dans un bureau. Ils firent du sport ensemble, la santé de Raoul s'améliora. Avec des collègues instituteurs, il fonda une sorte d'académie où ils firent passer le certificat d'études aux camarades qui ne l'avaient pas eu plus jeunes. Il fallait s'occuper.

A la Pentecôte il participa à un tournoi de football inter-prisonniers. Il y retrouva Maurice dans l'équipe des « Provinces françaises ».

C'était vraiment un excellent compagnon de captivité que ce Maurice, franc, chaleureux, rigolard, toujours prêt à rendre service, un ami avec lequel Raoul entretiendrait de bonnes relations après la guerre, il en était sûr, ils seraient appelés à se revoir, après.

Il décida de transmettre l'adresse de Mme Peyrou, institutrice à Fourmetot par Pont Audemer, en Normandie, à Luce. Il souhaitait vivement que son épouse lui écrive et apprenne à la connaître en vue de rencontres ultérieures. C'était une façon de conjurer le sort et de préparer l'avenir puisque le présent ne permettait rien, il était trop bouché et trop sombre, trop plein d'incertitudes.

Posant bien droit devant le camarade qui essayait de tirer de sa physionomie une aquarelle acceptable, Raoul songeait. Il avait dans la poche de son pantalon les photographies de Luce et de Claudine prises pendant les vacances de Noël. Quel plaisir foudroyant il avait éprouvé quand il avait découvert

185

dans son colis mensuel ces photographies dévoilant les deux femmes qu'il aimait posant sur le perron de la vieille maison paternelle si pleine de souvenirs. Les yeux embués d'émotion, il palpa le bout de papier. Ce n'était plus une porte quelconque mais un film véritable, la porte bougeait, il entendait son grincement de toujours et le bruit de son loquet qui se répercutait dans le couloir pour aller mourir dans la cage de l'escalier. La jeune femme et la petite fille s'animaient, la photographie prenait vie.

Mais que de surprises, que de changements dans ces personnes si chères quittées trois ans auparavant. Trois ans déjà. Les cheveux avaient poussé, deux jolies couettes brunes encadraient le visage aux douces rondeurs de Claudine que Raoul ne reconnaissait pas. Elle avait tellement grandi depuis qu'il était parti. Ce passé, qui représentait tout pour Raoul et meublait sa misérable vie de prisonnier, lui apparut tout d'un coup comme démodé. Il faisait tristement époque à ses yeux qui n'avaient assisté à aucune des modifications imperceptibles de tous les jours.

Il pensa avec amertume qu'il lui faudrait effectuer un effort énorme lorsqu'il pourrait rentrer chez lui et renouer avec ce passé qui changeait sans lui car plus rien ne serait comme avant.

— Raoul, Raoul, écoute un peu ça ! hurla Maurice en brandissant un journal. Il y a là-dedans le compte-rendu d'un discours de Laval où il est question de nous et de la possibilité d'une libération. C'est la « relève » !

— Attends, explique-toi. En quoi notre

186

emprisonnement serait-il remis en cause ? La paix n'est pas signée, que je sache.

— Il s'agirait de libérer un prisonnier contre trois ouvriers qualifiés qui partiraient volontairement travailler en Allemagne. Ecoute ce que Laval a dit : « *L'Allemagne a un besoin urgent de main d'œuvre.* »

— Tu vois des Français partir travailler pour la victoire de l'Allemagne ? coupa Raoul. Les Allemands sont nos ennemis !

— Attends la suite : « *Dans cette situation, un nouvel espoir se lève pour nos prisonniers... Ouvriers de France ! C'est pour la libération des prisonniers que vous allez travailler en Allemagne!* ». D'accord, ces ouvriers travailleraient pour l'ennemi. Mais n'as-tu donc pas follement envie d'être libéré ? Moi je suis prêt à tout pour cela, même à me réjouir qu'un type trahisse la France pour me donner cette chance.

— Oui, évidemment... Tout cela est très bien si ça se fait en grand. Mais crois-tu que les gens susceptibles d'accomplir ce remplacement seront assez nombreux et assez enthousiastes pour désirer notre retour et admettre ce sacrifice en notre faveur ?

— Ils n'auront peut-être pas le choix.

— Dans ce cas... ce serait un geste bien consolant pour nous, les prisonniers de la première heure. Cependant je demeure sceptique. J'ai bien peur que les Allemands refusent de nous lâcher, tout en gardant les ouvriers français. Cela fait deux ans que j'attends et des déceptions, j'en ai déjà eu plus que mon compte. Je redoute d'autres désillusions, ça fait trop mal.

Dans les jours qui suivirent, Raoul se tortura l'esprit. Fallait-il céder à l'envie de prendre part à ce courant d'espoir dont parlaient les journaux au risque d'une déception toujours déprimante ? Fallait-il au contraire ne rien espérer pour bientôt ?

Il se libéra de ses angoisses en participant à un stage d'éducation physique à l'issue duquel on lui délivrerait un certificat. Pour lui et pour la plupart des prisonniers, l'attente continuait.

Luce passa sa convalescence à Sainte-Lizaigne. Elle y retrouva Claudine qui ne la reconnut pas tout d'abord puis très vite se précipita dans ses jupes avant de l'entraîner vers les cerisiers du jardin. Les griottes avaient bonne mine, Claudine aussi. Luce reprit vite des forces en multipliant les siestes dans le foin du grenier.

Le train qui ramena Luce et Claudine à Selles via Vierzon était pratiquement vide. Dans le compartiment un homme serrait sur ses genoux une boîte à chaussures percée de trous et contenant un lapin tandis qu'une femme élégante dans sa robe colorée froncée à la taille leur faisait face.

— Regarde, maman, s'écria Claudine, la dame, elle a une araignée sur son corsage.

La femme juive ne broncha pas, elle ne paraissait pas avoir entendu. Luce, terriblement gênée, eut beau froncer les sourcils en regardant sévèrement sa fille, celle-ci ne comprenait pas la honte de sa mère et s'étonnait de la présence de l'insecte à cet endroit. Comment aurait-elle pu l'admettre puisque même

Luce, qui avait lu l'odieuse ordonnance, n'avait toujours pas réussi à comprendre comment on pouvait ainsi humilier d'autres hommes ? C'est vrai qu'elle ressemblait à une araignée monstrueuse cette étoile à six pointes grande comme la paume de la main et cousue dans un tissu jaune aux contours noirs. Comment la petite fille aurait-elle su que sur l'araignée qui comme par hasard se retrouvait toujours bien visible du côté gauche de la poitrine s'inscrivait le mot « juif » qui sonnait alors comme une atroce condamnation ?

Une fois rentrée à Selles, Luce entreprit de se rendre à bicyclette chez les agriculteurs du village voisin de Billy qui lui avaient si aimablement laissé un coin de terre pour qu'elle puisse avoir des légumes.

Le mois d'août s'achevait dans des délires de couleurs chatoyantes, le vert mousseux des grandes herbes qui ondulaient au bord des chemins, les jaunes citron des papillons qui voletaient gaiement sur les corolles d'un rose si délicat, le violet brûlant des touffes de bruyère qui brouillaient la lande. Le ciel d'un bleu intense se reflétait dans l'eau des ruisseaux et des étangs et semblait s'amuser à piquer dans les prés blonds des tâches d'azur et des yeux limpides couleur de myosotis.

La route de Selles à Billy serpentait entre les vignes et les champs de tournesols, quelques bosquets d'un vert sombre tachetaient çà et là l'immensité dorée. A Billy, Luce laissa à sa droite le château d'ardoises occupé par les Allemands, elle aperçut leurs side-cars et leurs automitrailleuses garées devant le perron. A leur côté s'activaient les conducteurs, raides comme des statues dans leurs grands manteaux de cuir.

Droit devant, le clocher de l'église lançait son coq noir vers le ciel, comme un appel à une victoire française qui restait allemande pour le moment. Luce tourna à gauche et déboucha dans la cour de la ferme que lui avait indiqué Lucien Auzat, son ami instituteur. A l'extrémité droite se dressait l'habitation trahie par les rideaux à carreaux rouges et blancs qui dansaient aux fenêtres. Le cellier, le poulailler puis la grange bourrée de foin prolongeait le bâtiment principal éclairé sous les toits par les lucarnes des greniers par lesquels sortaient de longues échelles en bois délavé.

Luce promena son regard sur les communs et aperçut la fermière, Suzanne Lansque, en train de cueillir des tomates dans le potager.

— J'arrive, cria cette dernière d'une forte voix grinçante.

Luce fit descendre Claudine de sa selle puis vint au-devant de la fermière qui, aussi longue et noueuse qu'un tronc d'arbre, dandinait vers elle ses hanches solides plantées comme des poteaux dans ses sabots crottés.

— Bonjour, madame. Je m'appelle Luce Granier, je suis de Selles.

— Ah ! C'est pour vous que Lucien cultive des légumes.

— Je voulais justement vous remercier de lui avoir

190

prêté un peu de terre.

— Pensez donc, c'est un tout petit coin, ça ne nous gène guère. De toute façon je peux vous avouer une chose : je suis contente de vous aider parce que j'admire ce que vous faites. Oui, parfaitement, être institutrice, c'est le plus beau métier du monde. C'est ce que je voulais faire quand j'étais jeune. Mais voilà, à la place, j'ai fait l'école ménagère et je suis quand même sortie première de ma promotion, ajouta-t-elle avec fierté.

Luce allait ouvrir la bouche pour répliquer quand la fermière l'interrompit.

— Et je ne regrette rien. C'est beau aussi d'être agriculteur. Quoiqu'en ce moment... Alors, vous êtes une amie de Lucien ?

— Lucien connaît surtout mon mari.

— Il nous a dit ça, oui. Venez donc boire un verre, on sera mieux à l'intérieur pour discuter.

La cuisine exhalait une fraîcheur agréable, le vin d'un rouge rosé, s'il manquait de piquant, coulait bien dans la bouche. Aristide Lansque arriva peu après, serré dans une veste kaki qui lui gonflait bizarrement le ventre mais qui retrouva son aspect d'origine dès que le fermier eut lancé sur la table un beau lapin de garenne.

— Où l'as-tu attrapé ? demanda sa femme.

— Dans le petit bois derrière l'étang, c'est le seul que j'ai trouvé.

— Tenez, prenez-le, Madame Granier. Ca vous fera de la viande pour la petite.

— Parfaitement, approuva Aristide. J'en attraperai bien d'autres. C'est pas parce que les Allemands

191

m'ont pris mon fusil que je vais me priver de gibier. Comment est-ce qu'on chassait autrefois ? Moi, j'imite nos ancêtres, voilà tout.

— Et te voilà braconnier.

— Braconnier, braconnier, c'est vite dit. Je mets des collets, d'accord, mais uniquement sur mes terres. Il paraît que vous avez été malade ?

— J'ai eu une diphtérie, mais ça va mieux maintenant, répondit Luce.

— N'empêche qu'il faudrait vous refaire un peu de sang. Vous êtes encore pâle. Je vais vous donner une ou deux bouteilles de vin, du bon, pas celui que je réserve pour les Allemands. Pas fou, non ? Déjà qu'ils réquisitionnent une grande partie des récoltes pour leur soi-disant ravitaillement général ! Faudrait pas qu'ils prennent le meilleur quand même ! Nous, bien sûr, ajouta-t-il après une légère hésitation, on triche un peu sur ce qu'on garde pour notre consommation personnelle. Comme ça on peut revendre le surplus, ça nous aide bien pour nous fournir en semence et en carburant.

— Vous ne devriez pas me dire ces choses, dit Luce en souriant.

— On a confiance, puisque vous êtes une amie de Lucien. Ca m'étonnerait beaucoup que vous les aimiez, les Allemands, avec ce que doit endurer votre mari par leur faute. Suzanne, dis-lui donc ce que tu leur as fait l'autre jour.

— Oh ! Je n'en suis pas si fière. Parce que vous savez, moi, au début de la guerre, j'ai cru à ce que Pétain disait. Je l'aurais embrassé quand il a déclaré qu' « un champ qui tombe en friche, c'est une portion de France qui meurt. Une jachère de nouveau emblavée, c'est une portion de France qui renaît ». Il honorait le travail des paysans, il inspirait confiance, quoi ! Mais la collaboration avec l'ennemi et toutes ces réquisitions par les Allemands pour en plus aller nourrir leurs civils, là-bas, en Allemagne, quand des tas de Français crèvent de faim, ça non, j'admets pas. Quand les Allemands sont venus réquisitionner la ferme en 40 et qu'au moment des moissons, ils ont pris le foin pour nourrir leurs chevaux, je ne les ai pas laissés faire. Un officier venait de s'emparer d'une des dernières bottes qu'il nous restait, je lui ai repris la botte et je l'ai remontée au grenier. Il n'a rien dit et est parti avec ses hommes.

— Vous n'avez pas eu peur d'éventuelles représailles ?

— Vous savez, il y a des gestes qu'on exécute sans vraiment s'en rendre compte. Je crois que c'est ce qui m'est arrivé. Quand j'ai aperçu cet homme prendre la botte, alors qu'ils avaient déjà réquisitionné la majeure partie de la récolte, j'ai vu rouge, je me suis dit qu'ils allaient tout nous prendre et qu'il n'allait plus rien nous rester. Je n'ai pas pu supporter cette idée. On avait tellement peiné pour la moisson !

Aristide riait, apparemment très fier de sa femme.

— Allons, venez, je vais vous donner un peu de fromage de chèvre, ajouta Suzanne. Ce sera mieux que du vin pour vous rebâtir. En plus c'est plus facile de le cacher dans les sacoches.

Elle entraîna Luce vers un petit bâtiment gris au fond de la cour dans lequel elle faisait ses fromages. La pièce fraîche sentait le lait caillé et la noisette. Les fromages tronçonniques à la croûte bleutée reposaient sur des litières de paille.

— L'empresse se fait aussitôt après la traite, c'est-à-dire deux fois par jour, expliqua Suzanne. On amidonne le lait cru entier avec un peu de présure et on le laisse cailler pendant vingt-quatre heures. Ensuite on le verse à la louche dans ces moules tronçonniques que vous voyez là, à votre gauche, il faut faire bien attention de ne pas briser le caillé parce que c'est lui qui assure la finesse de la pâte. Vingt-quatre heures plus tard, on peut démouler et on effectue alors le salage et le cendrage en pulvérisant de la poudre de charbon de bois mélangée à du sel. Après on attend, de dix jours à trois semaines environ. Tenez, celui-ci est tout frais. Goûtez-en un morceau.

Elle présenta à Luce un quartier du fromage à bord biseauté dont la croûte bleu foncé cachait une pâte d'un blanc très pur, ferme et fine, qui fondait dans la bouche en laissant une saveur douce presque noisetée.

— Il est délicieux, s'exclama Luce.

— Je vous en mets deux comme ça dans votre sacoche, en plus du lapin.

— Combien vous dois-je ?

— Rien du tout. Bien sûr en temps normal, je vous aurais fait payer comme les autres. Mais puisque vous êtes une amie de Lucien... Faut bien rendre service. On vendra un peu plus cher aux clients de passage pour récupérer le manque à gagner, voilà tout.

— Vous avez des clients de passage ? s'étonna

Luce.

— Ben oui, vous savez, ces Parisiens qui débarquent pour acheter des œufs, du beurre et des pommes de terre qu'ils revendent cinq à dix fois plus cher à Paris.

— Oh ! Mais qui peut payer ?

— Dame ! J'en sais rien. Il faut croire qu'il y en a qui peuvent. Allez, la guerre ne sera pas perdue pour tout le monde. En tout cas, une chose est sûre, on ne leur fait pas de cadeaux à ces profiteurs-là. De toute façon, quel que soit le prix qu'on leur demande, ils seront grandement remboursés. On ne va pas se gêner pour eux. Après tout, nous, on a besoin d'argent pour acheter des engrais et des machines. Il faut bien vivre. Au revoir, madame. Revenez quand vous voulez.

Confuse, la jeune femme remonta sur sa bicyclette, se demandant comment elle pourrait remercier ces braves gens qui ne s'embarrassaient pas de scrupules mais savaient se montrer en même temps si généreux. Après la guerre peut-être... La guerre qui continuait inlassablement. Une nouvelle rentrée scolaire s'annonçait.

Elle n'avait commencé que depuis quelques jours quand Luce reçut la visite de son frère Gaston.

— Comment ? Tu n'es pas à Mondoubleau ?

— Non, je pars à Lorient pour le STO.

— Quoi ? Qu'est-ce que c'est que cette histoire ?

— Tu as quand même entendu parler de la « relève » de Laval ?

— Oui, bien sûr, j'ai vu les brochures de propagande. Mais quel rapport avec toi ?

— Je n'ai pas le choix. Peut-être que cela permettra à Raoul de rentrer.

En se forçant à rire, il ajouta :

— Au bout de quatre, cinq mois, j'aurai droit à dix jours de permission, avec la possibilité de recevoir des colis de cinq kilos deux fois par mois. D'ailleurs il paraît qu'on mange bien là-bas, que les rations hebdomadaires sont beaucoup plus importantes. Je pourrai peut-être même vous envoyer de l'argent.

— Arrête ! Tu sais très bien que ce n'est pas vrai et que les conditions de vie y sont difficiles. Dans les usines, les Allemands n'occupent plus que les postes de maîtrise tandis que le travail est effectué par des étrangers sans langage commun. On dit que la nourriture est mauvaise et strictement rationnée et que le marché noir règne de façon odieuse et insensée.

— Comme dans les camps de prisonniers. Ecoute, les Allemands réclament deux-cent-cinquante mille hommes pour le dernier trimestre de 1942, la guerre devient de plus en plus coûteuse et exigeante en soldats et en machines.

— Mais justement, ce sacrifice inutile pour en plus servir l'ennemi...

— Tais-toi, je n'ai plus le choix maintenant. J'ai passé une visite médicale la semaine dernière. On m'a enrôlé. Je suis piégé. Je dois partir afin de ne pas vous attirer de représailles.

Gaston s'enfuit pour Lorient sans avoir le courage d'aller embrasser ses parents à Saint-Ouen. Une fois là-bas, on le fit monter dans un convoi qui s'ébranla pour Düsseldorf. Il emportait une valise de

196

ravitaillement : un lapin, du beurre, des œufs, du miel, du pain d'épice, du chocolat, des conserves de pâtés et de sardines à l'huile, des biscottes ainsi que des tickets de pain.

Chapitre 14

Après le départ de Gaston, Luce se sentit plus seule que jamais, elle avait l'impression que tous les hommes de sa famille l'abandonnaient les uns après les autres. Elle sombra dans une existence d'attente où l'absence se multipliait. Dorénavant elle attendait le retour de deux êtres chers, proche de l'apathie, tel un légume qui végète sous terre, se contentant de survivre avant la percée du printemps qui le tirerait de sa cachette.

Elle attendait et en même temps elle s'enfonçait dans un anéantissement proche de l'oubli. Raoul était parti depuis trois ans. Trois ans ! Elle avait tissé ces trois années seule avec Claudine, espérant le retour du père absent, l'attendant, mais comme on attend la mort, avec résignation. Ca devenait une habitude et sa vie avait pris un autre tournant, pesamment, s'éloignant de Raoul, avec les moments quotidiens de labeur, la tendresse pour Claudine, les jours qui défilaient dans le même vide, dans la même passivité. Chaque soir, une fois Claudine couchée, elle s'enfermait pour écouter Londres avec mademoiselle

Mandrin. Un vieil instituteur à la retraite, parent de la directrice et qui n'osait pas l'écouter tout seul chez lui, venait parfois les rejoindre.

En dépit des prises d'otages, des arrestations de juifs et des diverses mesures antisémites de Vichy que révélait la BBC, l'espoir se levait cependant, à peine voilé par l'insupportable roulement de fond de la radio brouillée par les Allemands, qui ressemblait au mugissement des vagues. Au Tchad, en Syrie et au Liban, les troupes FFL se défendaient bien. Rommel avait essuyé une défaite mémorable à El-Alamein. On se battait furieusement au nord de Stalingrad, l'armée russe reprenait du terrain.

Le 8 novembre, la voix interdite désormais bien connue annonça que les troupes américaines et anglaises avaient débarqué en Afrique du Nord, au Maroc et en Algérie, ouvrant ainsi un second front contre Hitler en Méditerranée. La Panzerarmée était prise dans une tenaille. Ce fut du délire dans la petite cuisine de l'école des filles. Les trois instituteurs, hébétés d'émotion, se jetèrent dans les bras les uns des autres avant de trinquer avec un petit flacon d'eau de vie de prunes que mademoiselle Mandrin gardait « au cas où », comme elle disait.

Hélas l'angoisse succéda vite à l'espoir : le 11 novembre, les Allemands envahirent la zone libre pour prévenir un éventuel débarquement allié sur les côtes. Désormais aucune plage française n'échappait plus à leur contrôle.

Noël approchait. Les pâtissiers dans leur vitrine

avaient abandonné les traditionnelles bûches pour les tartes, imposées comme les nouveaux gâteaux de rigueur. En même temps que le prix, ils affichèrent le poids, dorénavant exigible. C'est ainsi que le repas du réveillon se composa pour de nombreux Sellois d'un ticket de charcuterie, de 20g de graisse, de 100g de pain et de deux tartes de 45g. Pendant la semaine du 28 décembre au 3 janvier, la ration hebdomadaire de viande tomba à 180g. Une misère.

Un autre problème surgit quand il fallut trouver un cadeau de Noël pour Claudine. Luce avait pensé lui acheter un baigneur. Quand elle se présenta au bazar de Selles, le marchand ne voulut lui vendre le poupon que contre une livre de beurre, il devait bien se douter pourtant qu'elle n'en possédait pas. Furieuse, Luce claqua la porte et se promit de ne jamais remettre les pieds dans la boutique du trafiquant.

Elle tricota à la hâte un pull-over kaki sur l'empiècement duquel elle broda un chien marron au point de tige et au point lancé. Claudine n'aima pas la couleur de la laine. Heureusement mademoiselle Mandrin la réconforta en lui offrant dès le lendemain une écharpe de fourrure blanche dont les pans duveteux passaient l'un dans l'autre.

La fête fut ainsi sauvée, il ne manquait plus que Raoul qui, lui, passait Noël au camp pour la troisième année consécutive. Sa lettre arriva dès les premiers jours de janvier.

« En ces jours dits de fête où j'aurais été si heureux d'être près de vous, mes camarades et moi,

par respect de la tradition, par désir de rompre la monotonie des jours gris du camp, avons fait de notre mieux pour participer aux réjouissances : en profitant d'une détente générale de quelques jours, en composant avec une petite réserve de conserves un menu plus substantiel et plus fin, en assistant à quelques réjouissances sportives ou musicales et en visitant une exposition artisanale très réussie due à l'habilité, à l'ingéniosité et à la patience de certains prisonniers. Au moment de formuler des vœux, je me trouve comme il y a un an et deux ans à pareille époque, face à un futur incertain et ne peux que te demander comme toujours beaucoup de courage et de patience. Je te serre dans mes bras comme autrefois. Je t'aime. »

— Est-ce que tu crois qu'on sera un jour enfin réunis tous les deux ? demanda Luce à la veillée du soir.

— Quelle question ! Evidemment ! Ce n'est qu'une question de temps, répondit mademoiselle Mandrin avec d'autant plus de conviction qu'elle souhaitait réconforter Luce.

— D'années peut-être ? J'en ai marre de cette existence sans lui, ce n'est pas une vie, ce n'est pas celle dont je rêvais en tout cas. Et ça dure depuis des mois, je devrais dire des années. Alors qu'espérer pour 1943 ? Hein ? Tu peux me le dire ? Je ne tiens plus, je vais crever, moi, si ça dure encore.

— Tu dis ça parce que tu es fatiguée.

— Oui, je suis fatiguée, et je ne vois pas le bout de cette guerre. J'ai l'impression de me terrer dans un

201

tunnel sans fin. Une nouvelle année s'avance et malgré tous les vœux que j'ai faits les années précédentes, il ne s'est rien passé.

— Rien passé ? Et le débarquement en Afrique du Nord ? Le recul des troupes allemandes en Russie ? Les batailles dans le Pacifique qui portent de graves coups à l'armée japonaise ?

— Qu'est-ce que cela a changé pour nous ?

— Il faudra bien pourtant que la guerre s'arrête un jour et décide du vainqueur et du vaincu.

— Mais quand ? Cela fait quatre ans qu'elle dure. Quatre ans ! Quand donc en verra-t-on la fin ? Quand pourrais-je vivre, moi ?

— Tu ferais mieux d'aller rejoindre ta fille dans ta chambre et te coucher. Il se fait tard.

— Tu crois peut-être que je vais pouvoir dormir ? J'ai un poids si lourd au ventre, il m'étouffe, j'ai envie de crier pour que tout s'arrête et que Raoul revienne. Comment dormir sans lui, comment même survivre ?

— Veux-tu un peu de tisane ? Cela te fera du bien.

— Oui, merci, soupira Luce.

Elle avait effectivement besoin d'un liquide chaud dans l'estomac pour brûler ou du moins apaiser ces regrets lancinants d'une existence fichue. Et oublier ses angoisses.

Mademoiselle Mandrin fit chauffer de l'eau dans la bouilloire puis disposa dans deux tasses les fragiles feuilles de tilleul usées par les utilisations précédentes jusqu'à en devenir presque transparentes.

— Voudras-tu un peu de saccharine ?

— Oh ! non, je n'ai jamais pu m'y habituer, s'écria

Luce.

— Eh bien, elle ne va pas avoir beaucoup de goût ta tisane. Ca doit faire au moins trois fois que je me sers du tilleul. Si au moins on avait du miel pour faire passer. Mais non, il n'y en a pas, il n'y a rien à acheter de toute façon.

L'eau chantait sur la cuisinière. Mademoiselle Mandrin versa le liquide frémissant sur les feuilles translucides. Les deux femmes n'attendirent pas longtemps que ça infuse, il n'y avait plus grand-chose à tirer de la plante. Elles se saisirent de leur tasse et trinquèrent à la nouvelle année. Il fallait bien continuer à vivre.

— Et toi, quels sont tes vœux pour 1943 ? fit Luce. Je te souhaite de rencontrer un gentil garçon qui t'épousera. Est-ce qu'il n'y en a pas un qui va se décider ?

— Tu veux que je me marie ?

— Eh bien, oui. Est-ce si surprenant ?

— J'ai plus de quarante ans, je suis une vieille fille maintenant.

— Arrête ! Regarde-toi dans une glace ! Tu possèdes une silhouette qui n'a rien à envier aux mannequins qu'on voit dans les magazines.

— C'est grâce aux restrictions. Et puis pourquoi me marier ? Je me débrouille très bien toute seule sans avoir envie d'un homme sur le dos qui voudrait que je lui obéisse aveuglément.

— Mmh… évidemment, si pour toi le mariage se résume à cette vue pessimiste, je comprends que tu n'aies pas envie de t'engager.

Mademoiselle Mandrin tourna les yeux vers la

fenêtre puis les posa de nouveau sur Luce, presque timidement.

— J'ai rencontré quelqu'un pourtant.

— C'est vrai ? Qui est-ce ?

— Le docteur Correl. Quand tu étais malade, il venait tous les soirs pour t'ausculter. On causait un peu avant qu'il ne reparte, je lui offrais une tisane. Un soir, tu dormais, il m'a invité à dîner chez lui.

— Et depuis tout ce temps tu sors avec lui ?

— C'est vite dit. On se voit de temps en temps dans sa maison, il rentre souvent tard après ses consultations.

— Et tu ne m'as jamais rien dit ?

— Te dire quoi ? Que j'avais enfin trouvé un homme qui s'intéressait à moi, quand le tien est prisonnier depuis plusieurs années ? Je n'ai pas eu ce manque de tact.

Luce sourit et enlaça tendrement son amie.

— Je suis si contente pour toi.

— Promets-moi de n'en parler à personne. C'est trop tôt.

— Trop tôt ! Mais vous vous fréquentez depuis bientôt un an !

— On se voit si peu. Et puis, on n'est pas vraiment du même bord.

— Il travaille pour la Résistance ?

— Oh non ! Pas lui. C'est un pétainiste convaincu.

— Un pétainiste ? s'écria Luce plus fort qu'elle ne l'aurait voulu.

— Et alors ? Il a bien le droit d'avoir ses opinions ! Je ne le juge pas. Il dit que si Pétain a demandé l'armistice et s'il a traité avec l'adversaire, c'était pour mettre fin aux combats et au supplice des Français sur les routes. Que si le 11 novembre 1942, il a refusé de quitter Vichy pour Alger, c'était pour éviter à la France les exigences d'un gauleiter.

— Et la collaboration, les crimes qu'elle a permis, ne les a-t-il pas encouragés ? Et ne viens pas me dire que si Pétain a accepté Darnand, Henriot, Déat et dit oui trop souvent à Laval, c'était parce qu'en fait il jouait double jeu. Ton docteur ne croit quand même pas à une alliance secrète avec de Gaulle ou avec Churchill ?

— Arrête, Luce. Peut-être Pétain mène-t-il effectivement un double jeu, on n'en sait rien. De toute façon, je ne suis pas responsable de ce que Jules pense. C'est vrai qu'il m'a avoué souhaiter la victoire de l'Allemagne parce que, sans elle, le bolchevisme s'installerait partout.

— Ben voyons. Le nazisme, c'est mieux, évidemment.

— Il croit à un ordre nouveau dans une Europe où la France occuperait une place majeure aux côtés de l'Allemagne. Oh et puis assez discuté de ça ! Si tu veux tout savoir, je me fiche de ce qu'il pense. On n'en parle pas. Je ne veux voir en lui qu'un homme qui me comble de tendresse. Je n'en ai jamais eu auparavant.

— Mais c'est dangereux.

— Pourquoi ? Je ne fais pas de résistance, je ne suis pas communiste, je survis, voilà tout. J'attends la fin de la guerre, sans lui avouer que je prie pour une victoire des Alliés. J'ai besoin de sa présence. Tu peux comprendre ?

205

Oui, Luce comprenait parfaitement que cette femme sèche et intransigeante qui n'avait jamais connu l'amour puisse succomber sans se soucier de la morale de l'homme qu'elle aimait. Comment lui en vouloir quand elle-même ne faisait rien pour accélérer la fin de la guerre ? Elle avait beau jeu de s'indigner, elle qui n'avait jamais ni réédité ses misérables exploits de passeuse ni tenté d'en savoir plus sur les réseaux de Résistance qui pourtant se développaient de plus en plus, nourris par l'apport massif des jeunes réfractaires au STO. Mademoiselle Mandrin se jetait à corps perdu dans son aventure amoureuse, voilà tout, en refusant de se poser les bonnes questions.

Luce ne valait pas mieux puisque ses interrogations ne la menaient à aucune action concrète. Elle sentait que la guerre pouvait être gagnée par les Alliés, il y avait eu plusieurs batailles décisives encourageantes mais elle restait passive, comme si toute cette agitation ne la concernait pas vraiment. Qu'aurait-elle pu faire ? Entrer dans la Résistance afin d'accélérer ces grands bouleversements qui semblaient se profiler ? Elle n'avait rien osé. Par lâcheté peut-être ou plutôt par ignorance de l'aide qu'elle aurait pu apporter. Elle avait déjà Claudine à élever, elle devait jouer à la fois le rôle du père et de la mère. Qu'aurait-on pu lui demander de plus ?

L'année 1943 débutait mal. La Kommandantur de Selles annonça que les habitants du Loir-et-Cher devaient demander des permis pour circuler en bicyclette ou en voiture à cheval. N'ayant aucun motif valable aux yeux de l'administration, Luce n'avait pas pu faire de demande et, furieuse, remâchait sa rage. Qu'est-ce qu'on attendait donc ? Etait-ce ce fameux débarquement dont on commençait à parler ? Il fallait patienter, une fois de plus. Peut-être qu'un jour viendrait…

Bloquée à Selles, ne tenant plus en place et ne sachant que faire pour améliorer les choses, elle décida d'enjoliver son appartement de l'école de filles. Elle rêvait de fêter de façon inoubliable le retour de Raoul afin qu'il se sente bien dans ces pièces qu'il ne connaissait pas et où elle l'attendait depuis si longtemps. Bientôt peut-être il serait là, il fallait que tout soit prêt pour l'accueillir, que tout brille.

Excitée comme une gamine devant une nouvelle poupée à habiller ou comme une jeune fille à l'aube de ses noces rêve de sa robe de mariée, elle fit refaire la tapisserie des différentes pièces de son logement, choisissant des teintes pastel à travers lesquelles s'ébauchaient des fleurs ensoleillées et gaies comme des milliers de sourires. Elle acheta un sujet de salle à manger superbe dont elle polit les bois avec ardeur.

L'hiver passa dans ces travaux, déjà le printemps s'annonçait par de multiples détails, les jours qui rallongeaient, les bourgeons argentés cernés de mauve qui gonflaient aux branches des arbres et qui bientôt laisseraient éclater leur sève collante.

Mademoiselle Mandrin s'absentait quelquefois le soir pour aller dîner chez le docteur Correl. Elle revenait avant le couvre-feu finir la soirée avec Luce. Elle ne découchait pas encore, redoutant, semblait-il, de se laisser vivre dans le présent. Peut-être pensait-elle à l'avenir et à ce qui la séparait du docteur.

Claudine avait quatre ans.

Pour son anniversaire, Luce acheta chez la pâtissière madame Barot un Saint-Honoré croustillant dont l'odeur vanillée remplissait d'allégresse. En ces périodes de restriction, comment la pâtissière avait-elle pu réaliser ce chef-d'œuvre de couronne à la croûte rebondie qui enfermait une crème si délicieusement onctueuse ? C'était un vrai miracle !

Edith, venue de Blois pour l'occasion, s'étonnait. Luce riait en expliquant que la pâtissière avait confectionné le gâteau avec de la farine « prise » aux Allemands.

Claudine, nullement impressionnée par ce mystère, léchait déjà la crème restée collée sur le couvercle de carton blanc. Les deux femmes se précipitèrent à sa suite pour dévorer les petits choux savoureux qui, croquant sous la dent, répandaient leur pâte délicate et tendre, fabriquée avec de la farine normalement réservée aux occupants. Au moins celle-là, ils ne l'auront pas, se disaient-elles avec délice.

Elles dévorèrent de plaisir, toute la mélancolie s'envola. La promenade de l'après-midi fut longue jusqu'au Pont-Canal, là où la Sauldre se donnait au Cher. Dans les estomacs repus, les choux nageaient dans la crème et pesaient sur la peau des ventres. C'étaient ces gestes de fête qui permettaient de tenir.

— J'ai rencontré un homme, laissa soudain

échapper Edith alors que les deux femmes s'apprêtaient à faire demi-tour.

Luce sursauta et se demanda un instant si elle avait bien entendu. Sa sœur avait parlé de rencontre… Luce retint un geste de mauvaise humeur. Décidément, c'était l'époque. La guerre n'empêchait pas les femmes de se donner du bon temps, semblait-il.

— Il s'appelle Marcel Langlois, il travaille à la mairie, comme moi.

— Pourquoi ne m'en as-tu jamais parlé ?

— Je n'avais rien planifié, figure-toi, rétorqua sèchement Edith.

Surprise du ton agressif de sa sœur, Luce la regarda et sentit son cœur se gonfler de tendresse. Bien sûr, malgré la guerre, la vie devait continuer, l'amour poussait. Ce n'était pas sa faute si trop de gens le niaient en tuant, en torturant, en emprisonnant sauvagement. Il ne demandait qu'à fleurir dans les cœurs ravis d'oublier un peu le conflit. Si elle pleurait l'absence de son amour, elle devait accepter que les autres profitent de la vie qui leur était accordée.

Enfin Edith avait rencontré quelqu'un qui lui plaisait. Jolie, très élégante, elle avait toujours été entourée d'admirateurs mais trop sûre d'elle, elle les avait repoussés d'un air hautain. Elle voulait un homme fort et courageux jusqu'à la folie, sachant fondre de tendresse. Se pouvait-il qu'elle ait enfin trouvé cet homme-là ? Luce avait tellement redouté qu'aucun héros n'ait survécu à l'épuration foudroyante de la débâcle.

— Allez, raconte. Ne me fais pas languir. Comment l'as-tu rencontré ? Comment est-il ? Depuis combien de temps le connais-tu ?

— Te voilà bien impatiente, petite sœur.

— Je veux tout savoir de lui.

— Il n'y a pas grand-chose à en dire en fait. Je l'aime. Je l'ai aimé dès que je l'ai vu. Il a tout ce dont j'ai toujours rêvé, il est fier jusqu'à l'orgueil, il ne fait que ce qui lui plaît, il sait imposer sa volonté et ne se laisse pas écraser par les autres. Il sait ce qu'il veut. Il a des capacités énormes. Je suis sûre qu'il finira par atteindre un haut poste à la mairie.

— T'a-t-il demandée en mariage ?

— Non. On a tout le temps.

— Cependant, si vous devez entretenir des relations suivies…

Edith rougit jusqu'à la racine des cheveux avant de répliquer vertement.

— Eh bien quoi ? Faut-il se marier pour avoir le droit de coucher avec quelqu'un ? C'est ridicule, je ne vais pas attendre pendant des mois alors que la mort guette à chaque instant. Je veux du plaisir, tout de suite. D'ailleurs, je ne pense pas que Marcel me demande un jour en mariage. Que je passe pour sa fiancée, ça oui, il l'accepte. Mais aller plus loin serait trop lui imposer. Je n'ai pas envie de tout détruire entre nous. Pour l'instant, il semble ébloui par mes cheveux blonds et se plaît à me répéter que j'ai les plus jolis yeux du monde. Il me compare parfois à une Allemande mais c'est pour rire, il aime me mettre en colère car il dit que c'est le signe d'un esprit fort.

— Peut-être ne déteste-t-il pas les Allemands ?

— Ca m'étonnerait. Il faut dire qu'avec lui, on parle de tout, sauf de la guerre. Si tu savais ce que ça fait du bien ! La vie avec lui est un tourbillon de sorties, il m'emmène dîner dans des restaurants de marché noir où on paye très cher, c'en est inconcevable. Il me plaît, il me plaît, je l'adore.

— C'est donc pour cela que tu ne viens plus me voir tous les dimanches ?

Edith éteignit le sourire éclatant qui ourlait sa belle bouche.

— Excuse-moi, Luce, je viens dès que je peux, tu sais.

— Tu n'as pas à t'excuser. Je comprends parfaitement que tu veuilles profiter de lui. Que suis-je, à côté de son amour ? Ne t'inquiète pas pour moi, je me débrouille très bien toute seule. Si tu es heureuse, je le suis aussi.

— Je ne voulais pas te blesser en te parlant de mon bonheur. Je n'aurais pas dû en arriver là, j'aurais dû me taire, par respect pour l'absence de Raoul. Tu souffres et moi, je me comporte de façon indigne avec toi.

— Tu es folle ! Je te répète que je suis contente pour toi. J'attends depuis si longtemps que tu rencontres un homme qui te rende aussi heureuse que je l'aie été avec Raoul. J'ai besoin de ces moments de satisfaction, même s'ils sont pour les autres, pour garder l'impression que la vie vaut d'être vécue, malgré tout.

— Bien sûr qu'elle vaut la peine d'être vécue. Tu le verras quand ton mari reviendra.

— S'il revient un jour.

— Mais oui, il va revenir puisqu'il n'est pas mort. Et tout redeviendra comme avant.

— Comme avant ? Là, tu rêves.

Jamais rien ne serait comme avant. La guerre avait détruit trop de choses, tué trop de gens. Si elle abandonnait à certaines personnes le loisir de se rencontrer et de s'aimer, elle pesait sur les autres de façon irrémédiable. Il y aurait toujours ces années de séparation vécues les uns sans les autres, ces longs mois de souffrance et de solitude que rien ne pourrait jamais effacer, surtout pas les quelques lettres reçues au compte-gouttes et qui, si elles réchauffaient le cœur, rendaient plus profonde encore la douleur qu'assenait l'absence de l'être aimé.

Luce reçut une nouvelle lettre de Raoul dans les premiers jours de mai, peut-être était-ce sa façon à lui de célébrer l'éclosion du printemps. Sa lettre pourtant pleurait de mélancolie.

« 29 avril 1943. Ma chérie, les fêtes de Pâques sont passées. J'ai profité des quelques jours de repos qu'elles nous ont valu et des quelques distractions que nous avons eues. Mais en définitive je suis bien content qu'elles appartiennent désormais au passé, d'abord parce qu'elles jalonnent l'année à son tiers et qu'en ce moment le temps ne passera jamais assez vite, puis aussi parce que quoi qu'on veuille et quoi qu'on fasse, ça ne peut pas être des journées bien agréables : mieux vaut le train-train des jours

ordinaires auquel on est rompu plutôt que les jours de fête trop évocateurs. Comment ne pas penser à ce que furent les vacances de Pâques au cours de nos jeunesses réunies et ne pas imaginer ce qui pourrait être à la place de la pénible réalité des temps actuels ? Il n'y a toujours rien d'officiel me concernant. Aussi je te demande de ne pas t'abuser. Reste patiente et courageuse.

Depuis que tu habites l'école, tu ne m'as jamais dit si tu avais un jardin. C'est qu'en ces temps où il y a pénurie de bien des choses, il doit être profitable de faire cultiver un bout de terre. Le fais-tu ? Je joins une pensée à ma lettre. Elle te dira de tendres et affectueux mots de ma part. Que ceux-ci te réconfortent et te fassent prendre patience en attendant des jours meilleurs que nous désirons tous. Ils ne peuvent pas ne pas venir. Prends Claudine dans tes bras et donne-lui de gros baisers de ma part. Devrais-je lui rapporter un petit frère à mon retour ? »

— Tu me manques tellement mon chéri, murmura Luce.

La fleur délicate, décollée du bas de la lettre, tomba sur la table. La jeune femme passa doucement son doigt sur les pétales de velours violet bordés de jaune, un frisson entêtant parcourut sa main, le frisson du souvenir du bouquet de pensées offert pour ses fiançailles. Ce jour-là, les fleurs portaient la même robe sombre éclaircie au centre d'un lumineux halo doré. Luce avait dit oui, oui au printemps, oui à la vie commune avec Raoul, oui à toutes les promesses. Ils avaient roulé nus sous les saules au bord du Cher, scellant l'accord de leurs corps après les échanges verbaux. Neuf mois plus tard Claudine naissait sous le regard ébloui de son père. Ils avaient désiré un garçon, le hasard avait choisi une fille. Qu'importait puisque Raoul l'avait adorée au point de penser à lui apporter un petit frère pour son retour, un gros garçon auquel ils pourraient donner tous les habits bleus prévus pour la naissance de leur premier enfant. Ce serait le plus beau cadeau qu'ils puissent s'offrir l'un à l'autre puisque le bébé naîtrait de la fusion de leurs deux corps échangeant leur graine, leur vitalité et leur amour.

Luce gémit sous l'assaut des souvenirs. Elle se jeta sur le divan et se recroquevilla contre le bord, là où le tissu s'épuisait sur les planches. Elle aima la morsure du bois dans son dos, comme un coup de poing interminable, une brûlure lancinante, comme un coude lui labourant les côtes. Il lui sembla que son désir s'apaisait dans l'inconfort de sa position.

Elle se mit à rêver d'un bambin aux joues rondes comme des cerises bien mûres, aux yeux aussi noirs que ceux de Raoul, au petit corps potelé à presser contre son sein sous l'œil attendri de son père. L'enfant s'épanouirait, abreuvé par la force de l'amour de ses deux parents qui le verraient grandir ensemble.

Chapitre 15

— Luce ! Je t'en supplie. Héberge-les au moins pour cette nuit. Après ils s'en iront, je te le jure.

Luce leva les yeux sur les deux hommes qui se tenaient immobiles devant la cuisinière, la tête basse, les cheveux ébouriffés, les épaules larges sous la chemise à carreaux. Ils devaient avoir vingt ans tout au plus.

Quand Lucien avait frappé timidement à la porte de la cuisine, elle l'avait laissé entrer avec ses deux acolytes, croyant à une simple visite amicale, quoiqu'un peu tardive. Le ciel s'enflammait, inondé par les flèches solaires d'un beau rouge cendré. Les nuages épars à l'horizon grillaient sous l'avalanche des braises ardentes, ils en léchaient les couleurs violentes, se les appropriaient avant de sombrer comme noyés dans un bain de sang.

De nouveau Luce contempla les trois hommes, Lucien, anxieux, le visage marqué, les deux autres, intimidés, paralysés par l'attente. Non, ils ne lui rendaient pas une visite de courtoisie. C'était beaucoup plus grave.

— Je n'ai pas trouvé d'autre solution que de les conduire ici en catastrophe, reprit Lucien. Le STO allait les emmener de force et je ne pourrai récupérer leurs cartes d'identité et d'alimentation à la mairie que demain. Tu dois m'aider à les cacher jusque là.

— Avec les Allemands qui logent à l'école ?

— Justement, c'est un endroit beaucoup plus sûr que chez moi. Ils ne penseront jamais à fouiller cette maison habitée par deux femmes seules et une fillette.

— Et s'ils vous ont vu entrer ?

— Non. Ils logent de l'autre côté du bâtiment. Ils n'ont rien remarqué, nous avons fait bien attention.

Luce soupira lourdement tout en haussant les épaules.

— D'accord, je vais les héberger pour cette nuit, ils prendront ma chambre et moi je dormirai dans la salle à manger avec Claudine.

— Merci, merci beaucoup ! Je savais que je pouvais compter sur toi.

— Attends, ne t'emballe pas. J'aimerais bien savoir ce que tu comptes faire d'eux après. Je veux bien les garder pour une nuit mais pas plus, c'est trop dangereux.

— Demain je les emmènerai prendre le maquis. Il y a un réseau qui campe pas loin d'ici.

— Tu le connais ?

— J'en fais partie.

Luce encaissa la surprise sans rien dire. En fait elle s'y attendait un peu depuis l'arrivée de Lucien avec les deux réfractaires au STO.

— Où campe ce groupe ?

216

Lucien éclata de rire.

— Tu m'en demandes trop. Je t'en ai déjà trop dit d'ailleurs, pour notre sécurité et la tienne aussi. Il faut être prudent par les temps qui courent.

— Tu crois peut-être que je vais vous dénoncer ?

La violence du ton déconcerta Lucien qui ne devinait pas combien de souffrance cachée et de désarroi se cachaient derrière la soudaine agressivité de Luce.

— Si je pose ces questions, c'est parce que cela m'intéresse, reprit-elle en baissant la voix. Tu comprends, je deviens folle à ne rien faire, je ne fais qu'attendre, attendre. Est-ce là ma seule raison de vivre ?

— Tu as ta fille à élever, déclara doucement Lucien. C'est une tâche difficile.

— Oui, ça l'est. Mais j'ai le droit de savoir. On parle de plus en plus d'un débarquement des Alliés, est-ce que c'est vrai ? Et dans votre groupe, qu'est-ce que vous faites ?

— Pour le débarquement, on en parle, mais je ne sais rien de plus que toi. Pour le moment notre travail essentiel consiste surtout à établir des contacts avec les autres groupes de la région, à récupérer des nouveaux éléments et à fabriquer des faux papiers. On organise également des chaînes d'évasion d'aviateurs alliés abattus par la DCA, de réfractaires au STO, de prisonniers de guerre aussi.

— De prisonniers ?

— Oui. Ecoute, Luce, tu ne dois pas t'abuser. Il y a très peu de prisonniers qui arrivent à s'évader, c'est très dur, les chances sont vraiment minimes. Il faut la

217

complicité d'un réseau bien organisé.

— Tu crois que Raoul y pense ?

— Je ne sais pas. Mais toi, ne compte pas là-dessus, d'accord ?

Luce eut l'impression que l'éclair dans la nuit venait de s'éteindre de nouveau, la porte un instant ouverte se refermait en la cognant brutalement et en la laissant pantelante, plus désemparée encore qu'auparavant. Le tunnel continuait à l'infini, elle ne voyait plus d'issue, elle tituba tout à coup sous l'assaut d'une immense lassitude.

— Je te laisse avec les gars, je vais voir au service du ravitaillement de la mairie ce que je peux faire pour leurs cartes de nourriture. Je viendrai les prendre demain matin à l'aube. Ne t'en fais pas, tout ira bien.

Luce hocha la tête puis se tourna vers ses hôtes inattendus.

— Je vais vous cuisiner des pommes de terre au four. Vous les aimez ?

— Ne vous dérangez pas pour nous, madame. On s'en veut déjà assez de vous embêter, vous et votre fillette, s'excusa le plus petit des deux hommes.

— Mon frère a été recruté par le STO l'année dernière, annonça-t-elle brusquement.

Sa voix chevrota dans le torrent de larmes qu'elle sentait venir.

— Il est parti en Allemagne, à Düsseldorf. Croyez-moi, je suis très contente de pouvoir vous aider à ne pas vous retrouver là-bas comme lui. Alors je vous le prépare ce gratin de pommes de terre ?

— On va vous aider, répondit l'un des deux hommes. Je m'appelle Anatole. Lui, c'est Guillaume.

Ne vous inquiétez pas, s'il ne parle pas. Depuis que sa sœur est morte sous les bombardements à Blois en 1940, il est devenu quasiment muet.

— Je suis désolée. Ma sœur aînée aussi habite Blois, mais à l'époque elle a réussi à fuir les bombes en se réfugiant chez mes beaux-parents à Sainte-Lizaigne.

Ils lavèrent les tubercules puis Luce les disposa dans un grand plat ovale abondamment beurré qu'elle glissa au fond du four. Bientôt une odeur délicieuse se répandit dans la cuisine. Sur les briques chaudes, la peau brunâtre se boursouflait tranquillement autour de la chair fine et moelleuse.

— Vous savez que le Loir-et-Cher mérite la palme de réfractaires au STO ? s'exclama Anatole. Ils ont dit l'autre jour à la radio de Londres que pour deux mille inscrits, il n'y avait eu que soixante-quatre départs. Les autres font comme nous, ils prennent le maquis. Dame, on le voit bien que la roue tourne. Les Allemands sont foutus, leur défaite en Russie en février va précipiter leur chute, et ça c'est propre à encourager même les plus timides à refuser d'aller travailler en Allemagne.

— Certains n'ont pas toujours eu le choix.

— Oui. Pardon pour votre frère.

Les pommes de terre rôtissaient dans le four, la graisse chantonnait joyeusement sous la flamme.

— Comment faites-vous pour avoir tout ce beurre ? A la maison, notre ration hebdomadaire ne suffit même pas à tartiner notre pain du matin. Il y a belle lurette qu'on n'en utilise plus pour la cuisson des aliments.

Luce rit de bon cœur.

— Ne croyez pas que ce soit tous les jours comme aujourd'hui. D'habitude je cuisine sans. Mais hier des parents d'élèves m'ont apporté une demi-livre de beurre frais.

— C'est fête ! Et dites, pour le savon, vous vous débrouillez comment ? Maman utilise de la soude caustique qu'elle mélange avec de la résine et du gras de bœuf.

— Je fais pareil dans le buchet de l'école, quoiqu'on m'ait indiqué une recette à base d'un mélange de lichen et de chaux éteinte. Mais pourquoi vous préoccupez-vous de savon ? Là où vous allez, vous n'y aurez sans doute pas droit.

— Vous avez raison. Du moment qu'on trouve de quoi manger, c'est le principal. J'ai bien peur cependant qu'on doive se contenter de ce que les paysans nous donneront. Ah ! Il est loin le temps des saucissons de chevreuil bien gras et des rillettes de lapin. Vous auriez dû goûter le boudin que cuisinait ma mère, si noir, si fondant. Elle l'enrichissait de crème, d'oignons, de vin de Gamay et de champignons sauvages. Un régal ! Et son pot-au-feu ! Je l'appelais le pot-au-feu du braconnier, elle y sertissait le lapin de lardons et de son foie poché. Ma grand-mère le réussissait encore mieux d'ailleurs.

— Est-ce que je la connais ?

— Non, je ne crois pas. Elle habitait avec mon grand-père à Planchebrault, dans la commune de Saint-Rimay. Ils étaient cultivateurs.

— Ils sont morts tous les deux ?

— Je ne sais pas. Ils conservaient un vieux fusil

tout rouillé, c'était un souvenir auquel mon grand-père tenait beaucoup, il avait appartenu à son père auparavant. Ils ont été dénoncés par une servante, pour 1000 F. Les Allemands les ont arrêtés puis déportés.

— Oh ! Non ! Quelle ignominie !

— N'est-ce pas ? Voilà ce que la guerre fait des gens. Je connaissais la fille, elle avait l'air plutôt gentille, même si elle ne respirait pas vraiment l'intelligence. Mais pour de l'argent, elle aurait trahi n'importe qui.

Luce sentit des nausées lui monter à la tête, peut-être que vomir l'aurait soulagée d'ailleurs, de cette horreur, de cette boue immonde qui s'infiltrait partout et ne laissait aucun répit. Où courait donc la France ? Les juifs devaient porter l'étoile jaune, on les humiliait, certains choisissaient le camp de la Résistance, d'autres dénonçaient. On fusillait des otages. On en déportait d'autres. On torturait allègrement.

Pourquoi tout cela ? Qui l'avait voulu ?

Elle eut du mal à avaler les pommes de terre ruisselantes de graisse qui pataugeaient dans son assiette. Les deux garçons, eux, se régalaient de la chair rôtie avec un bel appétit. Sans doute pensaient-ils que là où ils se rendaient, la nourriture ne serait pas aussi abondante.

— Si cela ne vous ennuie pas, on aimerait se coucher tôt, dit Anatole. On doit se lever avant l'aube.

— Il est préférable de toute façon que vous vous retiriez avant que mademoiselle Mandrin ne vienne

221

me rendre visite, comme tous les soirs.

— N'avez-vous pas confiance en elle ?

— Si bien sûr. Je la connais bien. Mais n'est-il pas préférable que vous passiez le plus inaperçus possible ?

— Vous avez raison. Bonne nuit, madame. Merci encore pour le repas, et pour votre lit.

— Bonne nuit.

Luce resta un long moment allongée les yeux ouverts sur le divan. Elle entendait la respiration régulière de Claudine dans son petit lit aux draps blancs brodés d'oiseaux bleus qu'Anatole avait transporté de la chambre à la salle à manger. Lui occupait sa couche avec Guillaume, il était le premier homme après Raoul à y dormir.

Elle l'imagina se blottissant dans les draps frais, enfouissant sa tête bouclée dans l'oreiller, ramenant la couverture sur ses bras. Peut-être remettait-il le polochon en place en tapotant contre le bois du lit, là où un R et un L finement gravés dans l'acajou s'entrelaçaient avec grâce.

Couchait-il du côté qu'elle occupait d'habitude ? Dans ce cas il sentirait ce trou dans le matelas au niveau des dernières vertèbres du dos, là où la colonne vertébrale s'évanouit dans les fesses. Les siennes avaient paru à Luce pleines et rebondies, comme deux melons bien mûrs. Elle ferma brutalement les yeux mais la vision de la peau satinée à la fois ferme et douce sur ses rondeurs cachées s'immisça sous sa paupière. Des fesses charnues, un

222

sexe gonflé, si lisse, si frais… Non !

Elle se releva en sursaut, furieuse contre elle-même. Elle ne devait pas penser au corps musclé d'Anatole mais à Raoul, c'était son amour qui la faisait vivre. Si elle le trahissait par des pensées perverses, par des désirs d'évasion du quotidien misérable en rêvant des bras d'un autre, que lui resterait-il ?

— Raoul, j'ai besoin de toi, chuchota-t-elle au silence pesant de la pièce. Quand donc te laisseront-ils revenir ? Raoul ! Tu me manques tellement. J'ai mal.

Le sommeil fut long à venir, entrecoupé de réveils en sursaut, de coups de désir vite étouffés par la honte. A l'aube elle ne dormait déjà plus.

— Il ne fallait pas te lever, Luce, lui reprocha gentiment Lucien, il est si tôt.

— Je voulais dire au revoir à tes réfugiés. Je ne dormais pas de toute façon. Où est-ce que tu les emmènes ?

— Vers la Collinière, par le chemin de la Gravouille. J'ai caché des vélos là-bas. Allez, retourne te coucher. Tu vas prendre froid.

Luce remonta se blottir sur le divan tandis que Lucien et les deux réfractaires traversaient le champ de foire puis se glissaient entre les maisons jusqu'au Cher. Ils longèrent le fleuve immobile d'un pas soutenu, faisant craquer sous leurs chaussures les herbes du talus. Au-dessus de leurs têtes silencieuses, les peupliers ployaient vers l'eau sombre leurs longues silhouettes broyées de bouquets de gui. On sentait le vent bruire doucement dans les feuilles argentées.

Au bout de deux kilomètres de marche, Lucien obliqua vers le sud. Un groupe de fermes se dessinait au loin dans les lueurs rosées de l'aurore, ce fut dans cette direction que Lucien entraîna ses compagnons, éblouis par la nacre du ciel. Quand les premiers rayons du soleil crevèrent l'horizon, les trois hommes clignèrent des paupières, comme aveuglés, étouffés par la lumière ruisselante, ils s'immobilisèrent quelques instants pour contempler les gerbes d'or et de corail qui explosaient là-bas, avant de reprendre leur course.

Ils trouvèrent les trois bicyclettes cachées la veille par Lucien au détour d'un taillis, à quelques centaines de mètres à peine avant le village qui avait guidé leurs pas. Lucien prit de nouveau la tête du convoi et s'élança vers la forêt de Saint-Aignan où se cachait son groupe de résistance, bientôt enrichi de deux jeunes recrues supplémentaires.

Le réseau en aurait bien besoin. Plusieurs parachutages importants étaient prévus aux alentours de la ferme de Civray, au sud-est de Champcol. Les contingents d'armes réceptionnés serviraient à équiper plusieurs groupes des secteurs de Chabris, de Valençay et de Saint-Aignan tandis qu'une petite partie serait stockée dans des fosses creusées secrètement dans les bois et les champs. On les obstruait grâce à des planches et des tôles avant de les recouvrir de terre et de végétaux.

Une autre cachette avait été repérée près des carrières de Billy, dans une excavation naturelle particulièrement discrète d'accès. Hélas le transport des contingents d'armes se compliquait de jour en jour, notamment lors de la traversée de Selles/Cher.

Depuis l'invasion par la Wehrmacht de la zone libre le 11 novembre 1942, la ligne de démarcation n'existait plus. Néanmoins les anciens postes de contrôle subsistaient toujours. On en comptait trois dans l'agglomération selloise, un au milieu de la levée du Parc, un à l'entrée sud de la ville, au café du Cheval blanc, le troisième se situait au nord, après le pont. Un autre point de surveillance était établi sur la RN 76 au Pont-de-Sauldre tandis qu'un petit détachement allemand tenait position dans la plaine de Billy, avec tranchée et mirador.

Autant dire que Lucien et ses compagnons devaient ruser pour passer les armes et les vivres, le plus souvent à l'aide de voitures à chevaux, sous des chargements de paille ou de fumier.

Les risques de se faire prendre augmentaient sans cesse, d'autant plus qu'à cause de ce qui se passait en Afrique du Nord depuis que les Alliés y étaient installés, les polices françaises et allemandes frappaient de plus en plus fort. Les arrestations de juifs et de résistants se multipliaient, il fallait se montrer très prudent, toujours à l'affût. Au détour de chaque arbre pouvait se cacher un Allemand, un milicien ou un lâche prêt à dénoncer. Après, si on était pris, c'était l'enfer, la torture, la mise à mort, la déportation… Il ne fallait pas y penser.

Lucien l'oubliait, lui, il connaissait les risques pourtant. Avant de conduire ses nouveaux compagnons de combat, il avait soigneusement préparé l'itinéraire. Maintenant il se laissait aller sur sa bicyclette, il prenait plaisir à pédaler dans la fraîcheur nacrée du matin. Quand le soleil blond l'éclaboussa, il tourna ses pensées vers une autre tête claire, celle d'une femme courageuse qui était l'épouse de son meilleur ami. Décidément il appréciait énormément Luce, c'était une femme remarquable.

Mal à l'aise dans le divan étroit, Luce ne parvint pas à se rendormir. Elle aurait pu se relever pour gagner son lit mais l'idée de coucher dans des draps souillés qui avaient reçu le corps des deux hommes qu'elle avait cachés lui faisait horreur. Elle ne bougea pas, se contentant d'étirer ses jambes pour trouver une position à peu près confortable.

Son esprit agité bouillonnait dans le silence paisible de la pièce, des images troublantes se succédaient derrière ses paupières. Raoul prisonnier dans son camp, le visage amaigri, les yeux pleins de fièvre, Lucien bêchant le jardin pour récolter des légumes, Anatole avalant avec gourmandise les pommes de terre au four tout en la dévorant de son regard affamé, Anatole, toujours, sur son vélo, en train de pédaler le long du Cher. Des soldats allemands jaillissent des fourrés et s'abattent. Le jeune homme se cache sous un tas de pneus. L'image se trouble. Est-ce Raoul ou Anatole ? Les Allemands capturent avec une violence farouche.

Luce cria en ouvrant les yeux, aucun uniforme de drap vert ne se présenta. Elle avait dû s'endormir finalement.

— Maman, pourquoi as-tu crié ? Ca m'a réveillée, dit Claudine en élevant sa tête ébouriffée hors de ses draps blancs.

Son regard flamboyant semblait lourd de reproches.

— Excuse-moi ma chérie. J'ai fait un terrible cauchemar.

— Tu as rêvé de papa ?

— Oui, de lui. Et des Allemands aussi.

Toute la journée, Luce tenta de se concentrer sur ses élèves et sur leurs progrès en lecture et en calcul mental. Elle faisait cependant semblant d'écouter, son cœur affolé battait plus fort que les petites voix frêles qui déchiffraient péniblement les mots. Elle avait peur, peur que les Allemands n'arrêtent Lucien et ses deux camarades, peur de ce qu'ils leur feraient s'ils les attrapaient.

A la sortie des classes, elle récupéra Claudine et après l'avoir installée devant elle sur sa petite selle, elle enfourcha sa bicyclette et se rendit au domicile de Lucien. Elle n'y tenait plus, elle voulait savoir s'il était revenu, si tout s'était bien passé. Hélas elle eut beau taper contre la porte, personne ne vint lui ouvrir. Derrière les fenêtres régnait un silence désespérant.

Elle empoigna son vélo et pédala jusqu'à l'école de garçons. Là encore, elle ne trouva aucun instituteur pour la renseigner, même le directeur était absent. Tout cela ne paraissait pas normal, il y avait trop de silence, trop d'incertitudes, trop d'angoisse. Comment savoir ? Elle pensa à la fermière de Billy chez qui Lucien avait loué un petit jardin pour cultiver, peut-être qu'elle saurait.

Luce traversa le champ de foire à toute allure, à côté de l'église pourtant une scène étrange capta son regard et la fit ralentir. Des gendarmes traînaient sauvagement un homme et son épouse hors de chez eux, ils les tiraient par les cheveux et les bourraient de coups de poing.

Stupéfaite, Luce s'arrêta et reconnut les victimes, des cordonniers paisibles chez qui elle allait quelquefois avant la guerre. Depuis l'apparition des cartes textiles pour l'attribution des chaussures, elle n'était pas retournée chez le couple.

De voir ces malheureux ainsi maltraités, comme des chiens, comme des bandits malfaisants, hurlant dans la rue, elle sentit un dégoût innommable lui monter à la gorge. Une nausée l'assaillit devant cette chair vivante tranchée, martyrisée, coupée à vif.

— Ca leur apprendra à ces sales juifs à nous vendre des chaussures à semelle de bois, dit une femme dans son dos avant de s'éloigner tranquillement, réjouie de la scène qui se déroulait à ses pieds.

Luce lui lança un regard de haine mais l'autre était déjà partie, faisant claquer sur le trottoir ses semelles légères. Luce eut un haut-le-cœur en remarquant le cuir des chaussures et l'élégance de leur coupe. Cette dame si médisante sur les juifs et sur les restrictions imposées par le gouvernement apparemment s'en tirait à merveille pour obtenir les choses les plus rares et par conséquent les plus chères. Toute sa personne respirait le mépris le plus ignoble et l'argent ruisselant.

Luce serra les poings, la colère lui sauta au

visage, elle avait honte soudain d'être Française. Cruelle déception ! Tout était donc perdu ? Face au comportement de cette femme, elle eut l'impression d'assister à la lâcheté la plus infâme, à un crime monstrueux. C'en était trop. Le pire était qu'elle, Luce, n'avait pas réagi pour sauver les deux malheureux qui se roulaient sous les coups.

Une traction noire s'arrêta dans la rue dans un grand crissement de pneus. Le couple de cordonniers fut hissé sans ménagement à l'intérieur puis la voiture repartit à toute allure en emportant ses victimes qu'on ne reverrait sans doute plus.

Luce avait souvent entendu à la radio de Londres la liste des attentats commis par les nazis et leurs collaborateurs. C'était cependant la première fois qu'elle assistait à une scène aussi ignoble. Tant que seule la radio décrivait les actes, elle pouvait toujours refuser d'y croire. Mais là… Elle réalisait enfin jusqu'où pouvait aller la barbarie humaine.

Sa peur pour le sort de Lucien et des deux réfractaires ne s'en trouva que plus exaltée. S'ils tombaient entre les mains de ces gens-là !

Terrifiée, le cœur au niveau du ventre, les jambes lourdes, Luce se força à pédaler jusqu'à Billy. Sa robe de rayonne, froncée à la taille, se gonflait comme une voile sous les assauts du vent. La lumière s'accrochait aux couleurs disposées en quadrillage, la mobilité du tissu en augmentait le chatoiement. Sous les manches ballon se tordaient les bras minces de la jeune femme, tendus par l'effort, la souffrance, la répulsion.

Peu avant Billy elle dérapa sur la route, le pneu

avant de sa bicyclette était à plat. Avec un grognement exaspéré elle arracha dans le fossé de l'herbe sèche et en bourra la chambre à air. Elle repartit lentement, scrutant avec attention les cailloux sur la route, les évitant d'un brutal coup de guidon tant elle avait peur de crever. Enfin elle arriva à la ferme des Lansque, si paisible, comme hors du temps et de la guerre avec ses communs brûlés par le soleil, qui exhalaient des senteurs enivrantes où l'odeur du foin fraîchement coupé se mêlait à celle, vineuse, du cellier pour se fondre en une fragrance symbolique de la ferme qui faisait chaud au cœur.

Suzanne coupait des fleurs dans la cour. Un vélo rouge était couché par terre à côté d'elle.

— Bonjour madame Lansque. Vous avez acheté une nouvelle bicyclette ? demanda poliment Luce.

— Vous avez donc remarqué que ce n'était pas la même qu'avant ? soupira la fermière. En fait je ne l'ai pas achetée.

— Alors c'est votre mari qui vous l'a offerte.

— Non ! Je l'ai volée ! répondit Suzanne, un peu brutalement.

Elle lança un coup d'œil incertain à Luce qui n'avait pas bronché, on s'habituait à tout entendre avec la guerre.

— Si vous saviez comme je m'en veux. Ca s'est passé la semaine dernière. Je gardais Muguette, la fille de la voisine, elle n'arrêtait pas de pleurer, je ne savais pas quoi faire. Mon mari était aux champs, j'étais toute seule, et la gamine pleurait, pleurait, c'était infernal. Je ne sais pas ce qui m'est passé par la tête, j'ai pris mon vélo et je suis allée à Selles pour lui acheter une sucette. Ce n'est qu'à trois kilomètres, j'ai pensé que ce serait vite fait. Donc j'achète ma sucette mais en sortant de l'épicerie, ma bicyclette avait disparu, je la laisse toujours contre le mur, à gauche de la porte d'entrée. Je n'aurais jamais pensé qu'on pût me la voler à cet endroit ! Mais le fait était là, j'avais ma sucette mais plus de vélo et une gamine m'attendait chez moi, en pleurs, toute seule. J'en étais responsable et ne pouvais pas me permettre de la laisser. Revenir à pied m'aurait pris trop de temps. C'est là que j'ai vu l'autre bicyclette, une rouge, elle appartenait sans doute à un client. Je suis montée dessus et j'ai pédalé le plus vite possible, ne pensant qu'à Muguette pleurant d'angoisse, croyant que je l'avais abandonnée. Vous vous rendez compte ? Peut-être que ce vélo appartenait à une pauvre femme et qu'elle n'a pas assez d'argent pour s'en racheter un. J'ai tellement honte !

— Cependant… Vous n'aviez pas vraiment le choix, dit Luce, puisqu'on vous avait pris le vôtre.

— Je sais bien. Mais quand même, en arriver à voler une bicyclette ! Quelle sale époque !

— A qui le dites-vous ! A propos, avez-vous vu Lucien ?

— Lucien ? Il est dans votre potager.

Luce s'illumina d'un coup, son corps se gonfla de joie devant cette nouvelle si inespérée au cours de cette journée infernale où elle avait redouté le pire. Elle courut jusqu'au jardin, aperçut Lucien sagement occupé à retourner la terre.

— Lucien ! Tu es sauvé. J'ai eu si peur.

— Pourquoi ? Je connais la région comme ma

231

poche, beaucoup mieux que les Allemands en tout cas.

— Peut-être. Mais tu oublies les dénonciateurs, les traîtres. Oh ! Lucien, je n'arrive pas à comprendre comment des Français peuvent faire ça à d'autres Français. Tout à l'heure, à Selles, j'ai vu une scène affreuse. Tu sais, les cordonniers qui travaillent à côté de l'église, ils ont été arrêtés par des gendarmes.

— Merde !

— Ils ont été odieusement battus.

— Chut, ne dis plus rien, interrompit Lucien. Cela ne sert à rien de raconter ce que tu as vu. Il faut l'oublier.

— Oublier ? Quand je n'ai rien fait pour les aider ? Sais-tu bien ce que tu me demandes ? C'est impossible, Lucien, impossible.

— Pourtant cela ne sert à rien de plus qu'à te faire du mal et tu n'as nullement besoin de ça. Tous les jours disparaissent des personnes que l'on connaissait, ou qu'on avait l'habitude de rencontrer. Cela jette un trouble bien sûr, on s'interroge sur les motifs. La Gestapo ? La Résistance ? Si cela t'intéresse, sache que tes cordonniers aidaient notre réseau, c'est pour cette raison qu'on les a arrêtés. Quelqu'un a dû les dénoncer.

— Mais alors, tu es en danger !

— Je ne crois pas. Ils ne me connaissent pas. Cependant il vaut mieux que je prévienne les gars pour qu'ils déménagent le camp. On ne sait jamais.

— Une femme a dit qu'ils étaient juifs.

— Non, pas du tout. Mais juif ou pas, ils risquent de subir un sort horrible.

232

— Que va-t-on leur faire ?

Lucien soupira tristement avant de répondre.

— Ils seront questionnés et s'ils ne répondent pas correctement, on les torturera.

— J'ai entendu des gens dire que ceux de la Gestapo leur enfoncent des aiguilles rougies sous les ongles, qu'ils leur découpent les yeux, qu'ils leur font éclater les os…

— L'imagination humaine est extrêmement fertile pour inventer des supplices tout aussi affreux les uns que les autres. Il y a déjà un lourd passé derrière, dû aux siècles précédents. Là cependant, j'ai l'impression que la barbarie recule encore les limites de l'imaginable.

— Et dire que je n'ai pas réagi ! Tu m'entends, Lucien, je n'ai rien fait pour sauver ces deux malheureux ! Je suis restée bloquée de stupeur, me contentant d'envoyer un regard de haine à une femme qui applaudissait ! La belle consolation ! Je me fais horreur !

— Tu ne pouvais rien faire de toute façon. Ils t'auraient arrêtée toi aussi. Alors à quoi aurait servi ton geste d'entraide ? Il y a des moments où on ne peut rien contre la fatalité. Rien sinon mourir à son tour. Luce, ne pense plus à tout ça.

— Arrête de répéter ça ! s'écria la jeune femme. Tu crois peut-être que je peux fermer les yeux. Même en me barricadant dans ma chambre, je serais obligée d'assister au naufrage de notre pays, c'est dans ma tête, c'est dans mes oreilles, dans tout mon corps. J'entends les bottes des soldats allemands claquer sur les pavés, les « Raus » des sentinelles, les fusillades

des mitraillettes, les cris des victimes mutilées, oui, je les entends, même dans mes cauchemars. Alors comment oublier ? Tant que la guerre ne sera pas finie, que Raoul ne sera pas rentré, jamais je ne pourrai faire abstraction de ce qui se passe. Jamais !

— La guerre sera bientôt terminée, assura Lucien. On y travaille.

Son regard s'éclaira, comme s'il prenait dans la confiance en la victoire proche un éclat plus brillant, comme si une intuition plus forte que toutes les prédictions le frappait de plein fouet.

— Qui y travaille ?

— Moi. Les Résistants. Toi.

— Ah oui ? Explique-moi ma soi-disant participation, ironisa Luce.

— Ne viens-tu pas d'aider deux hommes à rejoindre le maquis ?

— Tu parles d'un exploit !

— C'est déjà ça. Je maintiens que toi aussi tu travailles à la fin de la guerre. Tu as hébergé ces hommes, tu élèves Claudine dans l'idée qu'on ne veut plus jamais revivre une telle horreur, ça aussi c'est important. Eduquer un enfant en temps de guerre, lui inculquer les notions de paix, de fraternité et de solidarité, ces notions qui sont celles de la Résistance contre le nazisme, voilà ta contribution. Ce n'est pas rien. C'est l'avenir que tu prépares.

— Merci Lucien, murmura Luce. Merci de dire ça.

Elle rentra chez elle les yeux brouillés de pluie. Seule l'habitude de la route la guidait. Lucien avait prétendu que la guerre finirait bientôt, elle n'arrivait pas à y croire. D'ailleurs bientôt ne voulait rien dire.

Ce pouvait être une semaine comme un mois, un an, dix ans. Le conflit durait depuis quatre années déjà, pourquoi donc ne continuerait-il pas encore ? Luce avait l'impression que jamais il ne s'arrêterait, que la fin sonnerait le glas de toutes les espérances humaines le jour où il n'y aurait plus personne de vivant pour tuer les gens, alors oui, la guerre mourrait là sans doute. Quand il n'y aurait plus de victimes à abattre. Plus d'innocents à faire souffrir. Plus rien à massacrer.

Chapitre 16

Le 7 mars 1943, Claudine avait eu quatre ans. Déjà. Et elle n'avait presque jamais vu son père.

Perdu dans son baraquement, Raoul pleura. C'était surtout lors des grandes fêtes qui jalonnaient l'année, Noël, Pâques, les anniversaires, qu'il ressentait sa captivité comme un poids trop lourd à porter. Il savait qu'il passait à côté de la vie qui continuait sans lui, emportée par ces petits événements qui en faisaient le charme. Lui une fois de plus n'était pas avec sa femme et sa fille. S'il avait pu. S'il avait été libéré, s'il avait trouvé la force et l'audace de s'évader… Ils auraient eu des énormes bouquets de fleurs, ils auraient mangé un bon gâteau sur lequel auraient brûlé quatre bougies blanches. Il aurait acheté un jouet magnifique.

Mais ce jouet qui faisait envie à Claudine, Luce seule se l'était procuré en l'achetant de la part de Raoul et en spécifiant à Claudine que c'était son père qui le lui offrait. Il n'avait pas d'autre possibilité de se faire connaître. Comment, autrement que par des cadeaux et des baisers envoyés par le biais de Luce, avait-il une chance de représenter quelqu'un digne d'intérêt pour sa petite fille ? Elle le connaissait si peu, seules les paroles de Luce pouvaient le faire revivre, il savait qu'elle lui parlait souvent de lui.

Quoiqu'il fît cependant, il demeurait le père absent. Jamais il ne pourrait endiguer cette fatalité-là. Quelle était alors sa place dans le monde de Claudine qui, à quatre ans, s'était déjà créé un univers personnel ? Il ne devait pas y tenir beaucoup d'espace, il était l'absent, toujours. Claudine ne savait de lui que ce que Luce lui disait, elle ne le connaissait qu'à travers les photographies envoyées. Existait-il autrement à ses yeux d'enfant que sous la forme d'un lointain souvenir ?

Il pleura de nouveau, sur sa solitude d'époux et de père, sur les quatre ans de sa fille qu'il n'avait pas vue grandir. Sa captivité durait depuis trop longtemps, il ne pouvait plus retenir ses larmes. Elles coulaient sur ses joues comme des colliers de perles, elles lavaient ses yeux et les débarrassaient de ce chagrin douloureux qui l'épuisait.

Après cette effusion solitaire, ses paupières le brûlèrent mais il se sentit mieux. Après tout, Claudine n'avait que quatre ans et c'était très bien ainsi. Plus âgée, elle comprendrait trop les choses et sachant ce qui la séparait de son père, elle aussi en souffrirait. Peut-être ses souvenirs troubleraient-ils son insouciance ? Raoul esquissa un sourire contraint. Oui, ce serait encore plus pénible d'être séparé de Claudine dans un âge avancé plutôt que toute petite.

Il retira de cette certitude un regain de vitalité. Et

puis comment savoir ? Peut-être que le prochain anniversaire les réunirait tous les trois ?

Il comptait les mois. Avril passa puis mai. L'été arriva. Août fut particulièrement chaud et ensoleillé. Raoul profita de son jour de sortie pour aller se baigner avec plusieurs camarades dans un lac à quelques kilomètres du camp. Probablement que chez lui, en période ordinaire, il n'aurait pas entrepris une telle promenade sous un soleil si lourd mais ici, les plaisirs s'avéraient si rares qu'il n'y avait pas à hésiter pour se les offrir, quel qu'en soit le prix, lorsque la possibilité se présentait.

L'eau du lac était claire, d'une teinte bleutée tirant sur le roux vers les bords. Avec ses berges bordées de bouleaux, il ressemblait à l'étang de Belle Bouche vers lequel Raoul avait souvent emmené Luce à l'époque de leur mariage. Coincé aux confins du Berry et de la Sologne, l'étang avait abrité des ébats dont la saveur brûlait encore Raoul au ventre, il en frissonnait, se rappelant les eaux endormies dans les rayons d'un soleil feutré qui argentait les bouleaux et assombrissait les pins tandis que l'herbe sèche des berges accueillait les corps comme le plus chaleureux des tapis.

Il aimait celui de Luce, doux et frais sous la main, rose avec des transparences de nacre autour des seins, la toison sombre l'appelait, il y passait ses doigts avant de s'y plonger avec délice.

Son caleçon se tendit sur ses cuisses, les souvenirs étaient trop forts pour lutter contre le manque. Alors après un dernier regard aux rives du lac frangées de troncs brillants, il s'engouffra dans l'eau tiède et nagea longtemps, jusqu'à ne plus sentir ses propres bras qui lui en rappelaient de trop doux. Il chassa l'image de lèvres tendres venant se pencher vers lui, il ne voulait plus y penser, cela faisait trop mal. Il savoura sa baignade sans se rendre compte qu'il nageait comme un fou qui demande du secours.

Quand il sortit de l'eau, il ne tenait plus sur ses jambes. Il s'assit dans l'herbe pour se sécher mais très vite le paysage lui rappela l'étang solognot. La vision pesait si fort qu'il se leva en titubant et reprit le chemin du camp avec ses camarades. La chaleur l'écrasait sur place et lui déchirait les pieds.

Il arriva abattu de fatigue et de soleil et s'écroula sur sa couche où malgré la moiteur trouble de l'air, il sombra dans un complet abandon d'un sommeil de brute. Au réveil il se sentit encore tout engourdi, comme aux lendemains de moisson ou de chasse à la Ferté, chez ses grand-parents cultivateurs. Son corps pleurait son épuisement, il lui manquait la douce détente des nerfs prise derrière la maison familiale à l'ombre des arbres du jardin, sous les tilleuls, ou dans la fraîcheur de la salle à manger, devant le bon vin gris du grand-père qui poussait à la consommation par des encouragements dont le pittoresque frappait davantage Raoul à travers l'éloignement. Il lui manquait aussi la rivière dans les prés, derrière le château. N'était-ce pas le lieu de repos idéal ? Il la revoyait dans tout son éclat tellement elle lui était familière. Il sentait encore le contact de ses joncs le long des bras quand il montait dans une barque pour le seul plaisir de glisser sur ses eaux, heureux d'être là, dans ce passé si cher qui constituait une richesse à ses yeux de prisonnier. Il ressentait comme un besoin de se confier abondamment, et à qui le faire, sinon à lui-même ? C'était trop douloureux.

Il étira ses muscles endoloris et gagna la salle de lecture dans laquelle les prisonniers du camp avaient installé la semaine précédente une exposition portant sur les sports et les loisirs. Une quinzaine de stands avaient été montés grâce aux compétences et aux bonnes volontés d'une province désignée à l'avance. Le Val de Loire, groupé avec le Poitou et la Vendée, s'était chargé de la chasse. Raoul avait participé en fournissant deux dioramas plutôt réussis sur le gibier de la région. Leur confection lui avait surtout occasionné un passe-temps agréable pendant près d'une semaine, d'autant plus que des concerts s'étaient organisés dans la salle de l'exposition.

En somme ce fut une semaine moins creuse que les autres, quelques heures agréables s'y diluèrent. Pourtant il n'y avait pas moyen d'échapper aux tourments de la réalité. Après sa baignade au lac, Raoul replongea dans sa tristesse de captif. Le bonheur pour lui ne se trouvait que près de Luce et de Claudine.

Chapitre 17

— Luce ! Ecoute cette annonce, dit mademoiselle Mandrin avec un petit rire satisfait.

Elle venait de déplier le journal. En ce 9 novembre 1943, il n'y avait que quatre pages, la dernière était réservée aux petites annonces.

— « Mari trompé, rondouillard, millionnaire, disposant loisirs, désire épouser Miss anglaise pour alibi. Ecrire Degrelle, dit Bourbouroche, Katastrofenstrasse, Berlin ». Tu vois, même les collaborateurs sentent que le vent tourne. « Ex-collaborateur, nazi, cherche place dans journal clandestin, patriote et anglophile. Ecrire De Becker, Les Vieux Manants, Plancenoit ».

Luce esquissa un sourire. Elle tenait à la main deux photographies prises la semaine précédente. Elle avait posé avec Claudine et comptait les envoyer en Allemagne.

— Elles sont jolies, n'est-ce pas ? reprit mademoiselle Mandrin en laissant de côté le journal. J'aime beaucoup celle où tu portes le manteau, il est simple et chic en même temps.

Sur la photographie où se reflétait le Cher, Luce souriait, joliment coiffée d'un chapeau plat en harmonie de forme avec le manteau sombre. A ses côtés se tenait Claudine dans une robe rayée, un grand rire trouait son visage rond entouré par deux rubans de rayonne sous les barrettes, elle serrait dans ses bras une poupée habillée de la même laine que sa robe.

— Crois-tu qu'elles plairont à Raoul ?

— Bien sûr ! Vous êtes adorables toutes les deux. De toute façon il a besoin de ces photos pour voir comment vous évoluez, surtout Claudine. C'est une façon de se rapprocher de vous.

— Si tu savais les questions qu'il me pose dans ses lettres. Il voudrait connaître les réflexions que fait Claudine, ses comportements vis-à-vis des choses, des bêtes et des gens qui l'entourent. Il veut savoir si elle est sage et toujours câline.

Sa voix craqua dans un gémissement sourd.

— Tu vois, cette poupée qu'elle tient, je l'ai achetée de la part de Raoul, il l'a voulu ainsi, reprit-elle.

Elle posa sur la table la seconde photographie. Cette fois elle portait une robe ample qui découvrait le genou et dévoilait des chevilles très fines chaussées de semelles en liège recouvert de tissu.

— Et cette robe ? Est-ce qu'il l'aimera ? Peut-être lui apparaîtra-t-elle d'une autre époque ?

— Moi, je trouve ça très bien que tu lui demandes son avis sur tes vêtements.

— C'est pour l'intéresser à ma vie, pour le faire participer. J'ai ainsi l'impression que la distance et l'absence ne tuent pas le contact de notre relation. Lui aussi a besoin de se raccrocher aux petits détails quotidiens. L'autre jour, il m'a expédié soixante Marks en me disant de suivre les conseils de la couturière et d'acheter de la fourrure. Il n'y a plus que ce genre de choses à acheter. Ce sera mes étrennes puisque c'est bientôt Noël. Déjà Noël et seulement Noël.

— Veux-tu coller ces photos sur du joli papier à fleurs ? Il m'en reste quelques feuilles, proposa mademoiselle Mandrin.

— Ca rendrait sûrement très bien. Mais comment faire pour la colle ? Je n'en ai plus depuis des mois.

— Je connais une recette magique pour la remplacer. Viens, je vais te montrer.

Les deux femmes se rendirent dans la cuisine de mademoiselle Mandrin. Celle-ci éplucha plusieurs gousses d'ail puis en frotta soigneusement les deux photographies avant de les placer au centre de la feuille fleurie. Elle entoura l'ensemble de trois ficelles afin de bien maintenir le tout.

— Voilà, il n'y a plus qu'à attendre que l'ail soude en séchant. C'est tout l'art de la débrouille.

Réjouie par l'astuce et le savoir-faire de la directrice, Luce ne put cependant retenir un froncement de sourcil sur le dernier mot prononcé. Depuis le début de la guerre effectivement il fallait se débrouiller, pour se procurer les aliments de première nécessité, le pain, la viande, le charbon, pour survivre. On manquait de tout.

— Dis, il te reste encore des craies ? demanda mademoiselle Mandrin.

— Oui, ça va. Mes élèves de primaire n'écrivent pas beaucoup. Je les fais surtout parler et épeler les lettres.

— Il faudra quand même que je renouvelle le stock de l'école si c'est possible. Depuis que le papier fait défaut, j'ai tellement recours à l'écriture sur ardoise que les réserves de craie vont bientôt s'épuiser. Quand il n'y aura plus ni encre, ni craie, je me demande bien ce qu'on apprendra aux élèves.

— Des chansons, soupira Luce. Elles donnent du baume au cœur. Te rappelles-tu le soir où on a chanté *Auprès de ma blonde il fait bon dormir* ?

— Evidemment que je m'en souviens ! On n'a pas chanté si souvent.

— Moi, c'était la première et la dernière fois que je chantais depuis le début de la guerre.

— Jules me chante parfois des chansons quand je vais le voir. Il a une très belle voix de soprano.

Luce ricana.

— Il ne doit pas chanter beaucoup en ce moment, lança-t-elle. Lui qui voulait la victoire de l'Allemagne, il ne doit pas vraiment se réjouir.

— Tu es méchante de parler ainsi de lui. Tu ne le connais même pas.

— Si. Je le connais en tant que médecin. Présente-le moi pour de bon.

— Non, tu ne saurais pas cacher tes sentiments.

— Pourquoi ne t'engages-tu pas plus loin avec lui ? Je croyais que tu irais vivre chez lui. Au lieu de ça, j'ai l'impression que tu le vois à peine.

— C'est un peu ça. Disons que j'hésite. Il a des réflexions qui me mettent mal à l'aise.

244

— Je vois. Ton besoin d'hommes ne t'aveugle pas au point de tout accepter d'un collaborateur.

— Luce ! Jules n'a ni dénoncé, ni aidé les Allemands dans leurs arrestations.

— Tu m'as dit qu'il désirait la victoire de l'Allemagne !

— Comme rempart contre les communistes, oui. Mais ce n'est pas un collaborateur. Comme nous, il déplore les crimes commis contre les juifs.

— Cependant il doit bien comprendre que l'Allemagne actuellement, c'est le nazisme et l'extermination des races soi-disant impures. Si l'Allemagne gagne la guerre…

— Suffit, coupa mademoiselle Mandrin. Ecoute, il se peut qu'il se trompe. Je ne veux pas en parler avec toi. Tu es trop campée dans tes convictions et tes croyances. C'est normal, vu les circonstances. A ta place, je ferais peut-être pareil. Je crois qu'il vaut mieux qu'on ne parle plus de Jules.

Les deux femmes se dévisagèrent. Dans les yeux de Luce se lisait une détresse infinie.

— Excuse-moi. C'est cette guerre stupide et interminable qui me rend hargneuse et toujours sur le qui-vive. Elle me fait dire n'importe quoi. Tu vois, j'avais envie de me quereller avec toi tout à l'heure. Peut-être était-ce pour sentir que malgré tout, je suis quand même vivante ? Ne m'en veux pas, s'il te plaît. J'ai besoin de ta présence, de ton réconfort, de ta patience. Je deviens folle.

— Mais non, je suis là. Le temps joue pour nous.

Chapitre 18

En ce matin de janvier 1944, la boutique de la boulangère arborait le nouvel almanach qui ajoutait un an à la guerre. Tandis que Luce achetait la ration de pain hebdomadaire, Claudine, qui apprenait à lire, s'exerça à épeler tout haut dans la boutique ce long mot trônant au-dessus du comptoir. Elle le déchiffra trop vite, c'était bien sûr le seul qui soit, le seul pensable en ces temps de guerre, c'était le mot allemand. Depuis le temps, elle la connaissait cette maudite rengaine : un soldat allemand, un fusil allemand, un drapeau allemand, les Allemands dans la cour, dans la cuisine, armés jusqu'aux dents, la guerre à cause des Allemands.

— Mais non, pas allemand, c'est almanach, mon enfant, reprit gentiment la boulangère en esquissant un léger sourire.

Elle revint aussitôt à ses préoccupations de commerçante.

— Quand je pense, Mme Granier, que je n'ai que du pain noir à lui donner à cette petite.

Luce donna ses tickets sans plus s'occuper de

Claudine qui rougissait devant son ignorance révélée publiquement. Ses joues la brûlaient, elles étaient sanglantes, comme le four du boulanger qu'on apercevait là-bas, derrière la porte, vomissant ses pains ronds qu'on remisait jusqu'au lendemain afin de les vendre rassis, suivant l'ordre des Allemands. Ils étaient partout. Ils affolaient la population.

Les esprits s'agitaient d'autant plus qu'on attendait un débarquement des Alliés.

L'alerte fut donnée trois jours plus tard par le mari de la femme de ménage de mademoiselle Mandrin quand il vint chercher son épouse à l'école de filles en criant :

— La gare de Selles va être bombardée dans la nuit. Il faut que vous partiez, ça va sauter !

Il s'enfuit en entraînant sa femme épouvantée derrière lui. Il faisait nuit. Luce s'endormait après sa folle course de la veille qui l'avait portée jusqu'à Saint-Ouen pour récupérer le lapin qu'avait élevé sa mère et qu'elle avait tué. Il avait fallu aller le chercher à bicyclette, les deux cents kilomètres avalés pesaient cruellement dans les jambes de la jeune femme.

Elle se leva cependant du divan où elle s'était assoupie dès qu'elle entendit la voix affolée de l'homme. Le déferlement du soir à travers les vitres grandissait la peur. Rien ne la retenait. Elle prenait possession des nerfs et s'élevait, gonflée comme une voile sous les assauts d'une tempête irrésistible.

Luce coucha Claudine en lui laissant ses chaussures aux pieds puis elle partit rejoindre mademoiselle Mandrin. A bout de raisonnement, incapables de toute façon de rester lucides face à la débâcle de leurs esprits, elles décidèrent de partir se mettre à l'abri.

Luce arracha Claudine de son lit, la roula dans une couverture et la déposa dans sa poussette. Elle rejoignit mademoiselle Mandrin dans la cour de l'école et lui lança un regard incertain. Son amie donna le signal du départ. Les deux femmes s'engouffrèrent dans les rues désertes, longèrent les maisons qui, peu à peu, se raréfiaient, mêlées aux frondaisons épanouies des arbres. Bientôt le bois les enveloppa toutes entières, frêles silhouettes tanguantes, déjà floues, comme habillées de brume. Bravement elles continuèrent d'avancer sur la route noire, le cœur palpitant au rythme de leurs pieds battant la mesure, leurs yeux brouillés de peur, leurs corps raidis, telles des marionnettes sans ficelle qui se cabrent une dernière fois.

— Nous allons demander asile chez les Montu à la Vernelle, dit la directrice. Mr Montu est un instituteur retraité qui a été trépané à la guerre de 14-18.

Les roues de la poussette frottaient doucement le bitume, personne ne parlait, dans la nuit parfaitement calme, la lune blanche donnait à l'herbe des fossés une couleur laiteuse, presqu'irréelle.

Dans la côte de la Vernelle, les roues se mirent à grincer mais c'était sans importance, la maison de Mr Montu se trouvait en haut, aussi brillante qu'une étoile. C'était le refuge.

Mademoiselle Mandrin frappa à la porte, un grognement répondit dans le silence, bientôt suivi d'un bruit de chaises renversées. La poignée s'ouvrit sur un vieil homme dont les joues rouges luisaient au-dessus d'une moustache abondamment fournie.

— Bonté divine, qu'est-ce que vous faites là à cette heure ?

— On vient vous demander asile, Mr Montu.

— Asile ? Que se passe-t-il ?

— On nous a averties que des bombardements allaient avoir lieu sur Selles et en particulier sur la gare.

— Mes pauvres femmes ! Ce ne sont que de faux bruits. La gare ne va pas être bombardée. La cinquième colonne a certainement propagé ces rumeurs pour affoler la population. Enfin, puisque vous êtes là, entrez. Je vais vous donner l'hospitalité pour la nuit.

Mme Montu apparut dans une longue chemise de coton blanc. Elle fit asseoir Claudine sur un banc et invita Luce et mademoiselle Mandrin à en faire autant. Elle apporta un fromage blanc et des tartines de miel pour réconforter tout le monde.

— Alors, ça va mieux ? fit Mr Montu. Pourquoi voulez-vous que les Alliés aillent bombarder Selles ? C'est une trop petite bourgade. Si encore on était près des côtes, je ne dis pas. Mais ici. Ne craignez rien, il ne se passera rien.

Mademoiselle Mandrin ne partageait pas l'optimisme de Mr Montu. Elle considérait que tant que les Allemands occuperaient la ville, celle-ci serait exposée. Elle avait l'impression qu'un danger menaçait, sournois et incontrôlable. Elle n'en dormait plus. Son besoin de protection masculine s'en trouva terriblement accru, elle n'arrivait plus à faire face.

249

Elle délaissa son logement à l'école de filles pour la demeure rassurante du docteur Correl. Qu'il était doux de s'abandonner ainsi dans ses bras puissants et de se pelotonner le long de son torse musclé contre lequel s'écrasaient ses angoisses. Sans le savoir, elle retrouvait avec lui des gestes d'enfant apeurée en mal de tendresse.

Un soir de mai où elle dînait avec son amant, elle entendit des coups et des cris venant de la rue. Elle se rua vers la fenêtre et vit deux hommes interroger brutalement le propriétaire de la maison voisine. Ils le rouaient de coups tandis que des policiers fouillaient les pièces.

— La Gestapo ! chuchota Jules dès qu'il eut aperçu les longs manteaux noirs et les chapeaux mous qui coiffaient les deux hommes.

Ceux-ci échangeaient en allemand leurs impressions sur la réponse négative que s'entêtait à donner, malgré les gifles reçues, le concierge.

— Ils cherchent mon confrère, le chirurgien-dentiste René Barraud, expliqua Jules. Apparemment il n'est pas là.

— Pourquoi le cherchent-ils ?

— Il fait partie de la Résistance. Il a de la chance d'être absent. Allons, tout cela ne nous regarde pas. Viens manger.

Ils revinrent s'asseoir en silence. Jules semblait soucieux. L'arrestation imminente de son confrère n'arrangeait pas ses affaires. Depuis quelques mois, persuadé que l'Allemagne était en train de perdre la guerre, il caressait l'idée de passer dans la Résistance, histoire de se trouver du côté des vainqueurs. C'était plus sûr. Il comptait sur l'aide du docteur Barraud pour entrer dans un réseau. L'intrusion de la Gestapo fichait tous ses plans par terre.

Contrairement à ce qu'il croyait, son voisin n'était pourtant pas absent. Il s'était caché au grenier dès qu'il avait entendu frapper à la porte. Le fait de comprendre les paroles qu'échangeaient les deux agents gestapistes lui permit de déjouer le piège qu'ils lui tendaient. Il conduisit sa famille en lieu sûr. Quand deux jours plus tard, la Gestapo revint pour l'arrêter, elle trouva la maison vide. René avait pris définitivement le maquis. Il allait vite avoir l'occasion de se rendre utile.

En effet quelques jours plus tard, le débarquement sur les plages normandes commençait. Assise dans la cuisine, les coudes appuyés sur la toile cirée de la table, la tête dans les mains, Luce pleura, bouleversée d'émotion. Enfin ! C'était le débarquement !

A la radio de Londres, la voix du général de Gaulle exultait :

« La bataille suprême est engagée !

Après tant de combats, de fureurs, de douleurs, voici venu le choc décisif, le choc tant espéré. Bien entendu, c'est la bataille de France et c'est la bataille de la France !...

Il n'y a plus dans la Nation, dans l'Empire, dans les armées, qu'une seule et même volonté, qu'une seule et même espérance. Derrière le nuage si lourd de notre sang et de nos larmes, voici que reparaît le soleil de notre grandeur. »

Le débarquement ! L'espoir que cette fois, la fin de la guerre était proche, la victoire, la paix, le retour des prisonniers. Si seulement on pouvait accélérer le temps !

Pour la première fois, Luce eut envie de prendre les armes, de participer à l'action. Enfin, enfin, le monde bougeait. Mais elle était femme, et mère, alors elle resta au foyer.

Aidée par mademoiselle Mandrin, elle confectionna un drapeau américain avec un morceau d'édredon rouge, quarante étoiles découpées dans du carton blanc et un morceau de tissu bleu. Une fois le drapeau achevé, elle le cacha au grenier dans le landau de Claudine en attendant de le sortir au moment propice. Sa joie délirante lui fit oublier la peur d'être découverte.

Elle avait l'impression que ce drapeau constituait le premier coup de pied dans la fourmilière allemande qui les retenait prisonniers depuis si longtemps. Une banderole, dix, cent banderoles fabriquées, prêtes à jaillir par les fenêtres, c'était autant de messages d'espoir, c'était le geste libérateur qui, semblait-il, ferait tout basculer.

Les premières troupes d'assaut anglo-américaines furent décimées par le terrible tir de barrage allemand. La première phase de l'invasion se révéla meurtrière et plus épouvantable encore que les vétérans les plus endurcis n'avaient pu l'imaginer. Les nids de mitrailleuses et de canons adroitement disposés fauchaient la bande côtière avec une âpreté redoutable. Fort astucieusement, les soldats allemands attendirent le complet débarquement des premières troupes pour déchaîner un ouragan de feu et d'acier au-dessus de leurs têtes. Il y faisait plus chaud qu'en enfer. Simultanément, leurs batteries entrèrent en action contre les bateaux de débarquement qui s'approchaient de la côte. Certaines des barges touchées prirent feu et d'autres chavirèrent ou heurtèrent des fonds. De nombreux bateaux d'assaut restèrent accrochés aux obstacles dissimulés non loin des côtes.

La résistance subite des Allemands jeta le désarroi parmi les bâtiments qui portaient à leur bord l'armement lourd des soldats déjà à terre. L'infanterie anglo-américaine se trouva par conséquent dans une situation périlleuse. Sur le rivage, suite à l'explosion de champs de mines, la terre tremblait comme lors d'un séisme, rendant très difficile l'arrivée des troupes et du matériel. Toute la scène présentait un aspect dantesque, inimaginable. En un court laps de temps, le rivage se couvrit d'un amas de morts, de blessés, de corps déchiquetés et d'épaves.

Sous la protection de leurs unités navales concentrées au large des côtes de la Basse-Normandie, les Alliés réussirent cependant à mettre la nuit à profit pour débarquer de nouvelles formations sur les têtes de pont restées en leur possession et pour tenter d'en créer de nouvelles.

Au 7 juin, ils disposaient d'une tête de pont en un

point du littoral situé au nord-ouest de Bayeux, entre les localités côtières de Russy et de Berville-sur-Mer. Une autre tête de pont plus profonde était constituée dans la région au nord de Caen et s'étendait de chaque côté de l'embouchure de l'Orne. Entre ces deux principaux centres de gravité, des engagements d'importance secondaire se poursuivirent sur la côte. Mais tous les efforts déployés par les troupes du général Montgomery en vue d'établir leur liaison restèrent vains.

Entre la baie de la Seine et son embouchure, les Alliés avaient établi une tête de pont jusqu'à Arromanches. A quelques kilomètres à l'ouest, une toute petite tête tenait Port-en-Bessin.

Luce suivait avec passion le déroulement des combats, la sueur de l'angoisse coulait entre ses seins et ses cuisses tandis qu'elle écoutait à la radio de Londres les derniers communiqués. Sur l'Atlas de l'école, elle posait des cailloux sur les positions tenues par les Alliés, il y en avait peu. Toutes les têtes de pont créées aux premières heures du débarquement avaient été réduites ou nettoyées. La tentative sur Le Havre avait complètement échoué.

La jeune femme fit couler son regard sur la presqu'île du Cotentin. C'était là que se concentraient les efforts anglo-américains. Des débarquements par air s'étaient produits dans l'espace situé entre Carenton et Sainte-Mère-l'Eglise d'une part, dans la région de Coutances et de Lessay, d'autre part. Où se trouvaient donc ces villes ? Luce éplucha l'énorme bande de terre carrée qui plongeait dans la mer et finit par visualiser les deux noms sur la carte, dans la partie ouest du Cotentin, pas loin des côtes. Si les Alliés développaient leur action dans cette contrée, c'était certainement parce qu'ils voulaient s'emparer du port de Cherbourg situé à l'extrême pointe nord de la presqu'île. Luce soupira tristement. Cherbourg ! C'était si loin.

Le 8 juin, la ville de Lisieux fut en grande partie détruite par un sévère bombardement effectué par les aviateurs alliés. Le 12 juin, des centaines de civils furent bombardés à Caen et à Rouen. Déjà on ne comptait plus le nombre de villes, de villages, d'églises, d'hôpitaux et d'écoles détruits après ces six jours. C'était le prix à payer pour se libérer de l'occupant.

Chapitre 19

A des milliers de kilomètres, Raoul dépérissait. Il n'avait rien reçu de Luce depuis plus d'un mois. Que se passait-il ? Cette mauvaise période dans l'échange de leur courrier l'accablait, les lettres reçues étaient devenues son seul soutien, son unique raccord avec la vie antérieure. Par-dessus les barbelés, les cartes et les photographies apaisaient et irritaient cette faim de tendresse, ce besoin intolérable de savoir qui le mutilait jour et nuit, elles recréaient autour de lui son univers familier si précieux. Par-delà les mots, il cherchait les visages et les gestes, imaginant un décor, la cuisine ensoleillée soupirant de chaleur, l'ombre d'un arbre au bord de l'eau, la mousse fraîche et tendre le long des berges du fleuve, essayant d'interpréter jusqu'au choix des adjectifs et des verbes. Pourquoi ce mot-là plutôt qu'un autre ? Pourquoi ces points de suspension que la main aimée avait laissés à la fin de la phrase, ouvrant le champ aux désirs les plus fous ?

Alors ce long retard, c'était intolérable, comme une menace sournoise qui dévorait d'incertitude.

Luce l'aimait-elle encore ? Cette question douloureuse, il se l'était déjà posée des centaines de fois. Que pesait un an de mariage et d'amour en face de cinq années de séparation ? Luce réussissait-elle à le considérer encore comme son époux après tout ce temps ? Peut-être avait-elle succombé, comme les autres. Elle ne serait pas la première. Raoul savait que la femme d'un de ses camarades de chambre avait été infidèle et qu'il y avait eu des suites malheureuses. Elle avait engendré un enfant, elle n'avait pas pu cacher qu'elle était enceinte d'un autre.

La garce ! pensa Raoul. Nous ici, on souffre à en crever et pendant ce temps, nos femmes s'en donnent à cœur joie en France. Comment savoir si elles succombent ? Enceintes quand le mari est prisonnier, elles s'accusent. Mais si aucun fruit ne naît ? C'était cela surtout qui déchirait l'âme, cette angoisse de la trahison, cette incertitude qui détruisait la confiance quand autour de soi, les hommes qui connaissaient leur malheur pleuraient. Eux au moins savaient, ils pouvaient alors se préparer à pardonner. A trouver des excuses. Peut-être.

Mais lui ? Il ne savait rien. Rien sinon qu'il recevait des colis et des lettres au hasard des arrivées épisodiques du courrier. Il doutait, il n'avait plus confiance en lui, en elle. Elle lui écrivait des phrases tendres, mais il était si facile de mentir sur le papier. L'aimait-elle encore ? Seule cette question importait désormais. Il se brûlait la gorge à force de la répéter tout bas.

Accablé, pantelant de douleur et de doute, il laissa

257

monter en lui une irritation irraisonnée. Ne pouvait-elle attendre pour se donner à un homme ? Est-ce qu'il couchait avec d'autres femmes, lui, même si le manque le tenaillait ? Avec violence, il repoussa dans la nuit la question obsédante, se traitant d'imbécile. A quoi bon se torturer l'esprit quand seule la confiance l'aidait à tenir ? S'il doutait de l'amour de Luce, il n'aurait plus qu'à se laisser crever.

Mais quand même, cette absence de lettres…

Il pria ardemment pour que le courrier soit de nouveau acheminé comme par le passé, c'était là un des moindres vœux qu'il puisse émettre après quatre ans et demi de séparation dont quatre années entières sans voir Luce un seul instant.

La veille, des colis collectifs expédiés par la Croix Rouge française depuis ses entrepôts de Lyon étaient arrivés, remplis de couvertures, de draps et de chaussures. Les chaussures étaient trop petites pour ses grands pieds, la couverture ne lui couvrait que la moitié du corps. Que lui importait d'ailleurs ces wagons entiers de paquets de cigarettes et de tabac ? Le véritable colis, c'était celui que sa femme avait préparé, avec amour et malgré les difficultés du ravitaillement, les sacrifices. Il était dialogue et ouvrait le champ à l'imagination. Raoul en avait reçu tous les mois depuis le début de sa captivité, il avait tissé des liens très forts, au-delà de la complicité affectueuse, avec ces gants et ce chandail tricotés à la maison, ces conserves, ce sucre accumulé à force de privations. Sa femme pensait à lui.

Il avait pleuré d'émotion en recevant le portefeuille en cuir pour son anniversaire, il y avait bien longtemps déjà. Ce petit paquet, noué soigneusement, portait en lui la douce main de Luce, elle l'avait touché, embrassé peut-être. Depuis, le portefeuille ne le quittait plus, il s'endormait le soir en le serrant dans sa main, il ne sentait même plus les punaises et les puces qui partageaient sa couche.

— Raoul ! C'est l'heure de notre cours, hurla une voix dans la nuit.

Raoul sursauta. Le réel jouait à l'intrus une fois de plus. En septembre il avait décidé de reprendre son métier d'instituteur, même si depuis le temps où il l'avait quitté, il ne le croyait plus sien. C'était néanmoins une occupation à s'accorder. Une heure par semaine, le soir, avant le coucher, il assurait ainsi un cours de calcul destiné à préparer les candidats prisonniers au certificat. Cette heure était prise sur son temps de loisirs mais qu'importait ? Au moins dans ces moments-là, il ne pensait pas à Luce.

— J'arrive, répondit-il.

En se levant il se trouva accidentellement face à la vieille glace ébréchée devant laquelle ses camarades et lui se rasaient. Il regarda avec attention le visage qui lui faisait face, les dégâts faits dans sa chevelure par le temps lui arrachèrent des larmes amères. Il constata pour la première fois que son front prenait des proportions inquiétantes. Quelle serait l'impression produite sur Luce par ce changement, pensa-t-il avant même de chercher une consolation dans l'examen minutieux des fronts environnants. Ce fut son premier souci, banal peut-être, puéril, mais même dans ses actes les plus simples, Raoul ne se séparait pas de son épouse. Le plus souvent, il pensait par elle et avec elle, elle l'accompagnait dans sa captivité. Alors ces tempes dégarnies, ces cheveux désormais clairsemés, peut-être qu'elle les aurait en horreur ?

En se rendant à la salle de lecture où avait lieu son cours de calcul, il regarda attentivement les têtes de ses camarades et y vit les calvities naissantes, les cheveux blancs et les plis amers aux coins des yeux et de la bouche qu'il n'avait pas remarqués jusque là. Y avait-il seulement fait attention auparavant ? Tous ils vieillissaient, le temps leur passait sur le corps en les marquant cruellement de sa griffe, il n'en épargnait aucun. C'était cela aussi le tribut payé à la guerre et au stalag.

Les prisonniers apprirent par les journaux le débarquement en Normandie puis en Provence ainsi que l'avance progressive des Alliés. Ils savaient qu'on se battait à Bourg-en-Bresse, dans les Vosges, dans l'Ain, dans le Midi. Tous ils écrivirent à leur famille, plus pour obéir au besoin de communiquer avec les personnes chères qu'à celui de raconter les petits faits de leur vie de tous les jours qui paraissaient désormais terriblement dérisoires face aux combats sanglants qui se déroulaient peut-être à deux pas de chez eux. Maintenant que l'espoir renaissait, leur isolement intégral leur pesait davantage encore. Les Alliés n'avançaient pas assez vite à leur gré, ils rêvaient de les aider, de faire quelque chose. Il n'y avait hélas rien à faire. Ils étaient bloqués sans autre recours que celui d'attendre qu'on vienne à leur secours. C'était déprimant de se sentir aussi inutile.

Raoul essaya de s'isoler au milieu des bruits et des odeurs du camp, déjà sa pensée courait auprès de sa femme peut-être en danger.

« *Je te transmets cette carte sans savoir comment elle te parviendra, sans même savoir si elle te parviendra* », écrivit-il à Luce. « *Je continuerai à t'écrire par la suite le plus souvent possible afin d'augmenter les chances d'avoir une réponse. La façon dont vous vivez les jours présents me préoccupe énormément. Je voudrais tant savoir qu'il ne vous est rien arrivé et qu'une fois encore la guerre a fui notre région. Ma santé est toujours à peu près la même et je suis un peu plus « stalagué » aujourd'hui que la dernière fois. Si attendre était mon destin il y a quatre ans, il n'a pas changé aujourd'hui. Seulement avec l'habitude, et aussi inquiétant que cela puisse paraître, cette hantise du grand départ fait tellement partie de moi-même que je la supporte comme je supporte l'idée qu'il faut se mettre à table pour manger. Elle ne me quitte jamais et cependant, j'y pense de moins en moins. J'ai de moins en moins l'impression d'être un passant dans ces lieux, je me sens plutôt comme quelque chose de moins que rien, un peu plus qu'un cheval peut-être ou un meuble et cloué à la région ad vitam aeternam. J'appartiens à un monde nouveau qui par la force des choses a rejeté l'ancien dans le noir avec tous mes souvenirs. Ce passé, je le revois souvent comme dans un rêve tellement il me paraît inaccessible.*

Cependant ne prends pas tout ce que je t'écris trop au sérieux. Je ris moi-même de toutes ces balivernes que je te conte pour remplir quelques malheureuses lignes. J'ai tellement peur pour toi et pour Claudine. Les choses sérieuses, tu les connais comme moi. D'elles dépendent notre avenir. »

Luce reçut la lettre de Raoul le 14 juillet 1944. Ce jour-là, l'air était lourd, presque humide, hostile. Elle emmena Claudine et mademoiselle Mandrin pique-niquer au bord de la Sauldre. Il était midi quand elles s'installèrent sur l'herbe chaude de la berge après avoir déballé une grande nappe de lin blanc dont la fraîcheur les revigora. Claudine venait de retirer ses chaussures pour patauger dans l'eau quand un grondement de plus en plus violent monta dans le ciel. Très vite il se matérialisa sous la forme d'une escadrille de chasseurs-bombardiers.

— Mon Dieu ! Est-ce que ce sont les Allemands ou les Anglais ? s'écria mademoiselle Mandrin.

— Peu importe, s'ils tirent sur les civils, répliqua Luce. Je te rappelle que les bombardements alliés ont déjà fait des centaines de victimes.

Tandis que Claudine se cachait sous un peuplier, les deux femmes se levèrent et, immobiles, le cœur battant, suivirent l'escadrille du regard. Plusieurs explosions tonnèrent, rauques, sauvages, étrangement proches. Soudain une énorme colonne de fumée jaillit aux alentours de la gare et se répandit rapidement sur la ville. Affolées, les deux femmes restèrent sans bouger pendant de longues minutes. Les avions avaient disparu.

Le nuage noir commençait à se dissiper quand elles décidèrent de revenir sur Selles, paniquées à l'idée de découvrir la ville en ruines. Il n'en était rien. Aucune maison ne paraissait détruite, les routes brillaient, les arbres chantaient.

En arrivant à la gare, elles rencontrèrent un employé qui leur raconta l'incident.

— Un train de carburant de l'armée allemande stationnait à Selles et la RAF avait reçu l'ordre de le bombarder. Des résistants, agents de la gare, ont fait déplacer le convoi en dehors de la zone urbaine. Quand l'escadrille alliée est arrivée à midi, elle a mitraillé les wagons-citernes qui en s'enflammant ont produit la colonne de fumée que vous avez vue. Mais heureusement la précision des aviateurs anglais a été telle que seul le train a été atteint par les tirs. Ah ! On peut dire qu'ils nous auront gâté pour la fête nationale, on a eu droit à un beau feu d'artifice.

— C'était donc un raid de la RAF, dit Luce songeuse. Ca veut dire que les combats se rapprochent.

Elle se trompait. Si les Alliés progressaient sur le front de Normandie, le secteur de Selles restait très calme. Il valait tout de même mieux rester méfiant comme Luce l'écrivit à sa sœur quelques jours plus tard :

« Je suis heureuse que tu n'aies pas pris la route ce dimanche, il est plus prudent d'attendre des jours meilleurs. Ici il passe de nombreux convois et cette nuit, depuis deux heures du matin, défilent des

troupes à pied harassées de fatigue. On parle ici que les Américains sont à Vendôme et qu'ils marchent sur Blois qui va résister. Petite sœur, combien je pense à toi. Ce qui me tranquillise, c'est de savoir que tu disposes d'un bon abri chez ton amie mademoiselle Bouchet. Ici le secteur est calme, à part le survol d'avions, le mitraillage de la voie dans les environs, mais rien d'anormal, si ce n'est que, l'autre nuit, des maquisards sont venus emmener une jeune femme et sa fille, ils ont réquisitionné huit cents litres d'essence et pris dans une maison, à défaut de son propriétaire, des costumes d'hommes et des robes de femmes… et tiens-toi bien : trois cents boîtes de sardines paraît-il.

Ne te tourmente pas pour nous petite Edith, je ne crois pas qu'il y ait grande résistance ici, à la moindre alerte j'essaie de te prévenir si le courrier marche toujours. Toi, fais-en autant.

J'ai reçu une lettre de Gaston que je t'envoie, tu la transmettras à maman. En voici le contenu :

« Ai reçu ce soir ton colis du comité du 24 juin, vraiment suis verni, ai largement de quoi manger et même du pain blanc : quel luxe !… Oui le courrier va assez vite, je l'écrivais hier à maman. Ai eu ta lettre du 26 juin et celle d'Edith du 2 juillet écrite à Selles et depuis que je suis ici, ai reçu tes colis numéro 9 à 13 inclus, chacun mettant environ un mois. Tout est donc pour le mieux mais cela durera-t-il ? Sois tranquille petite sœur, je te reviendrai en parfaite santé sauf imprévu. Pour le moment il n'est pas question que je retourne dans mon ancien camp

et je souhaite de tout cœur de rester ici puisque je travaille au bureau. Les nouvelles continuent à être bonnes et l'espoir grandit chaque jour, nous avons commencé la deuxième année de notre séjour mais nous ne la finirons pas ici n'est-ce pas. ».

Bon courage petite sœur et souhaitons des jours moins durs.
Pour le colis de Gaston c'est impossible maintenant, les voies de l'Est sont pilonnées à outrance.»

Le 20 juillet, Orléans fut de nouveau bombardée, plusieurs immeubles furent détruits. On signala deux morts et quelques blessés. Presque la routine pour cette ville déchirée par la guerre. A Nevers, le déblaiement des décombres se poursuivait, les bombes à retardement tombées un peu partout rendaient cependant les travaux particulièrement dangereux. Le nombre de victimes s'élevait à quatre-vingt morts. Cent quarante blessés s'entassaient dans les hôpitaux. Bientôt peut-être la petite commune de Selles subirait le même sort, même si elle demeurait jusqu'à présent à l'écart des combats, n'occupant pas une place suffisamment stratégique sur l'échiquier des batailles décisives.

Le 15 août pourtant, sous un soleil brouillé, le drame se produisit. La veille, vers sept heures du matin, une estafette du maquis avait été arrêtée par les Allemands à l'entrée du pont de Selles. Un jeune homme de vingt ans, Léon Tuvelo, pressé de questions, torturé des heures entières, finit par donner dans d'atroces souffrances quatre noms, quatre noms de Champcol. Cela suffisait.

Le lendemain après-midi, venant de Romorantin par la route de Selles, trois camions de l'armée allemande, escortés de deux automitrailleuses, arrivèrent aux abords de Champcol. Leurs occupants, une centaine d'hommes déployés en sections d'assaut, encerclèrent le village qui somnolait en ce début d'après-midi chaud et orageux. L'expédition punitive commençait.

A peine installés dans la rue, les soldats se mirent à tirer, n'importe où, sur le gibier humain. Une jeune fille de dix-huit ans qui descendait en vélo dans la direction de Selles fut atteinte la première, une fleur de sang se noyant sur son corsage de dentelle légère. Sur le chemin de la Collinière, à l'ouest du village, les éléments d'une autre escouade blessèrent un octogénaire, Eugène Chauvier, dans sa cour. La grave blessure qu'il subit à une main en nécessita l'irréparable amputation.

Une autre balle atteignit au flanc droit un autre habitant du quartier tandis qu'une de ses voisines, affolée, tentait de se sauver en serrant contre sa poitrine un sac de toile usé contenant ses économies. Les Allemands l'interceptèrent et la frappèrent violemment à coups de crosses de fusil sur ses mains qui se cramponnaient farouchement à ses biens. Heureusement elle ne subit pas d'autres sévices.

Simultanément s'engagea une course aux otages parmi les hommes du village, quel que soit leur âge, des jeunes de vingt ans, des pères arrachés à leurs enfants, des vieillards chétifs. Peu à peu, ils furent rassemblés dans l'épicerie puis conduits sans ménagement à la ferme de Civray, lieu de retrouvailles des maquisards du secteur.

En cours de route, l'un d'eux, malade, s'effondra à terre.

— Relève-toi vite, lui dit un de ses camarades, sinon ils vont te tuer.

Un des soldats avait déjà dégainé son revolver. Un second intervint et l'empêcha de tirer, il aida même l'otage à se relever et le soutint jusqu'à la ferme de Civray.

Les maquisards réussirent à évacuer la ferme encerclée sans qu'il y ait de victimes, malgré le feu des mitrailleuses et celui d'un canon de petit calibre placé à l'intersection du chemin de Civray et de celui de la Cordellerie. Tout le groupe se replia précipitamment vers le Fouzon bruissant qui coulait à quelques centaines de mètres en contrebas et le traversa en envoyant vers les berges herbues des gerbes liquides irisées d'arcs-en-ciel.

Les otages alignés devant une mare attendirent pendant une heure et demie que le gros de la troupe pourchassât les résistants en fuite. On les conduisit ensuite à la rivière où ils durent ramener par le gué les armes et les munitions du maquis cachées sur la rive opposée.

De retour à la ferme de Civray, les Allemands allumèrent un immense incendie aux quatre coins de l'exploitation qui brûla entièrement dans un craquement sinistre. Les otages furent obligés de capturer les animaux éparpillés aux alentours, chevaux affolés, moutons dodus, vaches meuglantes et de les faire monter dans les camions.

Peu après, vers huit heures du soir, l'armée allemande n'ayant pas subi de pertes, les otages furent libérés. Quand le fermier de Civray revint à la tombée de la nuit, il trouva les bâtiments finissant de brûler. Une jument était blessée, une vache tuée et une autre, devenue folle, n'était plus approchable.

A Champcol, les Allemands jetèrent des plaques incendiaires dans toutes les pièces de l'épicerie avant de l'arroser de pétrole. Les otages libérés et les autres habitants se précipitèrent avec des seaux d'eau pour tenter de prêter main forte aux pompiers de Selles qui arrivaient. Mais le chef du détachement allemand s'opposa à toute intervention.

— C'est ici la maison du maquis, déclara-t-il. Si vous éteignez le feu, nous reviendrons demain brûler tout le village.

La boutique s'écroula sous la langue affamée des flammes, acclamée par les Allemands qui contemplaient le spectacle avec des cris de joie obscène. La nuit tombait, bleue d'abord, auréolée à l'horizon par les brasiers rougeoyants du soleil couchant qui se mêlaient aux brasiers crépitants allumés par les hommes, puis de plus en plus sombre, de plus en plus lourde, un peu laiteuse sous l'éclosion des premières étoiles. Avant de partir dans leurs camions, les Allemands lâchèrent une rafale de mitraillette et deux coups de revolver sur Léon Tuvelo et un autre jeune homme de vingt ans qui s'écroulèrent, une balle dans la nuque.

L'expédition punitive était terminée.

Au passage à Selles, le chef allemand déclara sèchement au maire de la ville :

— Dites à la population que si, à l'avenir, un seul soldat allemand est tué ou blessé sur le territoire de votre commune, la ville de Selles sera entièrement rasée.

Tout comme les Sellois, Luce n'apprit les événements tragiques de Champcol que le lendemain. Elle en demeura pétrifiée de stupeur. Cela semblait impossible, comme une mauvaise fiction inventée pour terroriser les gens. Hélas elle n'était pas arrivée au bout de l'horreur. Un peu plus tard dans la journée, sa femme de ménage, écroulée sous les larmes, lui apprenait l'incendie et la destruction de la ville de Valencay.

— Mais enfin que s'est-il passé ? hurla Luce.

Elle voulait savoir. Mme Guilers s'essuya vigoureusement les yeux et commença son récit haletant, ponctué de reniflements sonores.

— Trois cents assaillants environ se répandirent dans les artères principales avec, visiblement, l'ordre de semer la terreur. C'était horrible, leur comportement fut celui de brutes avinées poussant des hurlements atroces. Un groupe s'engouffra dans les locaux de l'hôpital pour trouver le chef des résistants de Champcol qu'il supposait y être soigné après une chute de bicyclette au retour de la forêt de Gâtine, trois jours auparavant. Heureusement, une sœur soignante, voyant les Allemands s'approcher de la salle où se trouvaient les blessés du maquis, courut chercher un nouveau-né et se plaça à l'entrée de la pièce. Les soldats crurent que c'était la maternité et ils firent demi-tour sans perquisitionner dans les autres chambres. Ils se contentèrent d'inspecter les sous-sols et les abords des bâtiments en tirant dans tous les sens. Pendant ce temps, les autres sections mirent à sac et incendièrent la ville avec une sauvagerie calculée. Les employés de la Poste furent expulsés et parqués au fond de la cour, le feu mis à l'immeuble. Un homme de soixante-dix ans fut mitraillé devant sa porte. Place du champ de foire, le charron fut tué à son tour. Ensuite les Allemands entrèrent dans le bureau de tabac. Le buraliste n'ayant pas le tabac demandé se tourna vers sa réserve pour en chercher, les assaillants le virent et supposèrent qu'il tentait de s'enfuir. Ils l'abattirent sous les yeux de sa femme.

— Vous le connaissiez ?

— C'était mon cousin !

— Oh ! Je suis désolée.

— C'est à ces Allemands de malheur de l'être ! Partout ils ont enfoncé les portes et les fenêtres des boutiques et des habitations à coups de pieds et de crosses de fusils, ils ont pillé et défoncé les meubles. Puis, non contents du saccage, ils ont voulu tout détruire à l'aide de grenades, de plaques incendiaires et d'essence. Le centre de Valençay n'était plus qu'un immense brasier. Plusieurs dizaines d'immeubles flambaient, d'autant plus qu'il était interdit aux pompiers et à la population d'intervenir pour éteindre les foyers. Les Allemands ont même tué un employé des musées nationaux qui tentait d'ouvrir une bouche d'eau !

— Mais pourquoi ? Pourquoi ont-ils fait ça ? murmura Luce.

Il n'y avait pas de réponse réconfortante.

Pourtant les nouvelles du front étaient bonnes. Le 15 août, le jour-même où se déroulaient les représailles à Champcol, les Alliés débarquaient en Provence. Et comment imaginer que le lendemain, alors que Valençay brûlait, la ville de Blois, située à peine à cinquante kilomètres au nord, se libérait de l'occupation allemande ?

Edith arriva comme un tourbillon de joie, toute heureuse d'annoncer à sa sœur la libération de sa ville. Le chagrin morose de Luce l'étonna.

— Que se passe-t-il ? Est-ce que tu te rends compte de ce que je t'ai dit ? Blois est libérée, bientôt ce sera le tour de Paris et de la France entière.

— Ici, les Allemands sont toujours là.

— Ils vont partir, je te dis. De partout l'armée allemande fuit sur les routes en un immense exode, composé de trop jeunes ou de trop vieux et de blessés. Je les ai vus tirant des charrettes et des brouettes débordant de butin, de tableaux, de fauteuils, de malles.

— Tu oublies qu'avant de partir, ils se livrent à un affreux travail de représailles. Dans le troupeau des prisonniers, ils puisent des otages qu'ils rendent responsables de leur défaite, comme ils rendent responsables des coups que le maquis leur porte ces villages qu'ils massacrent et livrent aux flammes. As-tu su l'horreur d'Oradour-sur-Glane ? Mille deux cents personnes ont péri là-bas dans les souffrances

271

les plus atroces. Ils étaient mille deux cents, tu comprends !

— C'était un coup isolé cependant.

— Qui te dit qu'ils ne recommenceront pas ? La barbarie humaine a reculé toutes les limites et ce n'est pas fini. Ici on a eu Champcol, avec trois morts. Je ne vais quand même pas rire en précisant « trois morts seulement », pour te faire plaisir !

— Ne t'énerve pas. Je comprends ce que tu ressens.

— Le crois-tu vraiment ? Toi, tu rayonnes de joie parce que Blois est libérée. Moi je pleure parce que les Allemands sont toujours à Selles et que le massacre continue. La guerre n'est pas encore finie. De toute façon, tant que Raoul ne sera pas là, je pleurerai !

— Encore une fois tu ramènes tout à toi et à ton précieux mari. Est-ce que je pleure, moi, d'avoir perdu mon amant ?

Luce blêmit. Elle passa sa langue sur ses lèvres sèches et déglutit péniblement.

— Il est mort ?

— Il est mort pour moi, en tout cas, martela Edith.

— Que veux-tu dire ? Que s'est-il passé ?

— Je me suis affreusement trompée sur lui, voilà tout. J'ai fait l'idiote jusqu'au bout.

— Mais enfin, je ne comprends rien. On l'a tué ?

Edith ricana.

— Ca finira bien par lui arriver à ce nazi.

— Quoi ? Qu'est-ce que tu dis ?

— Tu as bien entendu. Mon cher Marcel Langlois était un nazi.

— Un Français nazi ?

— Qu'est-ce que tu crois ? Il n'y a pas besoin d'être Allemand pour vouloir le triomphe de la race aryenne et l'élimination des races soi-disant impures. Tu te souviens quand je t'avais dit qu'il me comparait à une Allemande, avec mes yeux bleus et mes cheveux blonds ? Je croyais qu'il plaisantait. Quelle gourde j'ai été ! J'ai fini par découvrir que grâce à son poste à la mairie, il avait aidé à la déportation de dizaines de juifs. Le travail dont il était si fier consistait en fait à recenser les différentes familles juives encore sur place à Blois et à les dénoncer.

Elle s'animait, son visage avait tourné au rouge sous le mépris qui l'accablait. Stupéfaite, Luce resta bouche bée pendant plusieurs secondes. Elle n'en croyait pas ses oreilles.

— Es-tu sûre qu'il ait vraiment fait cela ? demanda-t-elle.

— Il me l'a avoué lui-même en riant.

— Je n'arrive pas à le croire.

— Parce que j'ai pu aimer cette ordure ? Est-ce que tu parviens à croire à l'horreur d'Oradour dont tu me parlais tout à l'heure ? Tu vois bien qu'il y a des gens qui sont capables des pires monstruosités. J'espère que les Résistants lui feront la peau à ce salaud. Il ne mérite pas de vivre.

Luce ne trouvait pas les paroles pour réconforter son aînée. En existait-il d'ailleurs susceptibles d'effacer les crimes commis par les Allemands et leurs sinistres collaborateurs ? Effondrées, les deux femmes se serrèrent dans les bras l'une de l'autre, mêlant leurs larmes et leurs désillusions en une étreinte fraternelle qui avait la saveur de leur complicité joyeuse d'autrefois.

L'armée hitlérienne s'engouffrait pourtant vers la défaite. Le débarquement de Provence la contraignit à un repli précipité vers le nord. L'issue du conflit ne faisait plus aucun doute. Obligée de se battre sur tous les fronts, l'Allemagne, bombardée toutes les nuits par les forteresses volantes alliées, s'asphyxiait peu à peu.

— Les Alliés sont aux portes de Paris ! s'écria Edith quelques jours plus tard en brandissant le journal qu'elle venait d'acheter.

On était le mercredi 23 août.

— Ecoute ce qu'il en est :

« C'est évidemment le front de France qui retient aujourd'hui la plus grande part de nos préoccupations. La bataille de l'Ile-de-France s'achève par l'encerclement de Paris. Les Alliés sont aux portes même de la capitale. Ils ont franchi la Seine à Mantes et ont poussé au-delà, ainsi qu'entre Fontainebleau et Melun. En même temps, le front parisien s'organise, les FFI harcèlent sans cesse l'ennemi et lui infligent des pertes sérieuses. Des barricades se dressent pour interdire aux Allemands les principales artères de la capitale. »

— Où as-tu trouvé ce journal ?

— C'est ton collègue Lucien qui me l'a donné. Pourquoi ?

— Parce que depuis le début de l'occupation,

quand les journaux parlent de l'ennemi, ce sont les Alliés qui sont visés, à cause de la censure. Les journalistes parlaient de l'ennemi qui bataillait dans le Pacifique contre le Japon, de l'ennemi qui débarquait en Afrique du Nord. L'ennemi à écraser, c'était l'Angleterre ! Toute la presse collaborait avec les Allemands. Montre-moi ce journal. Le Parisien libéré ! Ce qui est écrit est donc fiable ? Comment Lucien se l'est-il procuré ?

— Je l'ignore. Je te lis la suite de l'article ?

— Oui, vas-y.

— « Sur le front de Normandie, les Alliés ont occupé Cabourg, Deauville, Dozulé, Houlgate, Lisieux. Pendant que la réduction de la poche de Falaise se poursuit méthodiquement, les Alliés y faisant de nombreux prisonniers, les forces américaines ont lancé une puissante offensive le long de la rive gauche de la Seine en direction de la mer, en vue d'anéantir les débris de la VIIe armée qui ont réussi à s'échapper, et qui essaient, sans grand succès, de passer le fleuve. »

— Et pour chez nous ?

— « Plus au sud, les troupes américaines qui avaient franchi la Loire ont atteint la région d'Angoulême et d'autres troupes, Sens, à cent douze kilomètres au nord-est d'Orléans.

Dans le sud de la France, les armées alliées progressent rapidement. Marseille est sur le point d'être atteint. Aix-en-Provence est occupé. Les forces alliées poussent rapidement leur avance en direction d'Avignon et du Rhône. Pendant ce temps, le grand port de Toulon est complètement encerclé et des

275

unités françaises, entrées dans la place, ne sont plus qu'à un kilomètre de la rade.

Enfin, dans toute la France, et pour aider puissamment à la victoire commune, les FFI poursuivent leurs actions d'éclat. La région de Lyon, celle de Limoges, passent maintenant sous le contrôle de nos camarades de combat, après de nombreux autres points du territoire. Une chaîne ininterrompue relie maintenant la région d'Orléans aux Pyrénées, aux Alpes et à la Méditerranée.

Sur le front de l'Est, l'armée soviétique attaque toujours dans le secteur de Riga, dans celui de Varsovie où l'armée du général Rokossovsky progresse à nouveau en direction du nord-ouest, et vise à lointaine échéance la région de Dantzig.

En Roumanie, Jassy tombe et le front allemand est enfoncé sur une longueur de cent trente kilomètres.

Sur le front méditerranéen, l'ennemi recule toujours et Florence est largement dépassée. »

Un article d'un autre ordre attira l'attention de Luce qui pointa son doigt sur le titre étrange : « Des têtes carrées aux têtes rasées ».

« Les Norvégiens, pendant l'occupation de leur patrie par les Allemands » lut-elle lentement, *« corrigeaient à leur manière les quelques jeunes filles norvégiennes qui se montraient dans les rues d'Oslo en compagnie des soldats d'occupation : on arrêtait la mauvaise patriote, on la déculottait en pleine rue... Et quelques minutes plus tard, devant*

276

chez elle, en haut de ce long mât planté devant chaque maison norvégienne et où avait flotté naguère le drapeau norvégien, se balançait la culotte en question marquée du sceau infamant de la croix gammée... Pas méchant et plein d'humour !

Les Parisiens, eux aussi, ont donné leur châtiment aux femmes indignes.

Hier soir, vers vingt heures, le quartier des Halles a été égayé par deux personnages de carnaval qui défilaient dans les rues : il s'agissait d'une pillarde et d'une « collaboratrice ». Toutes deux avaient une coiffure inédite, « à l'allemande », c'est-à-dire le crâne entièrement rasé. La pillarde portait dans le dos un immense écriteau. La figure de la collaboratrice s'ornait d'immenses croix gammées dessinées au rouge à lèvres. Et les huées des passants, massés sur leur passage, ont dû leur faire comprendre que le temps des « reprises individuelles », dans lesquelles s'étaient si bien spécialisées la Milice et la Gestapo, tout comme celui de la dictature de la « race des seigneurs », était passé. »

— Quelle horreur ! s'indigna Edith.

— Bah ! Les cheveux, ça repousse. Au moins elles ne sont pas défigurées ni même blessées.

— Quoi ? Tu approuves qu'on les tonde pour l'unique raison qu'elles se sont compromises avec les Allemands ?

— Elles ont trahi leur pays ! Je vais te dire, je n'ai rien contre les soldats allemands qui ne font que leur devoir. Par contre, je hais ceux qui les aident, ceux qui dénoncent et sont assez lâches pour envoyer des lettres anonymes, ceux qui collaborent avec l'occupant de manière insensée. Je les hais ! Qu'ils soient punis !

— Punis pour quoi ? Peut-être ces femmes tondues ne sont-elles coupables que d'avoir répondu à un Allemand qui demandait son chemin ? Peut-être les a-t-on dénoncées par calomnie ? Ne crois-tu pas que tu pourrais toi-même être soupçonnée puisque tu as hébergé des Allemands chez toi ?

— Je n'ai pas eu le choix ! Ils ont réquisitionné la maison puis l'école ! D'ailleurs je leur ai à peine parlé.

— Il suffit d'une fois, ou alors un jaloux ou un calomniateur invente n'importe quoi et te dénonce. Les gens compromis par la collaboration, il faut les juger et non pas se livrer sauvagement à des règlements de compte sordides et précipités. As-tu pensé à mademoiselle Mandrin ? Que lui arrivera-t-il si on découvre sa liaison avec le docteur Correl ?

— Il n'a pas collaboré. Il a peur des communistes, c'est tout.

— Il sera peut-être dénoncé, et mademoiselle Mandrin avec. Aimerais-tu la voir tondue, même si tu considères que la punition n'est pas bien grave ?

— Non, non, arrête ! hurla Luce. J'en ai marre de tout ça. Je veux que ça s'arrête.

— Tu rêves !

Le docteur Correl s'était heureusement engagé après le débarquement des Alliés dans le bataillon des FFI du secteur. Par cette sage décision, il sauva sa peau et devint même un héros de la dernière heure.

278

La commune de Selles ne connut pas les affres de l'épuration à laquelle se livraient avec furie les Parisiens. C'était une petite ville plutôt tranquille. Si on compta quelques exécutions, il s'agissait pour la plupart de règlements de compte portant sur de vieilles dettes, des idées de vengeance. Mademoiselle Mandrin ne fut jamais inquiétée.

Edith repartit quelques jours plus tard pour Blois, elle ne vit pas les flammes monter du Berquin, un des hameaux de Selles. On était le 31 août.

De la fenêtre de sa chambre à l'école de filles, Luce contempla le spectacle, Claudine aussi regardait, sans comprendre ce qui se passait. Qu'est-ce qui brûlait au Berquin ?

— Dis maman, est-ce qu'on va mourir ?

— Mais non, ce n'est qu'un incendie.

L'arrivée de Lucien Auzat, le visage livide, les yeux hagards, expliqua tout.

— On avait appris le 30 août qu'une colonne américaine venant de Blois se présenterait au pont de Selles/Cher, ce même jour, à partir de minuit. Notre groupe était chargé de jalonner sa progression jusqu'à Levroux. Un comité d'accueil s'installa à la Collinière. La matinée se passa sans qu'aucun Américain ne soit en vue. Mais vers 13 heures, on aperçut un important convoi allemand qui remontait par la route de Meusnes. Quand les deux voitures de reconnaissance apparurent à l'entrée du hameau, certains maquisards ouvrirent le feu. Les véhicules s'embrasèrent aussitôt, plusieurs de leurs occupants furent tués ou blessés, les autres se sauvèrent vers le bas du Berquin, à travers les jardins et les champs et prévinrent les éléments de tête du convoi.

— Pourquoi avez-vous tiré sur les voitures ? Si j'ai bien compris, il s'agissait d'un convoi en retraite. Alors pourquoi leur tirer dessus ? Vous deviez bien vous attendre à des représailles ?

— Je ne sais pas ce qui a pris aux gars. Ils ont dû voir ces deux véhicules comme une proie facile, je suppose.

— Ils avaient envie de tuer, oui !

— De tuer des envahisseurs qui nous opprimrent depuis des années, eh bien oui, je l'avoue, ils n'ont pas pu résister, et je peux les comprendre. Quoi qu'il en soit, les Allemands, furieux, ont envahi le village, tirant au hasard, tuant deux paisibles habitants, dont l'un carbonisé dans sa maison à laquelle les Allemands avaient mis le feu. Ceux-ci d'ailleurs avaient interdit à la famille d'en retirer le corps.

— Bien sûr, des innocents ! Te rends-tu compte que ton groupe est responsable de ces assassinats, par son attaque imbécile !

— N'exagérons rien. Ce sont les Allemands qui ont mis le feu !

— Evidemment ! Puisqu'on leur a massacré leur avant-garde ! Ils n'allaient pas se laisser tuer sans réagir. Après toutes ces années d'horreur, je ne comprends pas que tu sois aussi naïf. Que s'est-il passé ensuite ?

— D'autres maisons ont brûlé.

— On a vu les flammes de ma fenêtre.

— Comment ? Tu as montré le feu à Claudine ?

Pourquoi ?

Luce haussa tristement les épaules.

— Pourquoi ? Je l'ignore. Je sais que c'est un spectacle terrifiant, surtout pour une enfant de cinq ans et demi. Mais c'est la guerre et depuis trop d'années, nous vivons dans cette atmosphère de cruauté.

— Heureusement que tu n'as vu que les flammes. Je tremble encore en pensant à ce qui aurait pu arriver. Une fois les Allemands partis du Berquin, il semblait que le calme était rétabli, les secours s'organisaient avec l'entrée en action des services sanitaires, des pompiers de Selles et l'arrivée des trois médecins de la ville. Dès l'accalmie de la fusillade, on avait secouru les premiers blessés du maquis tombés dans les vignes. Hélas, vers 1 heure du matin, une autre colonne en retraite est passée sur la route et a vu les deux voitures incendiées et les tâches de sang. Des soldats se détachèrent, défoncèrent les portes et envahirent les maisons. Sans explication ils prirent les hommes au lit et les rassemblèrent, à peine habillés. Un sous-officier se présenta chez Jules Thomet et lui arracha le pansement qu'il avait à la jambe en criant :

« Vous, terroriste ! Levez-vous…Raus ! »

Son fils, âgé de quinze ans, fut aussi emmené. En tout, six hommes furent réunis et placés au milieu de la colonne. Chacun est gardé par deux soldats qui, à coup de pied et de crosse, les fait marcher. Gare à celui qui perd ses sabots, il doit continuer la route pieds nus. Et quelle route ! Quand les chevaux trottent, il faut courir, on leur fait faire trois kilomètres les mains en l'air et au pas de gymnastique. Les Allemands rigolent. Six fois en douze heures, ils sont arrêtés, collés contre un mur avec un revolver dans les reins et un autre sous le nez. Puis la colonne repart. Enfin elle arrive au château de Vareth, dans la commune de Saint-Julien-sur-Cher. Les otages ont parcouru dix-huit kilomètres. On les amène devant un général qui les interroge sévèrement pendant trois longues heures. Comme les Allemands n'avaient rien à leur reprocher, ils leur rendirent leurs papiers et les relâchèrent. Partis à une heure, les malheureux ne retrouvèrent leur famille qu'à dix-neuf heures, après avoir parcouru trente-six kilomètres, la peur au ventre. Mais ils étaient vivants.

— Lucien, quand donc tout cela finira-t-il ?

Lucien n'eut cette fois pas le courage de répondre que ce serait bientôt fini.

Chapitre 20

Le 4 septembre, les FFI occupèrent Selles/Cher, les Allemands avaient fui. Dans les rues de la ville libérée, les habitants criaient, chantaient la Marseillaise tout en pleurant de joie. Ils jetèrent à terre les drapeaux à croix gammée oubliés par les vaincus et brandirent à la place des drapeaux tricolores qui illuminèrent bientôt toutes les fenêtres. Luce laissa au grenier le drapeau américain si patiemment confectionné, aucune colonne ne s'étant présentée pour dégager la ville.

Les compagnies du deuxième bataillon FFI du Nord-Indre/Vallée du Cher défilèrent dans Selles en liesse le 17 septembre 1944. A leur côté souriaient plusieurs tireurs sénégalais. Qu'ils étaient fiers ces hommes avec leur chemise claire, les manches relevées au coude et la cravate noire, la tête nue ou coiffée d'un béret. On les ovationnait, on leur jetait des fleurs et des baisers. Les cloches sonnèrent violemment, comme partout en France dans cet été de la libération.

La guerre continuait cependant. Les troupes

alliées venues de Normandie et de Provence avaient effectué leur jonction en Bourgogne le 12 septembre. Le 19 septembre, d'importantes forces aéroportées alliées débarquèrent en Hollande de part et d'autre de la Meuse et du Rhin. Simultanément, le général Montgomery attaquait sur la frontière belgo-hollandaise.

Le but du haut commandement allié était double. Il s'agissait d'une part, de faire sauter le verrou défensif établi par les Allemands sur les voies d'eau au nord de la Belgique et de franchir rapidement la région des bouches du Rhin. D'autre part, de porter immédiatement la bataille dans la région de la frontière germano-hollandaise, au nord du Rhin et de Nimègue, de manière à tourner la ligne Siegfried vers le nord.

En novembre, après la libération de Strasbourg, les Allemands ne contrôlaient plus en France que quelques poches sur les côtes atlantiques, Dunkerque et Colmar. Le grand Reich hitlérien s'effondrait peu à peu. Mais au prix de quels massacres !

Lucien Auzat, qui avait quitté les FFI pour rejoindre l'armée du général Leclerc, avait l'impression de s'enfoncer dans un enfer toujours plus sinistre sur cette route qui constituait l'un des verrous de la porte de sortie allemande. Il fallait la contrôler. Les forces meurtrières s'étaient déchaînées.

Le champ de bataille engloba un triangle de prés, de vallonnements et de bois flanqué de trois villages. La division Leclerc vécut là une des journées les plus animées depuis le débarquement. Sur les collines dominant les maisons avaient pris pied les éléments d'une brigade. Partout l'ennemi était bien installé, ses batteries antichars correctement disposées, ses chars bien camouflés, prêts à exploiter toute imprudence.

Dès le matin, l'aviation de soutien américaine commença ses rondes mortelles, cependant que les chars français cherchaient à provoquer des sorties de l'ennemi, à le forcer à se révéler et à se découvrir, et que les « piper cubs », ces petits taxis aériens de repérage, faisaient leur besogne pour permettre à l'artillerie d'ajuster son tir.

Vers midi, le combat était engagé à fond. Dans le ciel, c'était une sorte de carrousel des avions américains décrivant un cercle parfait, plongeant tour à tour à vingt mètres sur les objectifs, régulièrement, impeccablement, comme à l'exercice. De derrière Lucien, l'artillerie française tirait avec une précision croissante sur les batteries fixes de l'ennemi. Devant lui et à sa gauche, les chars attaquaient sans répit, et les 76,2 des fusiliers-marins chasseurs de chars immobilisaient l'une après l'autre les contre-attaques ou les tentatives d'infiltration de l'ennemi. De l'auto-mitrailleuse où Lucien se trouvait, la voix du radio annonçait de temps à autre, avec ces variations de ton inimitables du français :

« Panther allemand détruit… Un obusier bousille un Mark III spécial… Infiltration de chars allemands à notre gauche… »

Au-dessus, les tirs d'artillerie se croisent, le tir français s'accentue, s'accélère. L'allemand baisse de ton. Dans la vallée, les fumées noires ou grises montent. Chaque volute vaut un touché de duelliste. Peu à peu, la colonne dont fait partie Lucien avance, par le flanc nord. Elle ne rencontre aucune résistance ni d'obstacle sérieux sur sa route. L'ennemi se replie, harcelé par un tir d'artillerie assourdissant.

Le lendemain, dès l'aube, les Français poursuivent les débris de l'ennemi qui s'enfuit, se morcelle, s'éloigne avec ses tronçons, pour les réunir, à quelques kilomètres plus loin, çà et là, à d'autres forces embusquées sur cette route qu'il avait mission de défendre. Le champ de bataille n'est plus qu'un immense cimetière de chars. Sous ces pommiers, des chars allemands. Contre cette haie chantante d'aubépines, d'autres chars allemands qui pleurent leurs tourelles arrachées. Au bord de cette route, un autre char avec son canon de 88 prêt à la prendre en enfilade, surpris par la mort dans sa posture de combat, déjà aussi figé, aussi béant qu'une monstrueuse coquille d'huître. Il y en a soixante-cinq, soixante-cinq Panthers, brisés, rompus, calcinés dans leur élan. Soixante-cinq Panthers, partis à l'assaut des points d'appui français ou embusqués pour barrer la route aux blindés du général Leclerc.

Ici et là, des soldats américains regardent, tournent et retournent un casque allemand entre leurs mains, prennent une photo et remontent dans leur Jeep. Et déjà, comme en 1919, en Picardie ou dans les Flandres, des enfants du village jouent sur les décombres avec un mélange d'insouciance fureteuse et de retenue. Le champ de bataille devient leur terrain de jeux de prédilection.

Pendant que la division Leclerc progressait vers

l'est, le bataillon de Lucien recula jusqu'à Saint-Etienne-de-Montluc où les Allemands tenaient encore une poche le long de la côte atlantique. Dans le lointain on ne voyait que le vaste paysage désert de l'estuaire noyé de pluie. Une impression de mort s'appesantissait, l'idée d'une terre aride accablée par la guerre. Sur la route passaient des visages inquiets de paysans qui ne comprenaient pas la malédiction de leur sol.

Lucien rejoignit des soldats qui montaient vers les avant-postes, leurs vêtements étaient trempés. Ces hommes des 5è et 6è bataillons FFI étaient en lignes depuis le 12 août et n'avaient été relevés qu'une fois, pour quarante-huit heures.

Ils avancèrent sur un terrain coupé de pièges, les fameux « piéjac ». Qui chute dans un fil de fer d'aspect innocent traîne derrière lui une petite charge d'explosif… Plus loin, la route était également coupée de fils tendus où étaient suspendues des boîtes de conserve. La nuit, les bottes des patrouilleurs allemands accrochaient les boîtes de conserve et donnaient le signal du feu d'artifice.

Le chemin très vite devint un bourbier, où les compagnons de Lucien s'enfonçaient les uns après les autres, silencieusement, précédés par le capitaine parachutiste athlétique qui commandait le 6è bataillon. La pluie ruisselait sur les visages. De temps en temps, leurs yeux fixaient la ligne de l'estuaire au-delà des prés immenses. Ils entendaient mugir les bœufs gavés d'herbe mouillée.

Dans cette étrange atmosphère faite de silence et de boue, le crépitement d'une mitrailleuse allemande était un soulagement. Il donnait brusquement un sens à la présence de ces hommes qui hantaient une campagne morte.

— Enfin, un peu de bruit, dit un officier. Ca réveille. C'est très mauvais de s'endormir dans un bain.

Naturellement les mitrailleuses françaises répondirent. Mais le tir s'arrêta rapidement. On économisait les rares munitions. Au moment où les hommes débouchaient sur les postes de guetteurs, l'artillerie américaine d'appui se fit entendre. A quelques kilomètres en arrière des lignes, les batteries alliées envoyaient de temps à autre un obus sur la forteresse de Saint-Nazaire.

Soudain, dans la prairie inondée, derrière un poste de guet creusé dans la terre et recouvert de branchages, un homme surgit devant Lucien et se mit au garde-à-vous devant le chef de l'escorte. L'homme portait un uniforme allemand, une vareuse de drap bleu marine épais ornée de boutons dorés où l'on voyait l'ancre de la marine de guerre du Reich. Sur la manche, un galon de sous-lieutenant.

— Ce sont des prises de guerre, expliqua-t-il. Ces vareuses viennent de Brest. Elles protègent bien de la pluie. Je me demande bien ce que nous mettrions si nous ne les avions pas. D'ailleurs nos hommes en sont très amateurs, vous allez le voir.

En effet, derrière les haies, des hommes étaient là, devant leur casemate de branchages et de chaume. Un grand nombre portait la même vareuse bleue que leur lieutenant et la plupart n'avait pour armes que celles prises aux Allemands.

— Pour les vêtements, ce n'est pas gênant, dit un homme. Mais pour les armes, c'est moins drôle. On ne peut pas facilement se ravitailler en chargeurs de mitrailleuses allemands. Il faut aller chercher de l'autre côté.

Il montra du menton à Lucien la ligne d'arbres dans la prairie où les postes allemands étaient installés.

— En somme, ajouta-t-il avec philosophie, nous sommes vêtus et armés par les Allemands, nourris par les Américains et nous combattons sur le sol de France.

Lucien sourit tristement. A sa droite, sur le terrain où claquaient des coups de feu, il aperçut une pointe tenue par une section nord-africaine. Ces hommes grelottaient dans des trous, où ils veillaient nuit et jour appuyés sur leurs mitrailleuses. Aucun ne se plaignait. La seule chose qu'ils réclamaient, c'était du tabac. Les hommes qui sont en ligne fument beaucoup.

— Ici, en principe, on a droit à deux paquets de cigarettes et trois paquets de tabac par quinzaine, expliqua-t-on à Lucien. Mais le tabac a souvent du retard. C'est très dur de tenir dans ces conditions.

Le long d'une haie, à la limite du no man's land, une table et un vieux bahut sont installés. Un soldat fait la popote en plein air et mêle les produits américains, conserves, biscuits, chocolat, pain de riz blanc et doux aux produits que les paysans veulent bien leur vendre : un peu de viande, des légumes et des fruits. A l'entrée de leurs abris, les Nord-Africains ont mis dans un couffin les pommes et les

289

raisins dorés de l'automne.

Ils attendent tandis que la pluie tombe avec acharnement sur les tôles de l'abri de guet. Ils attendent les chars qu'on leur a promis, les fossés pour les abriter sont déjà construits. Ils n'ont pas de canon.

Ils attendent les coups. Lucien se met à l'unisson. Le cœur déchiré, il a soudain l'impression que la France l'a oublié, lui et ses camarades.

La guerre continuait, sauvage, implacable. Les heures de liesse de la libération furent brèves, d'autant plus que le départ de l'occupant n'avait pas fait disparaître les restrictions. Les cartes d'alimentation s'imposaient avec autant de rigueur, les stocks étaient pratiquement nuls. La ration de beurre fut portée à 350g par personne. Quant au pain, il devint un peu moins gris, avec un taux de blutage ramené à 85%.

Surtout il y avait les absents. On pouvait lire dans le journal les listes des morts de la Résistance et des FFI blessés au combat. Il y avait les engagés qui combattaient avec le général Eisenhower pour « *détruire la tyrannie nazie de ses racines et ses rameaux afin que les peuples d'Europe renaissent de la liberté* ». Le Commandant suprême des forces expéditionnaires alliées avait certes rendu un brillant hommage au « *courage* » et à « *l'immense sacrifice des Français qui ont combattu sous l'étendard de la Résistance et ont contribué au succès de nos armes* ». C'était très glorifiant mais peu apte à réconforter des esprits écrasés par la peur et l'absence d'êtres chers. Comment oublier que là-bas les soldats vivaient en enfer ? Que devenaient les requis du STO ? N'allaient-ils pas périr sous les bombes qui pleuvaient sur l'Allemagne ?

Et les prisonniers, les grands absents de ces cinq années de guerre ? On sentait confusément qu'ils vivraient encore un hiver outre-Rhin, derrière les barbelés. Les Alliés n'avançaient pas assez vite.

Ils ne pouvaient faire plus. Les Allemands se débattaient comme des furies pour reculer encore de quelques mois leur défaite. Le 16 décembre, ils lancèrent une contre-offensive désespérée dans les Ardennes. C'était le dernier coup de dés d'Hitler. L'armée du Reich réussit à percer les lignes américaines et menacèrent Anvers.

— Non ! hurla Luce. Ce n'est pas possible ! Pourquoi ? Mais pourquoi dans les Ardennes ? Ca recommence comme en 1940 ! Je te dis qu'on n'en sortira jamais !

— Ils sont fichus de toute façon, répondit calmement mademoiselle Mandrin. Leur poussée ne servira à rien de plus qu'à augmenter le nombre de morts. Quelle folie !

— N'y a-t-il donc pas déjà eu assez de massacres ?

— Hitler est complètement fou.

— C'est fini, jamais je ne reverrai Raoul.

Luce glissa lentement par terre sous les yeux ébahis de son amie. Sa tête en tombant heurta la table. Le sang gicla, un sang rouge, épais, poisseux, le même que celui déjà versé par des millions d'hommes engagés dans la bataille.

— Quelle folie ! répéta la directrice.

Elle attrapa Luce évanouie par les épaules et l'assit sur une chaise. Son visage était livide, ses lèvres douloureusement pincées. Elle bassina ses tempes avec de l'eau fraîche tout en lui murmurant des mots réconfortants.

— On va gagner… Ce n'est qu'une question de semaines tout au plus… le pacte franco-soviétique signé… un traité de paix…

Luce ouvrit des yeux durs. Mademoiselle Mandrin recula, épouvantée. Luce ne pleurait pas, à bout de tristesse. C'était pire, elle paraissait désespérée, incontrôlable. La folie n'était pas loin.

— Tu viens de parler d'un pacte franco-soviétique ? murmura-t-elle doucement d'une voix étrangement atone.

— Oui, celui du 10 décembre où Staline s'est empressé de passer contact avec de Gaulle. Par cet acte solennel, la France et l'URSS affirment leur ferme volonté d'aller jusqu'au bout de la guerre, jusqu'à l'écrasement de l'armée allemande, et d'y aller ensemble, toutes leurs forces unies, indissolublement. C'est un instrument de guerre, d'accord, rédigé pour la guerre et dirigé contre l'Allemagne, mais c'est aussi un instrument de paix puisque le traité prévoit les mesures à prendre pour la mettre hors d'état de refaire la guerre. Veux-tu que je te lise les points importants du pacte ? Oui, ça te fera du bien.

Sans attendre la réponse de Luce, elle ouvrit le journal et parla précipitamment pour que Luce n'ait pas le temps de lui couper la parole.

— « *Numéro un : Aide et assistance dans la lutte contre l'Allemagne jusqu'à la victoire finale. Numéro deux : Pas de négociations séparées avec l'Allemagne. Pas d'armistice ou de paix avec le gouvernement hitlérien ou avec tout autre gouvernement allemand. Numéro trois: Elimination de toute nouvelle menace. Numéro quatre : Solidarité des deux pays au cas où l'un des deux serait impliqué dans des hostilités. Numéro cinq : Pas d'alliance ni de participation à une coalition dirigée contre l'un des deux pays signataires. Numéro six : assistance économique après la guerre pour la reconstruction des deux pays. Numéro sept… »*

— Ca va, ça va, réussit à crier Luce. J'ai déjà lu l'article. Le pacte dure vingt ans et est renouvelé automatiquement à moins d'un préavis d'un an. C'est bien ça ? Ai-je bien retenu la leçon ?

Mademoiselle Mandrin haussa les épaules sans répondre.

— Je me moque de ce pacte, même s'il est important pour la France, reprit Luce. Le problème immédiat, c'est la victoire. Hitler est une bête enragée qu'il faut à tout prix détruire avant qu'il ne fasse encore plus de mal ou avant de songer à une quelconque reconstruction. Comment serait-elle possible tant que la paix n'est pas signée définitivement ?

Si Luce, campée dans son chagrin, ne voulait pas entendre parler de reconstruction, certains Français y songeaient ardemment. Seulement, pour reconstruire, il fallait de l'argent. Où le trouver dans ce pays ruiné ? Le gouvernement décida d'établir une loi sur l'accroissement du capital afin de récupérer les précieuses pièces qui ne se trouvaient plus dans ses coffres.

Le 22 décembre 1944, le ministre des Finances fit devant le micro une allocution qui surprit beaucoup de monde :

« Si le patrimoine de mai 1940 n'a pas changé, aucun impôt spécial n'est applicable. Mais s'il a changé dans sa valeur effective, la différence doit revenir au pays. Un accroissement de 50 000F est exonéré, de même qu'un accroissement de 3% des revenus déclarés. Entre 50 000 et 500 000F, il est frappé suivant une échelle progressive allant de 70 à 100%. Au-dessus de 500 000F, l'augmentation du patrimoine fera retour à l'Etat. Ce n'est que justice...

Je connais les critiques : « Ce que nous voulons, c'est qu'on punisse les profiteurs de guerre, les gros, les têtes et qu'il soit fait une distinction entre eux et les honnêtes gens qui se sont enrichis pendant la guerre sans nuire en rien à la cause de la guerre ». *Puis-je leur dire de rengainer leur indignation ? Elle porte à faux. S'il y a des coupables, la Justice y veillera avec toute la rigueur souhaitable. Personne ne peut dire que l'assainissement moral n'aura pas lieu et que les coupables ne seront pas atteints. Or l'assainissement moral ne se conçoit pas sans assainissement monétaire. Commencé le 7 octobre, l'assainissement monétaire ne peut être achevé que par l'application d'un impôt massif. C'est pour cette* raison que la loi est intitulée : *Impôt extraordinaire sur l'accroissement du patrimoine…*

Beaucoup de gens, je le vois chaque jour, raisonnent comme il y a cinq ans, comme si la guerre n'avait pas eu lieu. Elle a été un désastre national et ces gens ne s'aperçoivent pas de ce que la guerre a été et est encore pour notre pays. Mais la guerre est une parenthèse, et pour guérir le mal qui a été fait, des remèdes nouveaux sont nécessaires. Quand un projet est juste et nécessaire, il doit se faire ».

C'était là un cadeau de Noël dur à avaler pour les profiteurs de guerre. Encore fallait-il qu'il se mette en place efficacement. Qui saurait d'ailleurs exactement les sommes gagnées au marché noir ?

Pendant ce temps, quelque part dans un hôpital de Blois, une jeune Française mutilée aux jambes par une mine allemande recevait de la part de trois soldats américains des pommes, un bouquet de fleurs et un peu de lait condensé, pour un Noël modeste et hautement fraternel.

A l'heure où les enrichis des détresses s'offraient des réveillons à 3000F par tête et projetaient de rééditer leur coup pour le nouvel an, quand des millions de sinistrés français sans feu, sans vêtements, sans maison, couchaient sur le sol gelé, alors que la Belgique, terre du martyre, connaissait à nouveau la botte et les atrocités teutonnes, tandis que des milliers de prisonniers tremblaient de froid, de faim et de tristesse, derrière les barbelés ennemis, ce geste de simples soldats américains au chevet d'une femme mutilée prenait une valeur d'émouvant symbole et de protestation profonde. C'était une image spontanée de rires dominant la douleur, comme une vision confiante de l'avenir.

Chapitre 21

A partir du 15 janvier 1945, les Allemands se replièrent, assourdis de coups, et retrouvèrent les positions du mois de décembre, avant l'offensive des Ardennes. L'armée allemande comptait vingt-quatre mille tués contre huit mille pour les Américains. Hitler avait joué et perdu. L'échec des Ardennes précipita l'effondrement allemand à l'est où le général Guderian se retrouva privé de matériel et de troupes. Elles lui firent cruellement défaut lorsque les armées de Koniev s'élancèrent vers Czestochowa et Cracovie, donnant le signal de la curée.

Le 14 février, Budapest était nettoyée du dernier Allemand. Bilan : quarante-neuf mille morts et cent-dix mille prisonniers. Ainsi s'écroulait un bastion nazi dont Hitler attendait beaucoup.

On s'acheminait progressivement vers la fin. A Yalta, petite station balnéaire de la Mer Noire située sur la côte orientale de la Crimée, à mille cinq cents kilomètres de Moscou, les Alliés se réunirent pour écourter la guerre en établissant une coopération très étroite entre les états-majors des trois armées. Le but était de porter de nouveaux et puissants coups au cœur de l'Allemagne, de l'est, de l'ouest, du nord et du sud. Il s'agissait ensuite d'organiser l'occupation et l'administration de l'Allemagne, de la désarmer définitivement et d'éliminer ou de contrôler son industrie de guerre, afin qu'elle ne puisse plus jamais troubler la paix du monde. Cette fois, l'Allemagne nazie était bien perdue. La Pologne de son côté se retrouvait sacrifiée à l'appétit de l'ogre russe.

Voilà ce que décidaient les gouvernements. Quant aux prisonniers, on ne parlait pas d'eux.

Raoul ne revenait toujours pas. Luce fit envoyer par la Croix Rouge de Paris un message pour le rassurer sur son état et sur celui de Claudine. Elle avait repris espoir depuis la fin de la bataille dans les Ardennes mais le triste sort de Raoul l'inquiétait. Elle ne supportait plus d'attendre, encore et toujours. C'était trop long. Bientôt six ans qu'il était parti ! Quand donc les Alliés arriveraient-ils à Berlin et le délivreraient-ils ?

Elle reçut une lettre de son mari dans les derniers jours de février.

« 14 janvier 45. Ma chérie, je ne veux pas penser à ce que peut être demain. D'ailleurs ici, je ne connais pas de demain, il y a seulement la captivité. Demain c'est une autre vie, un autre lieu, c'est toi, Claudine, c'est chez nous. C'est pour le vivre un jour que je patiente, que j'espère, que je ne veux pas me soucier du présent, une fois ma tâche accomplie. Heureux quand même malgré ce fossé de six ans dans nos vies si ce demain est bientôt. Ma chérie,

j'attends tous les jours des nouvelles de toi, de Claudine, des parents. Pauvres chers vieux parents, combien de soucis et d'angoisses n'ont-ils pas dû endurer à notre sujet, au mien. Cinq années me séparent d'eux, à leur âge, c'est beaucoup. Comment vais-je les retrouver à mon retour ? Ont-ils beaucoup vieilli ? Tu ne t'imagines pas combien je me sens redevable à leur égard, non pas par remords d'avoir simplement vécu en enfant ingrat, comme à cet âge on fait tous (Claudine et peut-être les autres me le feront payer en temps voulu) mais surtout d'avoir été bridé par le destin et éloigné d'eux et de n'avoir pas pu être à l'âge mûr le soutien, le réconfort, enfin le fils prévenant que j'aurais eu plaisir à être et que surtout ils méritaient d'avoir, au titre simplement de bons parents qu'ils ont su être. Dis-leur combien je pense à eux dans tes lettres et au cours de tes visites. Continue d'être l'interprète de mes sentiments auprès de tous ceux qui nous sont chers. Je te serre dans mes bras. Je t'aime. »

Ce fut la dernière lettre de Raoul que Luce reçut depuis le Stalag III B.

De Gaston non plus elle avait peu de nouvelles. Elle savait simplement que les Alliés approchaient de Düsseldorf, que tous les jours ils libéraient des prisonniers.

Le 15 mars l'assistante sociale qui s'occupait de la Croix Rouge lui apporta un télégramme :

« *12 JANVIER 1945*
SITUATION SANS CHANGEMENT. HIVER

SUPPORTABLE POUR MOI QUI SUIS BUREAUCRATE.

SANTE, MORAL ET SURTOUT PATIENCE SOLIDES. AMITIES AUX AMIS ET COLLEGUES.

AFFECTUEUX BAISERS A TOUS ».

Un message de Gaston ! Enfin.

Vite Luce écrivit à ses parents et courut à la poste. C'était si bon cette joie d'apporter des nouvelles réjouissantes.

« Mon petit papa, ma petite maman

Je viens de vous expédier un télégramme. J'ai préféré vous l'envoyer car pour téléphoner il fallait un avis d'appel, maman ne se serait peut-être pas trouvée à la maison et il aurait fallu attendre la communication pendant des heures. Je suis si heureuse, je vous assure j'en saute de joie comme une vraie gosse.

Evidemment ce sont des nouvelles fraîches de deux mois, mais c'est mieux que rien, il s'en est tiré jusque là, il s'en tirera bien jusqu'au bout. Peut-être même nous arrivera-t-il bientôt. Espoir, espoir, ce message me redonne beaucoup d'espérance en des jours meilleurs. D'ailleurs il est arrivé plusieurs ouvriers ces jours derniers à Romorantin, libérés par les Américains. Et ce soir Claudine est invitée à un goûter donné aux enfants des prisonniers, ouvriers et déportés pour l'inauguration de la maison d'accueil pour ces derniers. Ce matin encore à la TSF on a fait l'éloge des ouvriers qui étaient de vrais patriotes. Il y avait au micro un prisonnier évadé grâce à la

300

complicité des ouvriers. Cela fait plaisir, tant d'imbéciles les prennent pour des lâches. La plupart pourtant en auront fait plus que des « camouflés », je ne dis pas combattants.

Encore une fois je suis heureuse, heureuse…»

Les villages se mobilisaient pour venir en aide à leurs hommes de retour de guerre. A Selles une maison d'accueil avait donc été ouverte. A Romorantin l'usine Normand distribua de la laine aux prisonniers et aux requis. Luce put en obtenir pour Raoul et Gaston, dix écheveaux de cent grammes en tout, soit vingt pelotes de pure laine d'une teinte grise assez foncée avec lesquelles elle avait de quoi leur tricoter chacun un pull.

Dans le Monde du mardi 3 avril 1945, mademoiselle Mandrin tomba sur un article qui parlait des prisonniers français libérés par l'avance américaine.

— Luce ! Ecoute ! Ca peut t'intéresser.

« Avec la IIIè armée américaine, 2 avril. La rapide avance des forces du général Patton au-delà de la rive droite du Rhin a libéré les 26 et 27 mars les prisonniers des Stalags IX-A, IX-B et XII-B que les Allemands n'ont pas eu le temps de déporter plus à l'est. Dans deux des camps, on comptait environ quinze mille hommes, dont 1/5è a déjà pris le chemin de notre pays. Les autres, libérés sur place, n'ont plus longtemps à attendre l'heure du retour.

Les deux autres Stalags totalisaient approximativement trois mille prisonniers français, tous également en bonne santé et pour la plupart déjà sur la route qui va les rendre à l'affection des leurs ».

Tu vois, Luce, Raoul va être libéré très vite, c'est sûr. Quel est son numéro de stalag ?

— III B. Il n'est pas mentionné dans ton article.

— N'importe. Cela ne saurait tarder maintenant.

— C'est drôle, je n'arrive pas à y croire. Cela fait si longtemps qu'on est séparés que j'ai l'impression que cela durera toute notre vie. C'est comme si je m'habituais à l'absence. Depuis six ans, je n'attends plus rien, je végète, je n'ai fait aucun projet. Il y a eu la défaite, l'occupation, la libération. Et maintenant, que va-t-il se passer ? Va-t-il jamais revenir ? Je n'y comprends rien. Tu dis qu'il sera libéré bientôt. Mais quand ? C'est un terme qu'on emploie depuis le début de la guerre et qui ne signifie rien : bientôt le débarquement, bientôt la victoire. Alors qu'on l'a attendue pendant six ans. Le temps ne veut plus rien dire, pendant toutes ces années, il n'a plus eu de sens. Moi, je me suis contentée de subir. Et je subis toujours.

— As-tu peur de revoir Raoul ?

— Peur ? Pourquoi poses-tu cette question ?

— Dame ! Six ans, ça te change un homme. Et une femme !

— Non, je n'ai pas peur, protesta farouchement Luce. Je l'aime, quoi qu'il arrive. Pendant ces années, seule la pensée de son amour m'a soutenue, il ne me restait plus que cette certitude. Et Claudine, qu'il m'a fallu élever. La place de Raoul est auprès de nous !

En mai, Raoul n'était pas encore revenu, Luce n'avait pas reçu de nouvelle lettre. Le mois s'annonçait chaud et ensoleillé, estival.

Le 7 mai, Edith arriva de Blois à bicyclette, trempée de sueur. Après s'être minutieusement repoudrée, elle parla du temps et du rationnement toujours en cours. Mille choses gaies passaient sur ses lèvres tandis que ses yeux crevaient de larmes contenues. Luce s'inquiéta de cette tristesse silencieuse mais comprit que sa sœur ne dirait rien devant Claudine. Quand enfin la fillette fut couchée, Edith put laisser échapper sa détresse :

— Gaston est mort.

— Quoi ? Qu'est-ce que tu dis ? Ce n'est pas possible !

— Il avait voulu rejoindre les Américains mais, repris par les Allemands, il avait été obligé de creuser des tranchées. C'est là qu'il a été atteint par un obus américain.

— Non ! Non ! Ce n'est pas vrai ! Dis-moi que ce n'est pas vrai !

— Un jeune Blésois appelé Eugène Caillot, qui travaillait au STO à Düsseldorf au même endroit que Gaston, m'a appris sa mort. Il est rentré dans sa famille à Blois. C'est là qu'il m'a contactée en me rapportant quelques photos et des lettres de notre petit frère.

— Mais je ne comprends pas, balbutia Luce. Comment est-ce arrivé ? Comment est-ce possible ?

Edith prit une grande inspiration, comme pour donner à sa voix le courage de lutter contre les larmes puis, d'une seule traite, mâchant les mots, se lança

303

dans un récit monocorde dont la précision hélas tragique poignait le cœur.

— Gaston se trouvait sur le chantier avec deux autres camarades, au moment de la bataille tous trois se sont couchés sur le sol, ils étaient alors dans une sorte de trou où il y avait un peu d'eau. Les deux autres ont parlé à Gaston qui n'a pas poussé un cri ni fait un mouvement. Ils l'ont cru étourdi, malheureusement il n'était plus : l'éclat d'obus l'avait frappé à la nuque et la mort a été instantanée. Le pauvre enfant n'a même pas eu le temps de se rendre compte et n'a certainement pas souffert. Aussitôt prévenu, Caillot a pu obtenir un laissez passer obligatoire puisqu'ils étaient prisonniers dans un camp. Il a habillé Gaston avec des vêtements que Gaston avait réussi à se procurer, au prix de grosses difficultés il a pu faire faire un cercueil en bois blanc qui a coûté deux cent marks, soit quatre mille francs.

— Au diable l'argent !

— Je t'en parle car Caillot s'excuse d'avoir été obligé de prendre les billets de Gaston pour payer tous les frais alors que ses camarades ont ajouté ce qu'il fallait pour avoir un prêtre et un cheval pour conduire notre pauvre petit au cimetière. Avant son départ de Düsseldorf Caillot est retourné au cimetière, la tombe est intacte et il s'est renseigné pour savoir si nous pourrions le ramener, on lui a dit que oui mais le gouvernement s'en chargera sans doute.

— Pendant les vacances peut-être pourrons-nous nous rendre sur les lieux, murmura faiblement Luce qui se raccrochait aux détails fournis par Edith pour s'empêcher de pleurer.

Cette dernière en était sans doute consciente car elle reprit rapidement :

— Pour le moment il n'y a rien à tenter hélas. Caillot ne lui a pas enlevé sa chevalière, peut-être a-t-il bien fait, cela servira à l'identifier. Il m'a dit aussi qu'il n'était pas défiguré du tout. Le dimanche suivant il a fait dire une messe, il en est dit tous les dimanches pour les trop nombreuses victimes. En même temps que Gaston, un éclat d'obus a tué un autre jeune homme tout à côté de lui. Sur cinq camarades, Caillot en a laissé trois là-bas, les deux autres n'ont pas pu être identifiés car ils étaient déchiquetés et ont été enterrés dans la fosse commune, il y en avait un de Paris, l'autre de Lyon.

— Et Gaston.

Les deux sœurs tombèrent dans les bras l'une de l'autre et sanglotèrent longtemps sur ce frère adoré fauché en pleine jeunesse, désormais inégalable puisque mort, ni héros, ni victime, seulement un garçon de vingt-trois ans qui s'était précipité hors de sa tranchée, à la rencontre de l'obus qui lui était destiné.

— Ce n'est pas juste ! Pourquoi maintenant ?

— Tu te rappelles quand Gaston parlait des zazous ?

— C'était si drôle, le mot allait bien d'ailleurs à sa mèche qui tombait toujours sur son front. Et quand il nous forçait à le porter dans nos bras en prenant comme prétexte qu'il était le plus petit.

— Et quand on roulait tous les trois dans la pente de la Collinière.

— Et à Vendôme, quand il voulait se cacher dans le four à pain de papa.

Les yeux embués, elles se perdirent dans leurs souvenirs et parlèrent de leur jeune frère jusqu'à une heure tardive, pour le faire revivre, pour ne pas avoir trop mal. Pour sentir qu'il serait toujours présent dans leur cœur.

Enfin Edith se leva pour aller se coucher.

— Demain nous irons à Saint-Ouen pour annoncer sa mort aux parents. As-tu des nouvelles de Raoul ?

Luce haussa les épaules.

— Non, toujours rien.

Les deux sœurs prirent le car tôt le matin après avoir laissé Claudine à mademoiselle Mandrin. Les cloches sonnaient à toute volée pour annoncer la fin de la guerre. L'Allemagne venait de signer un armistice sans conditions. C'était la paix. Partout la joie explosait sur les visages des gens qui ne comprenaient pas pourquoi, en ce 8 mai d'allégresse, deux jeunes femmes pleuraient.

Elles avaient d'autant plus mal que toute cette joie les blessait dans leur souffrance, elles y étaient abandonnées par un peuple en liesse qui ne se préoccupait pas de leur douleur. N'avait-il donc pas de morts à déplorer lui aussi ?

Le voyage fut interminable. Elles finirent par se boucher les oreilles pour ne plus entendre les chansons des cloches annonçant l'armistice, pour ne plus voir ces visages épanouis qui riaient à pleines dents quand leurs bouches à elles se tordaient de chagrin.

Une fois à Saint-Ouen, Luce resta sur le bord de la route tandis qu'Edith entrait seule dans la maison familiale. Les deux sœurs avaient auparavant convenu qu'Edith mettrait un torchon sur la porte dès qu'elle aurait préparé les parents. Luce attendit, les cloches hurlaient toujours, le cauchemar continuait. Le mot ineffaçable frappait dans son crâne comme une rengaine malfaisante : mort, mort, Gaston est mort. Déchiqueté. Non ! Non ! Pas lui ! Il est si jeune, si plein de vie. Pourquoi lui ?

Luce glissa sur le bitume et s'écrasa sur le trottoir. Elle releva les genoux contre sa poitrine et les serra de toutes ses forces, elle ne voulait plus respirer, elle voulait disparaître, se fondre dans l'asphalte brûlant qui collait à sa robe.

Sur la porte de la maison familiale, un torchon blanc flottait au vent. Edith avait-elle dit aux parents que leur fils était mort ? Peut-être ne les avait-elle pas prévenus encore ? Peut-être était-il vivant malgré tout ?

Luce ne bougea pas. Elle avait l'impression que tant qu'elle resterait dehors, rien ne serait irréparable. Tandis qu'une fois dans l'ombre de la maison, il n'y aurait plus rien à faire contre le destin.

— Gaston, Gaston, appela-t-elle faiblement. Ne me laisse pas, petit frère. On doit aller à Mondoubleau chercher le ravitaillement. Tu te souviens ? Les Allemands vont nous faire payer une amende pour avoir roulé de front. On s'en fout.

Un bras la secoua sans ménagement et la força à se relever.

— Luce ! cria Edith. Viens, les parents t'attendent.

Luce poussa un soupir lourd de sanglots puis suivit sa sœur. Quand elle pénétra à son tour dans la cuisine sombre, elle trouva sa mère en larmes, écroulée sur la table. Son père avait quitté la pièce dans sa chaise roulante, peut-être pour aller pleurer tout seul, quelque part. Cette fois, Gaston était vraiment mort.

Edith servit la soupe dans les assiettes, puisqu'il fallait bien continuer à vivre. Personne ne parla. Le simple geste d'amener la cuillère jusqu'à la bouche semblait déjà un effort considérable. Comment Edith avait-elle puisé le courage de faire tant de mal à sa mère ? Comment adoucir un si grand chagrin ? C'était impossible.

Luce se retira tôt dans sa chambre. Aucun bruit ne venait troubler le silence sinistre de la nuit, à part un léger sanglot en provenance de la cuisine. Elle se coucha, espérant trouver l'oubli dans le sommeil. Hélas sans cesse passaient devant ses yeux des images de son frère Gaston courant au-devant de l'obus américain tandis que des gens riants agitaient des drapeaux tricolores sur son passage et sonnaient les cloches pour annoncer sa mort. Le métal tapait, fort, il martelait ses tempes, ovationnant cet obus dérisoire qui se précipitait sur les tranchées. Les chansons de joie le portaient à bout de bras jusqu'à sa destination meurtrière, un jeune homme de vingt-trois ans. Mais c'était l'armistice.

Le lendemain, Edith demeura à Saint-Ouen tandis

que Luce rejoignait Selles par le train. Elle ne vit rien du paysage, tout se noyait dans ses yeux gorgés d'eau.

Elle dut reprendre sa classe. L'effort cependant fut plus bénéfique que douloureux. Avec des élèves à intéresser, elle n'avait plus le temps de pleurer, son esprit était occupé. Elle se plongea à corps perdu dans les cours, les refaisant de multiples fois afin d'oublier de penser. Et puis elle avait sa poupée Claudine, le dîner à préparer, les cahiers à corriger. Elle se submergea de travail, s'en abrutit et arriva ainsi à se sauver de l'anéantissement.

Chaque soir elle écrivait à sa mère pour la supplier d'être courageuse et de ne pas se laisser abattre par le désespoir, l'incitant à ne pas rester inactive, à tâcher de s'occuper à n'importe quoi et à dormir un peu. Que deviendrions-nous si tu tombais malade, ajoutait-elle, comme pour faire pression sur l'esprit embrumé de sa mère.

A sa sœur elle avouait son découragement, son cœur qui battait de tristesse, ses efforts pour se contenir devant Claudine, elle l'encourageait à son tour à tenir.

« Je voudrais être quelques années plus vieille. Vois-tu j'ai parlé ces jours derniers avec la voisine de maman Graniard qui a perdu sa fille voilà trois ans, elle n'avait qu'elle, la petite avait dix-sept ans. Les premiers mois furent terribles, la maman s'enfermait des journées entières dans la chambre de sa petite, mais peu à peu le calme vient. Bien sûr elle a encore des crises de désespoir mais assez espacées.

Qu'est-ce que je voudrais que notre maman en soit arrivée là, mais en attendant que de nuits horribles à passer encore pour elle. »

Après l'écriture elle lisait jusqu'à trois heures du matin, jusqu'au moment enfin où ses yeux brouillés par trop de pages déchiffrées refusaient de s'ouvrir davantage. Elle s'endormait alors quelques heures, comme on sombre dans le coma. Ce léger repos sans rêves l'abêtissait de jour en jour et la rendait de plus en plus faible. Elle s'estimait cependant trop heureuse de dormir pour s'en inquiéter. Seulement, Raoul n'était toujours pas revenu de captivité.

Le cauchemar semblait ne vouloir jamais prendre fin. La mort de Gaston, l'absence de Raoul, le pays détruit. Chaque jour on apprenait de nouveaux décès, celui d'un jeune Sellois à Hambourg, celui d'un jeune de Chemery, déporté, mort depuis deux ans de tuberculose, ou celui d'un requis mort voilà un an, enfermé dans une forteresse pour avoir écouté la radio anglaise. Sur les cinq cents prisonniers de la forteresse, seuls quarante purent se sauver.

Que de deuils. Que de chagrin. On ne savait pas tout. Il restait à apprendre des choses atroces, incroyables, inimaginables. Les Alliés libérèrent les premiers camps de concentration.

Luce découvrit alors avec un dégoût insurmontable l'abominable vérité sur les camps de la mort, les tortures physiques et morales des déportés, les coups brutaux qu'on leur infligeait, les travaux inhumains qu'on leur imposait, leur extermination. Elle n'osait pas y croire. Elle perdait la tête, il était impossible que des êtres humains aient pu ainsi se livrer à d'aussi affreuses expériences, au mépris de toute humanité.

La jeune femme n'arrivait plus à dormir. Derrière ses paupières se tordaient des cadavres vivants, les yeux enfoncés dans les orbites, le regard fixe, le crâne rasé. Ils traînaient vers elle leur pauvre corps d'une maigreur effrayante, ils titubaient presque, ils étaient des centaines, des milliers à la poursuivre sur leurs pattes d'os. Un visage surtout la harcelait, celui d'une vieille toute ridée aux membres infectés par le typhus ou la peste. Elle n'était pourtant pas si vieille, elle ressemblait étrangement à Gaston.

Luce cria. Elle avait reconnu dans cette face déformée la jeune juive qu'elle avait fait passer en zone libre au début de la guerre. Se pouvait-il qu'elle aussi ait été enterrée vivante là-bas, dans ces camps aux noms imprononçables, Auschwitz, Bergen-Belsen, Dachau, Mauthasen, Dora, Buchenwald, Ravensbruck, et qui désormais porteraient dans leur essence les germes de la barbarie la plus abjecte ?

Un cauchemar interminable, voilà dans quoi le monde sombrait. Luce s'y laissa couler, sans plus de force que ces corps livides qu'elle voyait partout. Elle n'avait plus envie de survivre à toutes ces tortures qu'on avait infligées à des innocents. Finalement, elle avait eu de la chance, malgré la guerre, malgré la captivité de Raoul, la chance de n'être pas juive et d'être en vie et en bonne santé. Elle avait une petite fille adorable, un mari qui allait revenir, un frère mort

311

sans avoir souffert. Tant d'autres étaient tellement plus à plaindre.

— Raoul ! Je n'en peux plus ! Reviens ! Reviens…

Chapitre 22

Raoul fut libéré par les Russes le 27 avril 1945 et rejoignit la France dans un camion américain. Il avait auparavant dû se débarrasser des lettres de Luce, trop encombrantes, pour ne se charger seulement que de denrées de monnaie d'échange, tel que du café vert. Il conservait malgré tout les rares photographies dans son portefeuille. Là se terrait la vie de six années.

Le 26 mai, Luce reçut un avis de Paris lui signalant le retour de son mari. Il arrivait à Selles par le train de Vierzon.

Encadrée par mademoiselle Mandrin et par Claudine, elle se précipita à la gare pour l'accueillir. Sa joie la faisait trébucher sur les pavés, elle aurait glissé si le bras de la directrice ne l'avait soutenue efficacement. Sur le pont elle s'arrêta un instant pour contempler le château de briques et d'ardoises se mirant dans l'onde brune parcourue par un lent friselis argenté. Comme Raoul serait content de revenir ici contempler le Cher et ses eaux tantôt galopantes, tantôt languissantes au creux des berges noyées de bouleaux. Ils s'y promèneraient tous les deux, main dans la main, comme aux beaux jours de leur mariage, Claudine à leurs côtés lancerait des cailloux dans le fleuve et piaillerait de joie. Le retrouver, profiter enfin de cet homme qu'elle n'avait connu comme mari que pendant quelques malheureux mois beaucoup trop courts.

Cette fois, elle se tint bravement sur ses jambes et pressa le pas jusqu'à la gare. Elle voulait être la première à le voir. Est-ce que Raoul aurait beaucoup changé ? Elle avait remarqué que de retour d'Allemagne, le père de la boulangère avait les cheveux blancs, les cinq ans de captivité l'avaient ridé comme une vieille pomme. Pourtant il n'avait pas encore cinquante ans. Les misères, la malnutrition, la séparation, la guerre tout simplement l'avaient marqué à vie, comme beaucoup d'autres. Et Raoul ? Raoul qui avait trente-deux ans ? Elle allait déjà sur ses trente ans.

Le train arriva et dégorgea quelques voyageurs avant de repartir en couinant comme un vieux cochon au crépuscule de sa vie qui se débat maladroitement pour échapper au couteau du boucher. Luce eut beau dévisager chaque nouveau venu, aucun ne ressemblait à Raoul. Et la taille donc ? Ils étaient trop petits, Raoul avait toujours surpassé ses camarades d'une bonne tête.

— Personne, il n'y a personne, balbutiait-elle, au bord de la panique.

A ses côtés, Claudine sautillait sur ses jambes en criant :

— Il est où, papa ? C'est lequel ?

Ces quelques mots o combien révélateurs

314

résumaient tristement à eux seuls la cruauté de cette séparation. Claudine, sa petite pépée chérie, ne savait pas à quoi ressemblait son père puisqu'elle ne l'avait pas vu depuis six ans. Cette fois les larmes se noyèrent dans l'incompréhension. Que se passait-il ?

— Excusez-moi, madame, je peux peut-être vous aider ?

Un homme vêtu d'un costume sombre venait d'apparaître. Luce le reconnut, elle l'avait vu descendre du train quelques instants auparavant.

— Je cherche mon mari. On m'avait dit qu'il serait dans ce train.

— Est-ce qu'il vient de Paris ?

— Oui, il a changé de train à Vierzon.

— Je viens aussi de Paris. Est-ce que votre mari n'est pas très grand, mince, avec un haut front ?

— Oui, oui, ce doit être lui ! Où l'avez-vous vu ?

— Je crois qu'un automobiliste l'a pris en gare de Vierzon avec un autre prisonnier libéré pour le conduire à Selles.

— Merci monsieur. Vite, il faut y aller !

— Où veux-tu aller ? demanda mademoiselle Mandrin, visiblement dépassée par les événements.

— Je ne sais pas, cria Luce, affolée. A la mairie peut-être ? En tout cas, on ne peut pas rester là. Puisqu'il vient en voiture, il passera par le champ de foire. Allons-y.

Après un dernier remerciement au voyageur, les deux femmes repartirent vers le centre ville en tirant Claudine qui traînait. Dans la grande rue qui prolongeait le pont, elles virent une multitude de gens qui accueillaient deux hommes. Raoul était là, les bras chargés d'un superbe bouquet de lilas, sans doute offert par une de ces femmes qui se trouvait dans la foule.

Luce blêmit. Un immense sentiment de jalousie l'envahit, elle avait l'impression qu'on lui avait volé la joie qu'elle aurait dû avoir en l'apercevant la première après six années de séparation. Elle n'avait même pas pensé à apporter des fleurs.

Elle retint les larmes qui piquaient ses yeux, déjà Raoul qui l'avait aperçue avait jeté à terre la gerbe et la pressait dans ses bras. Comme un fou il l'embrassait, il la serrait, elle riait en laissant couler les pleurs qui cette fois s'irisaient de bonheur.

Les anciens prisonniers rentrés au cours des semaines précédentes convièrent les deux arrivants à une réception à la salle des fêtes. Chacun leva son verre et but le vin rosé en entourant gaiement les héros du jour. Lucien Auzat était revenu avec une main arrachée par une grenade, il se réjouissait d'avoir retrouvé son ami et se préparait déjà mentalement à jouer au football puisque ses jambes, Dieu soit loué, pouvaient encore courir.

Luce resta seule dans un coin avec Claudine, elle dévorait son mari des yeux, elle n'en pouvait plus de cette réception, de toutes ces fleurs, de ces verres à trinquer, de ces sourires. Elle ne voulait plus partager Raoul avec tous ces gens. Personne ne comprenait donc qu'elle n'avait qu'une envie, celle de se trouver seule avec lui pour renouer le dialogue interrompu six ans auparavant ? Elle n'en avait que faire de ces acclamations, elle n'en était même pas fière. Ces gens ne manquaient-ils pas de la plus élémentaire

316

retenue quand elle avait seulement besoin d'être seule avec son mari ?

— Ne me dites pas que vous boudez, s'exclama la femme du maire en la voyant isolée. Vous devez être bien contente de revoir notre héros.

Luce lui lança un regard glacial qu'heureusement l'autre ne remarqua pas.

— Je gage que vous préféreriez nous l'enlever pour le garder pour vous. Je vous comprends. Mais vous aurez toute la vie pour l'aimer.

— C'est ce qu'on m'a dit le jour de notre mariage. Et qu'est-ce que cela a donné ? Une séparation de six ans ! J'ai tellement d'années à rattraper que toute ma vie ne suffira pas à me faire oublier ces mois atroces.

— Non, c'est sûr, on ne rattrape jamais le temps. Avez-vous appris à votre mari la mort de votre frère ?

— Non, je n'ai pas pu. C'était trop dur d'assombrir sa joie du retour. Je lui ai juste dit que je n'avais pas de nouvelles de Gaston.

— Il faudra bien lui annoncer pourtant. Voulez-vous que mon mari s'en charge ?

— Non, non. C'est à moi de le faire. Mais pas aujourd'hui, pas le jour de son retour. Laissez-nous donc un peu souffler. S'il vous plaît.

Une heure plus tard, Luce et Raoul s'éclipsèrent. Ils étouffaient dans cette salle où les voix s'excitaient avant de se brouiller de plus en plus.

— Ouf ! J'ai cru que jamais on ne pourrait partir. Je te voyais acclamé et moi, j'étais si loin, c'était horrible. J'avais l'impression que la guerre recommençait, que jamais je ne te retrouverais.

— Maintenant nous rentrons chez nous pour de bon cette fois. Et j'assomme le premier qui essayera de nous en empêcher ! C'est toi qui vas me guider vers l'école de filles puisque je ne connais pas la route, ajouta tendrement Raoul en enlaçant sa femme.

Folle de bonheur, elle se blottit contre lui, c'était son rêve depuis si longtemps. Il était si grand, si fort, elle l'avait retrouvé, jamais plus elle ne le laisserait repartir. Qu'importaient ses tempes dégarnies qui agrandissaient son visage et les cheveux gris qui s'éparpillaient dans sa chevelure. Elle ne les voyait pas. Elle aussi avait payé son tribut à la guerre, elle avait changé, ses joues s'étaient creusées, ses yeux mangeaient désormais sa figure, dilatés par les restrictions et les angoisses, ils n'en paraissaient que plus insondables. Raoul s'y plongea avec un émerveillement heureux.

— Ma chérie, j'aurais tant de choses à te dire, tant de questions à te poser sur la façon dont tu as vécu l'événement de tous ces jours et la tâche ardue de tenir vivant le dialogue avec Claudine au mépris de la place vidée. Mais je crois qu'il vaut mieux ne rien dire, n'est-ce-pas, du moins pour le moment ? Puisque tout cela est fini, puisque nous sommes réunis. Plus tard peut-être, il sera temps d'en reparler.

— Je voudrais quand même savoir… Est-ce que tu n'as pas trop souffert là-bas ?

— Question bien imprécise, tu sais. Bien sûr que j'ai souffert. Trop ? C'est difficile à dire. Quand est-ce que cela devient intolérable ? A la fin de ma captivité, j'allais au ravitaillement pour le camp dans

318

la ville voisine. Un soldat allemand m'accompagnait et on allait en voiture à cheval chez le boulanger, le boucher. Je m'arrangeais pour avoir du supplément afin d'en faire profiter les camarades. Eh bien, vu de l'extérieur, je suppose que n'importe qui aurait envie de dire : « C'était tranquille ta captivité. T'étais peinard ». Il n'aurait sans doute pas compris que je lui casse la figure. Parce que je pleurais toujours autant à cause de notre séparation, de cette existence perdue et vide de sens. Je souffrais autant que quand on m'épuisait comme une bête aux travaux des champs. Quand ce n'était pas de faim, de fatigue ou à cause des puces qui me dévoraient le corps, j'ai toujours souffert de déchirure morale. C'est si long, six ans... Luce, pourquoi parler de ça ? Pendant ces six années, j'ai vécu dans le passé, il n'y avait pas d'avenir, le présent était abominable. Alors maintenant que nous nous sommes retrouvés, je veux changer ma façon d'envisager l'existence. Je veux avoir des projets, je veux envoyer en l'air le passé. Je veux pouvoir regarder grandir notre fille pour la première fois.

Il s'accroupit devant Claudine et la regarda intensément. Il lui prit les deux mains, elles se perdirent dans les siennes.

— Je ne te croyais pas si grand, s'écria la petite fille. Sur les photos, tu paraissais moins grand.

— Oui, mais dorénavant, je ne serai plus un simple corps sur une photographie, maintenant je suis là pour de vrai.

— Pour toujours ?

— Pour toujours.

— Mais s'il y a une autre guerre, est-ce que tu devras retourner te battre ?

— Non, tout cela est fini.

— Tu sais, pendant toutes ces années, je n'ai jamais voulu qu'elle vienne coucher avec moi, sauf un peu le jeudi matin et le dimanche pour l'échange des petits câlins, expliqua Luce. Dans mon lit, c'était ta place, je ne voulais pas qu'elle soit jalouse à ton retour.

— Montre-moi, fit Raoul d'une voix rauque.

Emerveillé, il contemplait le corps nu de Luce. Il en avait tellement rêvé de ce corps splendide, sculptant dans ses souvenirs la courbure des hanches, la rondeur laiteuse des seins, la finesse des jambes musclées. Et ses cuisses soyeuses à l'intérieur desquelles venait se noyer le sexe bombé, aussi doux et frais qu'un pétale de rose. Il ferma les yeux de volupté mais les rouvrit immédiatement, de peur de voir la silhouette s'envoler comme à chaque fois qu'il avait rêvé d'elle au camp. Instant magique, la forme nacrée lui souriait et relevait les bras pour déboutonner sa chemise. Bientôt lui aussi fut nu. Des lèvres goulues vinrent se coller à son torse, à son ventre, redécouvrant son corps, se l'appropriant grâce à ces caresses possessives qui le réjouissaient. Lui aussi voulait détailler les membres qui s'alanguissaient contre lui, faire glisser ses doigts sur la peau satinée, parcourir les montagnes des fesses rondes.

Affamés par six ans d'abstinence, ils se

précipitèrent l'un dans l'autre et jouirent longuement en se fouillant sans ménagement. Ils y mirent toute leur rage de vivre, tout leur désir exaspéré par l'attente. Leur étreinte leur fit mal. Il leur fallait réapprendre à s'aimer.

Epilogue

Claudine ne fut pas jalouse. Au contraire, elle suivait partout son père, elle trottait autour de lui et lui apportait ses pantoufles ou le journal. Elle l'accaparait le plus possible.

Mademoiselle Mandrin prêta une chambre sur le même palier du premier étage de l'école. Au-dessus du parquet de bois blanc, au pied du lit s'ouvrait une vaste fenêtre par laquelle se faufilaient les étoiles et la lune. En occupant cette chambre, Claudine gagna la liberté de lire le soir sans que personne ne s'occupe d'elle. Certains matins, elle allait gratter à la porte de la chambre devenue conjugale et voyait son père dans le lit de Luce. Elle s'en réjouissait, ayant par hasard entendu ses parents se raconter beaucoup d'histoires sur le retour plus ou moins heureux des prisonniers dans leur famille. Une amie de Luce lui avait écrit que son mari n'arrivait pas à s'habituer, il continuait à dormir « à la dure » sur la descente de lit. Une autre avait dû tellement batailler pour tenir la boutique familiale durant la guerre qu'elle n'acceptait plus de se soumettre à l'autorité de son époux. Elle estimait qu'il n'avait plus aucun droit sur elle. Le couple faisait désormais chambre à part et s'insultait violemment. Finalement Claudine préférait voir son père là où il était. Même si elle avait dû changer de chambre.

Quelques mois plus tard d'ailleurs, elle se réjouirait de ce rapprochement conjugal qui donnerait naissance à une jolie petite fille ronde dont le second prénom, Gastonne, commérorerait par-delà la mort le souvenir d'un oncle que la pauvre petite ne connaîtrait jamais.

Les temps avaient changé. Raoul était revenu, un prisonnier allemand travaillait en service obligatoire, employé par la commune de Selles/Cher.

Il dut couper du bois dans le buchet de l'école de filles, sous les yeux de la famille Granier qui mangeait. Raoul n'hésita pas. Il remplit de pâtes fumantes une assiette, y posa un gros morceau de beurre et la porta au prisonnier.

— Moi aussi j'ai eu faim, dit-il simplement.

Des connaissances du couple s'étonnèrent, certaines même s'offusquèrent. Elles n'avaient rien compris.

— Cet Allemand, tout de même, esclave à notre porte ?

Il y avait de quoi avoir honte.

Claudine regardait son père avec admiration, soulagée dans sa conscience. Le monde entrait dans une autre sphère puisque son père avait partagé leur repas avec le prisonnier allemand. Des mots nouveaux commençaient à frémir. Ils s'appelaient tolérance, compréhension, fraternité humaine. Des mots magiques mais surtout bien vivants puisque Raoul leur donnait un visage et que le cœur de Claudine s'en trouvait élargi.